谨以此书献给所有的母亲。

回望如初见

梁宾宾 著
赵之昱 绘

中国致公出版社

作者简介

赵之昱（Stella Zhao），博士，毕业于英国。现任教于北京航空航天大学新媒体艺术与设计学院，硕士研究生导师，院长助理。中国平面设计协会会员、国际视觉艺术理事会会员、国际设计师俱乐部会员、中国创意同盟会员、中国散文学会会员、欧美同学会会员。2020 年于拉脱维亚国家图书馆举办 Atskatīties ir kā pirmo reizi ieraudzīt 个人作品展，出版个人插画摄影集《储存的时光》、书籍《千千万万都是你》（插画作者）。参与国内外科研与设计项目 20 余项。在国内外专业期刊发表高质量论文与个人作品 50 余篇。个人设计作品先后获得与参展工信部、中国美术家协会、中国平面设计协会等主办的奖项与展览 90 余项。

E-mail: stella3@yeah.net

梁宾宾，作家，中国致公党党员。

中国作家协会会员、北京作家协会会员、中欧跨文化作家协会会员，"麒麟传媒"签约作家，中国致公党北京市委文化工作委员会委员；从事临床医学和医学基础研究工作二十余年，效职于北京大学医学部。著有文学作品集十余部。2001年获得"德国之声"文学奖入围奖，2008年获得"第三届冰心散文奖"。

其作品集收藏于中国国家图书馆、英国大不列颠图书馆、拉脱维亚国家图书馆、中国台湾图书馆、中国香港中央图书馆、香港中文大学图书馆、北京大学图书馆等。

早在上世纪九十年代，有评论家曾评论道：梁宾宾的作品更多的是关于人性的书写，以生物属性为基础、以精神属性为表现形式，特别是对生死、爱情的叙事。在她含蓄、简洁的文字背后渗透着关怀与温情，于不期然的阅读中让人怦然心动。

《回望如初见》一书在蕴含中国古典审美原则的同时，又以景物相合的形式营造出朦胧曼妙的异域景观。面对中西迥异的文化和风景，梁宾宾在其《英国的灵魂在乡村》《一个以旧换新的民族》中，运用融合折中的方式，自觉消弭了彼此之间的巨大差异，使作品在思辨中走向更为广阔的自由审美空间，充满和谐与美感。而在《英国的重要节日》《艺术的狂欢》《感受婚礼小镇的风情与规矩》等章节中，作品运用了点、线、面交融互衬的创作手法，向读者展现出东方文学特有的意象之美。这种极富个性的审美表达，不仅突出了国外建筑的审美特征，也强化了作品的诗化意境。《回望如初见》是一部题材难得、创作艺术极为成熟的作品；是一部文笔流畅、精美，视阈宏大，自我与他我形象鲜明饱满的力作；是一部既有东方文学气质又具西方情调的别致、经典之作。

—— 摘自书评《异域书写的东方元素与双向审视》

中国作家协会会员

国家二级编剧 作家

曾祥书

赵之昱博士用线描造型为母亲的文学作品集《回望如初见》完成了插图部分。画面简练生动，并以场面的虚实关系表现了空间景物，恰到好处。她把英国的风物特征以及人物肖像很出色地表现了出来。让我感觉重返了英国，再次领略伦敦及其周边地区，以及大英博物馆的风貌。女作家简·奥斯汀的全身侧面像，寥寥几笔，画得栩栩如生；大文豪莎士比亚、万有引力定律的发现者牛顿，都画得惟妙惟肖；神探夏洛克面部结构结实，表情坚定、机敏，十分生动地体现了他作为神探的职业身份。

赵之昱博士的插图丰富和美化了《回望如初见》这本书，她用绘画阐述了文学语言无法表达的内容。

中国美术家协会会员
河北画院国家一级美术师
费正

本书入选2019"君匋"首届全国书籍装帧艺术展，并由中国国家图书馆、拉脱维亚国家图书馆等图书馆收藏。本书荣获2021ICAD国际当代青年美术设计大赛中国赛区银奖、第十三届中国高校美术作品学年展教师组优秀奖等专业奖项十余项。

目录

- 第一篇　　愉快的航程　1
- 第二篇　　大学城 Leicestershire　14
- 第三篇　　另一种认知　20
- 第四篇　　初抵 Birmingham　22
- 第五篇　　世界正在期待的伦敦体育盛会　26
- 第六篇　　在他乡　34
- 第七篇　　一个以旧换新的民族　42
- 第八篇　　我所认识的 BBC　54
- 第九篇　　蓝天下的 Waltham Forest　60
- 第十篇　　与陌生人说话　68
- 第十一篇　意味深长的墓碑　74
- 第十二篇　走访 Shakespeare 故乡　78
- 第十三篇　搬　家　88
- 第十四篇　英国人的办事效率　90
- 第十五篇　中国人将认识 Leicester 的古老教堂　96
- 第十六篇　My Fair Lady 与 Covent Garden　106
- 第十七篇　通过奥运会看英国人的骄傲　116
- 第十八篇　Carros De Fuego 与 St Andrews　122
- 第十九篇　奥运终曲　130
- 第二十篇　艺术的狂欢　140
- 第二十一篇　感受婚礼小镇的风情与规矩　148
- 第二十二篇　英式下午茶　152
- 第二十三篇　与 Angela 的通信　170
- 第二十四篇　Oxford 的外延与内涵　176

- 第二十五篇　Cambridge 的品位与基调　192
- 第二十六篇　名探的『居所』博物馆　206
- 第二十七篇　美妙之城 Coventry　214
- 第二十八篇　Master student 毕业在即　218
- 第二十九篇　英国的重要节日　220
- 第三十篇　City of Bath 与 Jane Austen　228
- 第三十一篇　英国的灵魂在乡村　238
- 第三十二篇　Bich 与 Harris　250
- 第三十三篇　金鱼随我们回家　258
- 第三十四篇　被惦念的 Windermere 小镇　264
- 第三十五篇　玫瑰与玫瑰战争　280
- 第三十六篇　镜头里的英国　286
- 第三十七篇　伦敦 & 北京 12304 公里　294
- 第三十八篇　尽心而非刻意的收获　306
- 第三十九篇　Chatsworth House　312
- 第四十篇　由英国管家想到的中国保姆　320
- 第四十一篇　国际裸体骑行日　328
- 第四十二篇　再说 Leicestershire　334
- 第四十三篇　WE ARE ……　348
- 第四十四篇　知识分子的无奈——英国脱离欧盟公投结果　352
- 第四十五篇　写在 Stella Zhao 的 Ph.D 毕业典礼时　364
- 第四十六篇　遍布英国的慈善商店　368
- 第四十七篇　冬日雨　376
- 第四十八篇　跛　凝望　384
- 第四十九篇　附录　398

伦敦国王十字九又四分之三车站

第一篇　愉快的航程

北京的雨季今年提前了半个月，天气闷热、潮湿、阴雨连绵。此时正是 2012 London（伦敦）举办奥林匹克运动会的倒计时阶段。我从北京国际机场乘坐中国航空公司的班机，前往英国 Heathrow（希思罗）机场，一是去看望在英国读研究生的女儿；毫无疑问，还有一个重要的理由，就是去体验伦敦奥运会的气氛。上一届奥运会在北京举办，因而就更加关注伦敦奥运会的情况。

我这愿望的实现，从登上国航班机飞往伦敦的那一刻起就拉开了序幕。我与赴英国伦敦奥林匹克运动会参赛的中国国家体操队的男队员们同机而行。这让我有些意外。

队员们身穿红色的印有黄色图案的运动装，胸前右侧为品牌标识，左侧是一面五星红旗，后背上印着黄色的大号字体"CHINA"。队员加教练员、队医、领队共二十来人，散坐在我的四周。我的位置在经济舱右侧第五排，队员、教练员、队医、领队及其随行成员的座位穿插在第一排至第八排之间，教练员白远韶，队医王敬强及刘刚医生的座位与我前后相邻。

可能是同行的缘故，还因了我所供职单位下属的运动医学研究所是国家体育总局和中国奥委会指定的运动员伤病诊疗中心，为国家运动员诊治伤病的专家中有好几位是我的长辈和朋友，由于这些话题，使我和王队医很快地熟悉起来。

在体育竞技方面我属于外行，而对体操竞技项目我倒怀有几分好奇。此时，航班整装待发。王敬强医生热情地向我介绍了坐在他周边的运动员和教练员：教练员白远韶，队员陈一冰、邹凯、郭伟阳、冯喆、严明勇、张成龙、滕海滨。参加此次伦敦奥运会的运动员全部获得过世界冠军的荣誉，像陈一冰、邹凯是2008年北京奥运会的世界冠军，其他队员是世锦赛冠军。

前几天，中央电视台纪录片频道播放了系列纪实片《伦敦猜想》，介绍了包括刘翔在内的一批优秀的中国运动员在2008年北京奥运会上的出色表现，预测他们在本届伦敦奥运会上能否实现梦想。

解说词写的优美动情："北京和伦敦相距12304公里，北京在晨曦中渐渐醒来的时候，那里夜色正浓。对于他们（中国奥运会运动员）来说，北京和伦敦的时间距离是四年。四年前，欢笑、泪水、飘扬的五星红旗，织就了我们绚烂一夏的记忆。如今他们再次出发，伦敦，能否成为他们延续辉煌的舞台……

这个夏天，伦敦将吸引全世界的目光，第三十届奥运会将在这里如期举行。

——伦敦猜想的归宿，是他们梦想的舞台。"

此时不难想象，运动员教练员们所承载的身心压力。

当乘务员小姐提醒乘客航班准备起飞时，人们陆续各就各位。十分钟后，航班仍没有起飞的意思，询问之后得知，机舱内的空调出现故障，需要检修，起飞时间不得不延迟。

机舱里闷热无比，几乎所有的乘客都在忙着打扇、擦汗、脱减外衣。乘务员告知我们维修车马上就到，机舱的温度就会得到改善。这是他们重点保障的航班，抵达希思罗机场的时间不会被延误。

在飞机起飞之前，按照惯例，乘务员要求旅客关闭所有电子设备。我分别给女儿和丈夫发出了飞机即将起飞的短消息，之后关掉了手机。

我邻座的男士是飞机制造行业的高级工程师，是飞机构造和维修方面的专家。他向我介绍了飞机机械方面的知识。比如说飞机停在地面时，是由飞机尾部的小发动机（简称APU）

伦敦希思罗机场

Heathrow Airport

供应舱内如空调、照明、仪表的电力运行。由于它的功率小，属于辅助动力单元。现在空调不运转了，说明小发动机出现了故障。飞机升空后的动力启动加大，在空中飞行以及空中供电就必须改用大功率。他指着舷窗外不远处另一架飞机尾部的那个黑洞说，那就是飞机小型动力装置；飞机升空后，外部环境温度降低，机舱内供冷力度会减低，随着飞机往高空飞，温度会逐渐降低，8000米高空会更冷。

通过和他交谈我还了解到，中国航空公司由原来一个公司分为了现在的两个公司，一个是工业航空公司，制造军用飞机；另一个是商飞，制造民用飞机。像C919、A420、波音737型客机属于国家立项的研究项目，他所在的航空工业集团是"世界五百强"企业之一。

半小时后空调维修车才抵达现场，为机舱输送冷气，机舱内闷热的气温很快得到了缓解。不久飞机起飞，机舱前部的乘客们随即关闭了身边的舷窗帘，毫不迟疑地将明媚的阳光拒之窗外。运动员彼此间没有任何交谈，或听音乐养神，或靠椅小憩。头三排座位距商务舱仅几步之遥，里边仅一两位乘客，空间大，座椅宽大舒适，相比经济舱会舒服很多，乘务员数次邀请运动员们去商务舱就座，却无一人进入。

北京时间7月10日下午两点半，我们乘坐的国航终于从北京首都机场起飞，北京和伦敦时差七小时，行程十小时四十五分钟。一路途经蒙古、俄罗斯、德国。我们所乘坐的航班于北京时间中午起飞，伦敦时间下午到达，加之伦敦夏天夜短日长，我们的航班始终在灿烂的阳光和洁白的云层中穿行。十个小时对于地面上的人来说转瞬即逝，而对于在空中飞行的人而言却度时如日。飞机升入高空后的飞行速度是每小时700多公里。两顿快餐，几杯水，看两场循环播放的英国电影《变装男士》，翻翻杂志和报纸，看看时间，不过才行进了七小时，机舱窗外午后的阳光灿烂无比。

北京时间7月11日凌晨一点四十五分，伦敦时间7月10日下午五点四十五分，我们所乘航班沐浴着"太阳雨"降落在伦敦的希思罗机场。

我们所乘坐的飞机起落平稳，即使是着陆的一瞬间也没有丝毫颠簸之感。哦，真不愧为"重点保障的航班"！乘坐这班飞机的几乎全部是中国人，"外人"寥寥无几。飞机在希思罗机场降落后，乘客们顺利地步入宽敞、明亮的通道，通道上铺就着约300米长的灰色地毯，延伸至护照查验大厅，我们要在这里办理进入英国国境的手续。

我与同机而来的新相识们相互道别，赶去通过入境检查，再去取行李。我尽量节省时间，免得女儿在接机口苦等。

通常入境时英国入境官员查验护照后，会针对入境者的身份提出一些简单的问题，比如：你的姓名、出生地、出生年月，在国内的工作单位，从事何种工作；英国方面的邀请人是谁，以及邀请理由；所乘坐的航班号，并查问有无返程机票。或许还会问在英国所停留的时间，是否计划延期以及在英国的住址等问题。

站在入境官员面前等着他发问，担心他的问题我是否能顺利回答，"遗憾"的是，他友好地朝我笑笑就放行了。

我推着笨重的行李车刚刚迈出机场出口，就见女儿站在所有接机者的前列，伸着手臂招呼我，她离机场出口最近，可见她急于与我相见的心情。如果不是听声音，我竟没有立刻认出她来，瞬间的打量，发现她比一年前离开北京时瘦了一圈儿，面容略显憔悴，但精神很好，脸上洋溢着明朗幸福的微笑。

"妈妈！您出来的这么快，才用了四十分钟啊。"

她边说边迎上来用一只手臂搂住我，另一只手来接我手上的行李车，我很少见她这么高兴，学习一直是她生活中的重要内容，而今天是个例外。她满脸笑意，好像有说不完的话："妈妈：等爸爸到Leicester（莱斯特），我陪你们去莱斯特体育馆看一场'老虎队'橄榄球比赛。在这里非常有名呐。"

鸽子在机场大厅里悠然地漫步，在咖啡厅里觅食，它们大行其道，旁若无人。因为它们是女王的宠物，法律规定任何人不许捕杀、伤害、或歧视它们。它们在英国的身份象征着高贵和自由——自由到无法无天。如果有人违反了这法令，比如踩伤了它，便会受到200英镑（相当于2000元人民币）的罚款。哦！好厉害。我相信，没有人会因为一只与自己无冤无仇的鸽子去以身试法。

在机场咖啡厅里我们等待着下一班机场巴士的发车时间，这可真需要耐心，对于来自发展中的、生活节奏神速的中国人来说，这过程就是对耐心的考验。映照在夕阳下的希思罗机场，洋溢着夏日的神韵，却飘浮着秋日的晚风，和雨季的湿润。

希思罗机场坐落在伦敦西部的 Hillingdon（希灵顿）自治市，它位于伦敦6区西南部，距离市区24公里。于1946年5月31日开始启用。这里平均每一分钟就有一架飞机起降，每年接待约6400万人次，从北京到英国各个城市的飞机都会先经过伦敦希思罗机场，并在机场内办理入关手续。此时无论如何我也看不出来，它的客流量在全球众多机场中排名第三位，仅次于美国的亚特兰大机场和芝加哥机场，这里的客流量可想而知。截至到2004年，希思罗机场属于全欧洲最繁忙的机场，比巴黎的戴高乐机场和德国的法兰克福国际机场

9

的客流量高出了31.5%。

眼下的希思罗机场大厅显得有些冷清，这里的推荐商品是烟斗和烟丝。明星品牌有爱马仕、香奈儿、登喜路，购买的人不多。

当我们推着行李车走过通往市内交通站的地下通道时，一位高个子的异国男青年走过来向我女儿Stella展示他手里的几个硬币。

他用英语问Stella："你会讲英语吗？"

Stella答："会"。

男青年："我想请你帮帮我。"他抖落着一个空钱夹说，"我的钱包被人劫了，手里的钱不够乘坐巴士的费用。"

Stella问他："你差多少钱？"

男青年答："17.5英镑"。

Stella摇头说，"对不起，我手里没有那么多钱"。

他也摇摇头，脸上露出失望的神情。接着又拦住我们身后走来的一位英国小伙子，说了同样的话，依然没有结果。

女儿Stella边走边对我说："我真想帮他，但他一开口就要17.5英镑，您知道那是什么概念吗？"

我笑答："我怎么不知道啊？175元人民币。"

Stella说："是呀，这种人我经常遇到，我哪里像有钱人？

而那些在广场或路上真正做慈善、手捧募捐桶为难民募捐的人还从没找过我。"

我说："那简单，看你还是个学生啊。"

夜晚的伦敦有些凉意，我们换上秋装，在漆黑和寒冷中挨过了分分秒秒。苦等了五个小时之后，前往莱斯特方向的机场大巴才缓缓驶进车站。看看手表，已是伦敦时间夜里十点半，而此时的北京已是次日凌晨五点半。

乘坐这趟巴士的只有十几个人，多数是中国留学生。在我们头脑中所定义的第三世界的许多国家已经发生了质的变化，或许他们当中的许多人比中国人更富有。眼下"中国人有钱"似乎已是世界人的共识。

巴士在夜色里中速行驶。路旁簇簇灌木、路灯、旷野从车窗外闪过，车道上的标示清晰规整。如果是白天，路景一定很美。

在这个世界上，最无情的是时光。我随Stella终于到达了她的住所，此时已是英国时间7月11日凌晨一点半了。洗漱、吃饭、将行李收拾妥当。上床看表，凌晨四点钟，窗外的天色已经大亮。鸽子在窗前拍打着刚刚苏醒的双翅，发出咕咕的叫声……

中英时差：英国比中国晚八小时，从三月份的最后一个星期天到十月份的最后一个星期天采用夏令时，当时英国与中国的时差为七小时。

2012年7月11日 星期三
原载于《国际人才交流》杂志
2012年第8期

第二篇　大学城 Leicestershire

今天是英国之旅的第一天，眼下除了奥运会之外，也只有奥运会的话题。昨天为了打发在飞机上的时间，略做些功课：奥运圣火于伦敦时间2012年5月10日上午十点，在Greece（希腊）奥林匹克运动圣地Olympia（奥林匹亚）的The Temple of Hera（赫拉神庙）被点燃，自那一刻起，伦敦奥运会正式进入了倒计时阶段。伦敦奥运火炬从此开始传递。Stella告诉我，昨天是奥运火炬传递的第53天，火炬已经从Oxford（牛津）传递到了Reading（雷丁）。今天奥运火炬传递的起点是雷丁，终点是Salisbury（索尔兹伯里）。

新的环境让人耳目一新。我们所居住的历史名城莱斯特具有古朴风范，也不乏现代气息，既慵懒又繁华。有形态优雅的古木，褐色低矮的小舍，美丽的联排别墅，被主人修葺一新的庭院，花团锦簇的小路，高耸的商厦，繁华的商业街，还有古老的教堂，古建筑遗址。

每逢礼拜日街上的店铺全部打烊，满目空巷。这一天的人们会不约而同地聚集在教堂做礼拜，向上帝祷告，唱赞歌。城区不大，步行为宜，但我惊异地发现，附近有些小镇的圣徒会驱车一个多小时来这里的教堂参加一周一次的崇拜日。

走在莱斯特街头，找不到熙熙攘攘的感觉，行人不多，骑自行车的人有限。并不宽敞的马路上奔驰着数不清的大小车辆。司机们很谦让，遇到转弯处车辆会停下来给行人让路。法律规定，没设信号灯的路口司机要停车请路人先行。

莱斯特市中心一派热闹的景象，大小商铺坐落在街道两旁，四通八达的小巷里有无数的小店等待客人们光临。各类店铺和名牌店在这里登场，或许又悄无声息地退场。各式酒吧、餐馆吸引着路人们驻足。与闹市形成反差的是那条静静流淌的 Soar River（索尔河），成群的鸽子、白天鹅和鸳鸯在河里畅游、捕食、栖息。如果有人喂食，它们会在顷刻之间聚拢其脚边争抢食物，一改往日里的绅士风度。

校园附近有一座名为 Leicester Castle Garden（莱斯特城堡）的小公园，风景如画。一块斜坡草坪覆盖了公园的半壁江山，斜坡底部一条清澈的小溪蜿蜒而行，鸽子在溪边草坪上踱步，享受着"饱食终日，无所用心"式的懒汉生活。

15

LEICESTERSHIRE

莱斯特市中心

鲜花簇拥在道路两旁。清晨时，初升的阳光照耀在闪烁着露珠的叶片上，放射出耀眼的光泽；傍晚时分的薄雾为整个园林罩上一层银霜似的迷惘。走出公园，穿过马路，再前行，是一片联排别墅，主人们会在房子周围种上花草和常青树，也常见他们在自家的庭院里维护花圃，修剪枝蔓。由于气候潮湿温润，即使在冬季，枝叶依旧葱绿，犹如北京的春季。

莱斯特教堂"哥特式"塔尖在蓝天之下巍然挺立，教堂脚下是一片安静的墓地。散居在周围的住户并没觉得与长眠的先人毗邻有什么不好。每当周四六日三天，教堂的钟声会准时奏响，通常持续两小时，逢礼拜日则可能断断续续终日不断。起初，我以为是附近广场在播放音乐——那钟声的节奏不急不缓，清脆悦耳，音质悠扬，曲式单一却是和音，听起来并不觉得乏味：Campanology（钟鸣）……嗦——发——咪——来——哆——，嗦——发——咪——来——哆——，嗦——发——咪——来——哆……接着是清脆的钟声：铛——铛——铛——铛……长年累月，经久不息，给生者以希望，给逝者以慰藉。每隔十几分钟，循环往复：嗦——发——咪——来——哆——，嗦——发——咪——来——哆——。

七月的莱斯特，晚上十点半夜幕才缓缓落下；凌晨三点晨光熹微。窗外，美丽的索尔河穿校而过，河中的天鹅叫早，栖息在屋檐下的鸟儿蠢蠢欲动。黑夜只有短短的六小时,整个夜晚凉意习习……

2012年7月12日 星期四

原载于《国际人才交流》杂志

2014年第12期

第三篇　另一种认知

奥运火炬已传递到Salisbury（索尔兹伯里），7月12日奥运火炬到达的终点是Weymouth（韦茅斯）。

在Stella出国之前，雅思语言班的老师曾将近年来中国留学生的家庭状况做了归类总结：中国官员的孩子多是去美国读书，商人或企业家的孩子多去英国读书。那么我们属于哪一类留学家庭呢？当然属于知识分子家庭，无疑，这类家庭的孩子在英国留学生中占的比例很小。

Stella的住所在公寓三层，是一处六人一单元的学生宿舍。进得楼门一路蓝色地毯带领它的主人走进自己的房间。单元门里六套房间，供六名学生居住。每套房间内配备有单人床、书橱、书桌、衣橱、洗浴卫生间。和Stella住在同一单元里的五位女留学生分别来自法国、越南、马来西亚和中国台湾，只有Stella来自中国大陆。

楼道两侧排列的除六套寝室外，还有两间配电室和一间公用厨房。整体厨房里的设施齐全，大到电器设备，如冰箱、彩色电视机、沙发、茶几、吸尘器、电炉具、烤箱、储物柜、吧台桌椅、餐桌椅，小到锅、铲、碗、碟、刀、勺、叉。尽管用品一应俱全，可每人还是带了一些自用炊具。在厨房的门上，张贴着来自马来西亚同学的手绘小品，上面画着一个小兔子，手里拿着一把炒菜的铲子，标题是：我爱我的厨房。

以我的经验，英国是个自恋的国家，可世界上有几个国家不自恋呢？中国只有在庄严时刻、外交场合才可见到五星红旗。而在Stella仅十几平方米的寝室里，虽不是有意而为之，踅摸踅摸竟有十七样印有英国国旗的生活用品：从奥运火炬抵达莱斯特公园领取的纸制英国国旗、可口可乐瓶、拖鞋、餐巾、口红盒、招贴图片、托盘、牛奶瓶、饼干盒，还有同学送给Stella的化妆盒。任你想到想不到的物品上，都可能是色彩各异的英国国旗图案。

今天Stella陪我去莱斯特超市购物。在Stella的陪伴下，我几乎走遍了这个城市的主要街道。

在这里，英国国旗会让您眼花缭乱。道路两旁商铺的门面、装饰物以及各种商品，花坛里的造型，广告牌上，英国国旗、女王头像和她华贵皇冠的图案随处可见，这提醒您，时刻不会忘记正身处于英国的土地上。

2012年7月13日 星期五

第四篇　初抵 Birmingham

奥运火炬从 Portland Bill（波特兰半岛）传递到 Bournemouth（伯恩茅斯）。

清晨我们乘坐火车，一小时车程到达英国的第二大城市 Birmingham（伯明翰），游览购物。

天上飘着细雨，潇潇洒洒。撑不撑雨伞对长期生活在英国的人来说早已不重要。我们从住所到达莱斯特火车站需要步行二十分钟时间。Stella 在火车站口买好了去伯明翰的火车票，然后进站、候车，完全没有去另一个城市的感觉，就像在北京乘坐轻轨那么简单。

位于伯明翰火车站附近的市中心繁华、整洁。通过市井面貌和人们的穿着气质便能看出与莱斯特城的不同，"第二大城市"和"第十大城市"毕竟有差距。繁华程度也是莱斯特城无法相比的。从行人的穿衣打扮可以看出，莱斯特城里穿牛仔、便装、运动鞋的年轻人居多——毕竟是大学城，学生人口比例大，是读书人的天地；而伯明翰人的穿着则比较时尚，女人几乎全部戴妆。

英国人素以"绅士"著称：出门西服革履、锦衣艳妆，否则就会被认为自轻自贱，为人不尊。这种人自然也无法得到他人的尊重。

巧的是，今天这里正举办伯明翰美食节。站在伯明翰展览馆门前一路望去，白色帐篷搭起的食品摊位一望无际。各种餐饮摊，餐桌餐椅，不同种族，不同肤色的食客、看客聚集于此。商家所经营的食品充当着不同种族、不同肤色的代言者，啤酒在这里大行其道。

英国在餐饮食品的口味上据说是世界上最差的国家。厨师 Anthony Bourdain （安东尼·博尔顿）在伦敦奥运会准备期间给 The New Yorker （《纽约客》）撰文说：鸡肉是菜单上最常见的菜，你要是不知道自己想吃什么，一般就会点鸡肉。但养鸡场里养出来的鸡个头大，一点儿也不好吃；厨房里欠新鲜的牛肉一般留给那些点"全熟"的客人吃。

这评论是否属实我不便妄然听信，但我看到，英国的餐饮过程极富仪式感。正餐的程序是：前餐，主菜，之后是甜点加茶或咖啡。难以想象,英国人的胃口如此之大,从头吃到尾,一丝不苟,盘子精光如洗;但另一面也不含糊:拿掉面具,一丝不挂。

同一天,伦敦正在举办一年一度的大众裸骑单车活动。不分性别地在伦敦最繁华的大街上赤身裸体骑单车,这个活动被称为自行车游行。其主旨是以裸体骑单车的方式,改善城市交通,呼吁环保,抗议当今社会人过多地使用汽车对环境造成的污染,抗议汽车统治的交通霸权,争取单车的路权,提醒公众更多地使用自行车代步,而不是开车外出的环保意识。

活动过后网友发帖说:

"感谢组织者和警察辛勤的工作,活动非常有趣、有益。"

"我想,今天这里的空气比其他中心城市的空气更纯净。"

2012 年 7 月 14 日 星期六

第五篇　　世界正在期待的伦敦体育盛会

2012年伦敦奥运会，全称为"第三十届夏季奥林匹克运动会"。

伦敦奥运会的开幕时间为2012年7月28日03时12分（北京时间）；2012年7月27日晚20时12分（伦敦时间）。

奥运会闭幕的时间定在2012年8月12日（星期日），全部比赛历时十五天。

奥运会开幕式将在位于伦敦东区的Stratford（斯特拉特福德）奥林匹克体育场举行。

"奥运火炬"今天由Southampton（南安普顿）出发，到达目的地为Portsmouth（朴茨茅斯）。

屈指一算，我到英国已经五天了，或许由于飞机上与体操运动员的偶然相遇提升了我对体操赛事的兴趣，竟对体操赛事格外关注。7月13日从中国新闻里获知，中国体操队队长陈一冰在北爱尔兰一次跳马训练中意外受伤。由于当天是北爱尔兰的公众假日，伤情结果要等到英国时间的下周一才能获得。经队医初步诊断为"膝盖半月板损伤"，所幸伤情不算严重。

新闻报道说，伦敦奥组委5月19日公布了伦敦奥运火炬在英国境内的具体传递路线，以及大部分火炬手的名字。近12800公里的火炬传递路线详细到每条街道的名称，由8000名火炬手接力完成火炬的传递活动。

由伦敦奥组委和赞助商可口可乐公司、劳埃德银行、三星电子公司经过严格的筛选，提名了7300名火炬手，他/她们具有独特的个人经历或曾为公共事业做出过特殊贡献。另外的700名火炬手则是在运动员和知名人士中产生。

2012年5月18日，奥运火炬由希腊运抵伦敦，火炬传递活动从5月19日开始，自英格兰西南端的海角Land's End（兰兹角）启程。伦敦奥运会未设海外传递路线，火炬只在英国境内传递。奥运火炬将于2012年7月27日到达伦敦奥运会的主会场"伦敦碗"体育场，历时七十天，途经英国1000多个城郡和地区。

在这过程中，每天有115名火炬手参与到火炬的接力传

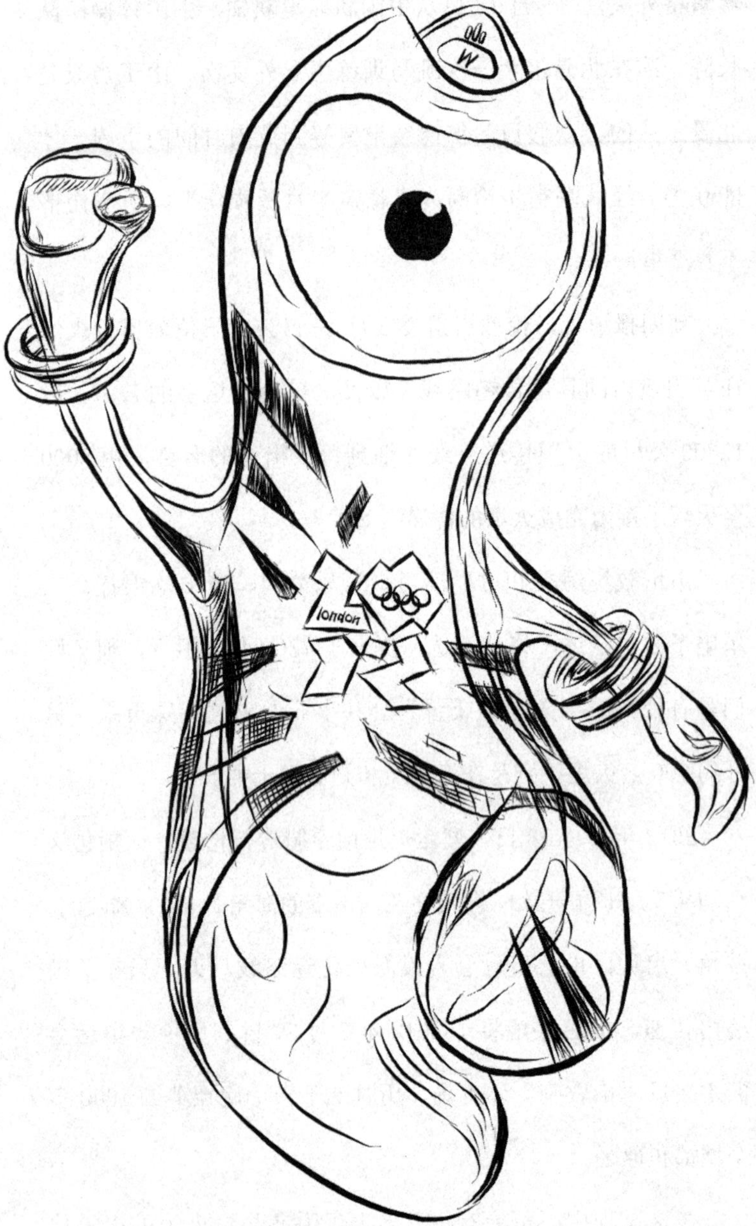
london

2012年伦敦奥运会吉祥物

递中。由于火炬所经某些地点的特殊性，在这过程中火炬手或乘坐轮船、热气球、缆车这类交通工具到达目的地。伦敦主赛场馆"伦敦碗"已于2012年3月29日竣工，第三十届奥运会开幕式将在这里举行。

  2005年7月6日，国际奥委会在新加坡举行的第117次国际奥委会会议上宣布，由英国伦敦主办此届奥运会，这已经是伦敦第三次主办奥林匹克运动会了。在伦敦当地时间的2011年7月27日晚上七点，伦敦奥运会开始倒计时一周年的活动。

  伦敦奥组委公布本次奥运会的口号为"Inspire a Generation"，中文翻译为"激励一代人"。

  人们说，对于一向低调的英国人来说，奥运会"序曲"的"前奏"之热烈程度，已经竭尽了他们所有的热情。但与2008年"第二十九届北京奥林匹克运动会"的热烈程度相比，还是逊色了。

  然而又不得不承认，英国组织这样一个世界性盛会的能力和智慧是数一数二的。

  日前对于我来说，倒时差是件痛苦的事，第五天我的生活才逐步走入正轨，得以续写国内尚未完成的稿件。

2012年7月15日 星期日

1. 兰兹角
2. 普利茅斯
3. 埃克塞特
4. 汤顿
5. 布里斯托尔
6. 切尔滕纳姆
7. 格洛斯特
8. 伍斯特
9. 卡迪夫
10. 斯旺西
11. 阿伯里斯特威斯
12. 班戈
13. 博马里斯
14. 切斯特
15. 特伦特河畔斯托克
16. 博尔顿
17. 利物浦
18. 卡斯尔顿
19. 贝尔法斯特
20. 波特拉什
21. 伦敦德里
22. 纽里
23. 纽卡斯尔
24. 斯特兰拉尔
25. 格拉斯哥
26. 因弗内斯
27. 柯克沃尔（奥克尼群岛）
28. 勒威克（设德兰群岛）
29. 斯通诺威
30. 阿伯丁
31. 邓迪
32. 爱丁堡
33. 阿尼克
34. 纽卡斯尔
35. 盖茨黑德
36. 达勒姆
37. 米德尔斯堡
38. 赫尔
39. 约克
40. 卡莱尔
41. 邓弗里斯州
42. 肯德尔
43. 布莱克浦
44. 曼彻斯特
45. 利兹
46. 谢菲尔德
47. 克里索普斯
48. 格里姆斯
49. 林肯
50. 诺丁汉
51. 德比
52. 伯明翰
53. 考文垂
54. 莱斯特
55. 彼得伯勒
56. 诺维奇
57. 伊普斯威奇
58. 切姆斯福德
59. 剑桥
60. 卢顿
61. 牛津
62. 雷丁
63. 索尔兹伯里
64. 韦茅斯
65. 波特兰
66. 伯恩茅斯
67. 南安普顿
68. 朴茨茅斯
69. 布莱顿——霍夫
70. 黑斯廷斯
71. 多佛
72. 迪尔
73. 梅德斯通
74. 吉尔福德
75. 格林威治

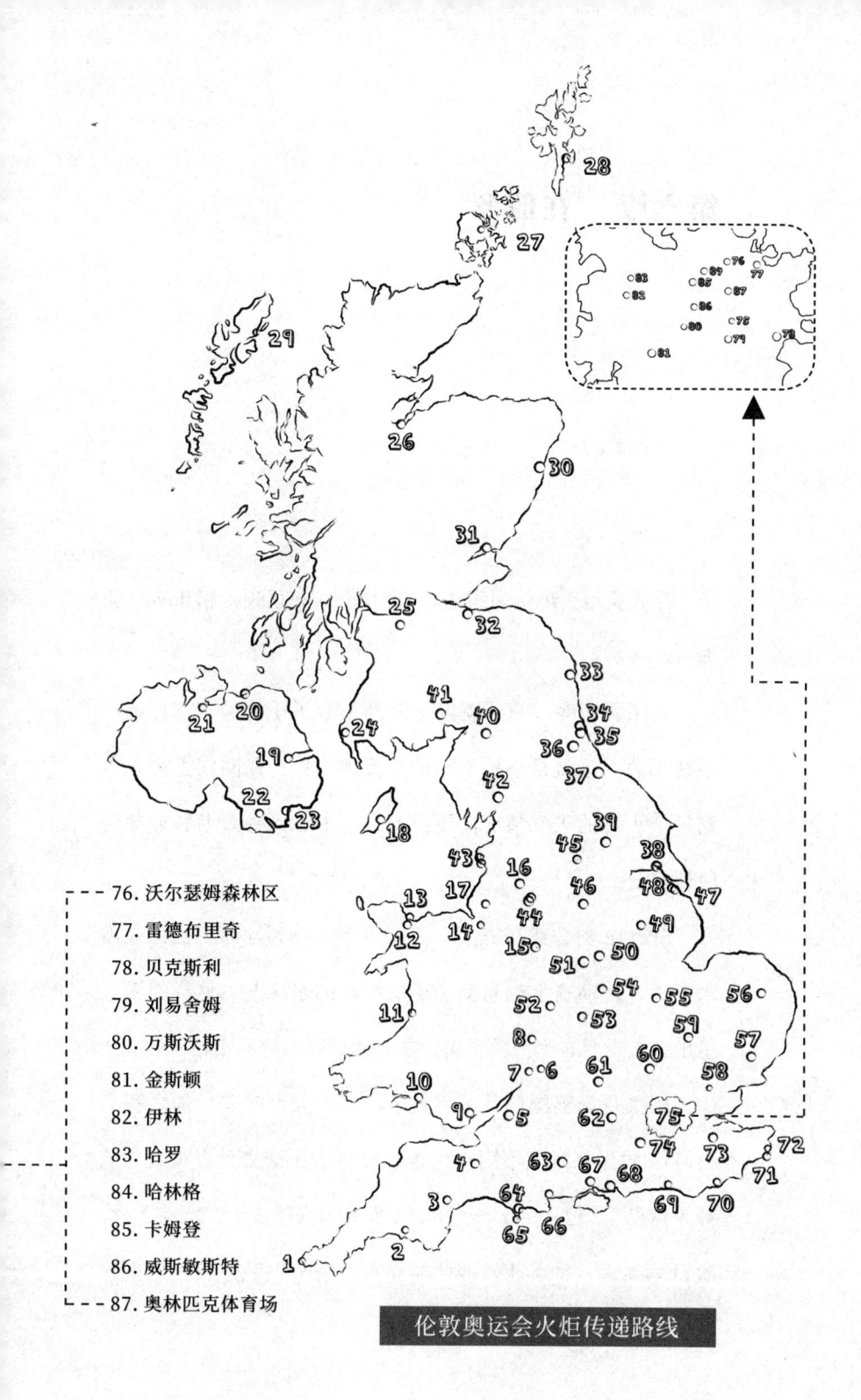

76. 沃尔瑟姆森林区
77. 雷德布里奇
78. 贝克斯利
79. 刘易舍姆
80. 万斯沃斯
81. 金斯顿
82. 伊林
83. 哈罗
84. 哈林格
85. 卡姆登
86. 威斯敏斯特
87. 奥林匹克体育场

伦敦奥运会火炬传递路线

33

第六篇　在他乡

今天奥运火炬传递到达 Brighton（布莱顿）和 Hove（霍夫）。

天刚蒙蒙亮，窗外就淅淅沥沥下起了小雨。下下停停，不缓不急，这就是不折不扣的"英国雨"。在网络上可以查到每个小时的天气情况，预报说，下午五点钟莱斯特城即会雨转多云。

Stella 的公寓在三层，凭窗下望，看到地面上已经被雨水浸透，玻璃窗上也布满了层层细密的水珠儿。这样的天气里出去走走会有另一种感受，在家休息呢？同样不错。

想来我到英国已是第六天了，前五天倒时差，加之我和 Stella 的作息时间不同步，她每天写毕业论文到夜里两三点钟才休息，次日上午十一点起床。而我习惯晚上十二点前入睡，次日早晨六点钟起床，彼此的作息习惯被搅乱，我整日里感觉混沌，只有强打精神才能应付日常起居。

Stella白天总是兴致勃勃地陪我外出逛街购物，晚上她要加班熬夜赶写论文。本想像以前那样催促她收工早点睡，可又实在不愿意挫伤她的兴致和孝心。

我时常告诉自己，Stella正面临毕业，不要过多地占用她的时间吧。

Stella就读的这所大学是英国皇家资助的公立学校，该校的艺术设计专业在英国本领域里属于重点学科。她在艺术设计与人文学院做硕士研究生，各门成绩始终名列前茅，以致在读研究生的第一学期就获得了留学生国际最高奖"校长国际奖学金"的荣誉。

她的研究方向是"品牌设计与企业管理"，为艺术学、商学及管理学融合型学科模式。中国的大学也已经逐渐建立起多学科交叉融合的学术理念，尤其像北京大学、清华大学这类知名学府，多学科融合的科研阵容已具规模。

Stella的论文课题是研究中国国家电视台（CCTV）和英国国家电视台（BBC）的品牌效应，以及对观众进行忠诚度比较。通过调研得出客观数据，分析总结出他们各自不同的特点以及优劣点所在，并有针对性地提出改进方案，以建立起一套世界可通用的、任意选择共享的先进运作模式。

维多利亚和阿尔伯特博物馆

The Victoria and Albert Museum

Stella 的英国导师在她的开题报告会上提问道："你所选课题的研究目的,是想说明中国国家电视台要向英国国家电视台学习么?"

Stella 回答说："不,我研究的目的是找出两个国家电视台各自的优劣之处,相互学习,取长补短,从而建立起一套切实可行的品牌模式。"

Stella 的第一导师是位地道的英国人,牛津大学毕业的博士;她的第二导师是位俄罗斯人,品牌推广领域的专家,担任着系主任职务,早年曾在海军陆战队服过兵役,具有军人的特质,他将"军事化"的管理模式带到了"学科建设"中。他的这套作风对在中国长大的 Stella 来说并不陌生——中国和俄罗斯在许多方面都具有共性渊源。两个国家在诸多思想观念、处事方式、行为准则上颇为相像。因而 Stella 的学习态度、学习成绩、纪律观念、思想品德都格外受到这位俄罗斯导师的赞赏。其他课任老师对她的表现同样有很好的评价,入学不久她就被推举为学生代表。

Stella 有几位关系很好的同学,两位在获得了硕士学位后,办理了为期两年的英国工作签证,计划工作签证期满后再回国工作。还有两位同学拿到硕士学位之后回国就业。她很珍惜"他乡遇故知"的情谊,年轻人独自在国外生活,求学,会遇到很多意想不到的困难。

平日里走在街上、出入校园，所看到的多是各种肤色的外国人（中国留学生戏称他们为"歪果仁"），只有少部分华人，且只是留学生。他们跟大陆同学，中国台湾同学和中国香港同学之间讲汉语也讲英语，之外无论是上课、答辩、日常生活及社会交往、课业交流、与校方联络，对外所有活动均需要讲地道的英语。在这样一种环境下学习和生活，难免会产生"身在异乡为异客"的孤独感。

到英国的几天里，我们分别邀请了Stella平时来往较多的同学到我们的公寓做客。我和Stella商定做陕西小吃"肉夹馍"招待大家。好在也是大众口味，想必会受欢迎。于是我们去附近的"TESCO"超市买了当地的烧饼，炖了一锅猪肉，熬了小米粥。把烧饼在烤箱里烤热，从中间切开，夹上事先切好的尖椒、葱花、香菜和肉块，凉拌两盘小菜。看时间允许，Stella动手烤制了两种西式蛋糕。这顿饭看似简单，受欢迎的程度还是出乎了我们的意料。

我曾问起将要毕业的中国留学生：毕业回国之后，能否想起这里？回答不但是肯定的，而且意味深长。他们说：会想念在莱斯特城的"小家"，想念导师和同学们，还有宿舍公寓楼下的门卫大叔。记忆深刻的，就是平时常去的地方，像城堡公园,市中心的钟塔和广场。美丽清澈的索尔河——河里畅游的天鹅、鸳鸯,以及河面上飞舞的水鸟,路边胖胖的鸽子;到了饭点儿还会想起街边小店里的炸鸡、薯条;会想念英国人的友善、课余时间安逸自由的生活、蓝天白云和舒适的气候,和TESCO超市五英镑给三盒的鸡腿、各种腻甜腻甜的糕点。排在最后的,或许也是想起次数最多的地方,比如伦敦的King's Cross Railway Station(国王十字火车站)、"九又四分之三"站台,想起伦敦地铁里语调深沉的提醒:"Mind the Gap",和亢奋到像打了鸡血一样的标语。他们说,一旦想起,或许会感动,既甜蜜又忧伤……

　　实际上,英国最让他们割舍不下的,是一段段美好的生活和学习经历,导师、同学以及一些热情的朋友,和一个成长中的自己。我想,他们离开英国之后,会常惦记着这个国家的每一个变化和发展,因为对于尚未涉世的他们,这里也算是第二故乡。英国给了他们知识和眼界,给了他们一个与以往不同的全新生活。这样的生活陪伴着他们度过了人生中最美好的时光。

　　Stella告诉我,她上届毕业的学哥学姐们将要离开英国的头天晚上,打点好行装不约而同地走出房门,来到平日里走过不知多少遍的校园、公园、市中心,恋恋不舍地回望曾经留下他们印迹的河沿儿、座椅、广场、街道和教学楼，或许心里还会响起一个声音：再见了英国！希望你能记着我。

2012 年 7 月 16 日 星期一

第七篇　一个以旧换新的民族

奥运火炬今日到达 Maidstone（梅德斯通）。

作为留学生的母亲，在英国住上一星期就想写出一本书来，无疑是个妄想。然而关注和了解这个民族成为我创作的动力。到英国不久您就会发现，这是一个充满着时尚气息、文明发达的美丽国家。据资料介绍说，这里有稳定的社会秩序，和谐的人际关系。这种"稳定"与"和谐"不是政府强制的结果，而是人们良好的诚信和教养所决定的。

英国全称为 The United Kingdom of Great Britain and Northern Ireland（大不列颠及北爱尔兰联合王国），位于欧洲西部的大西洋中，隔北海、多佛尔海峡、英吉利海峡与欧洲大陆相望。它包括大不列颠和北爱尔兰两部分，由 England（英格兰）、Scotland（苏格兰）、Wales（威尔士）和 Northern Ireland（北爱尔兰）四个地区组成。

首都伦敦位于英格兰中部，跨 The Thames（泰晤士河）下游两岸，距河口 88 公里，海轮可以直达。由伦敦市和 32 个自治市组成的"大伦敦"，面积是 1,577 平方公里。伦敦城周围的十二个市被划为伦敦市区，称为"内伦敦"，面积为 303 平方公里。

英国的气候冬暖夏凉，温润潮湿。从六月份开始，雨水渐少，阳光温和。每年的七至八月份是英国真正的夏天，艳阳高照，温度在 20 摄氏度左右，昼长夜短。九至十月份秋高气爽，景色宜人。到了十一月下旬，渐入冬季。从十二月开始到转年的三月份，气温在 10 摄氏度以下，雪天不多。到了四五月间，天气回暖，此时的气温仍保持在 15 摄氏度以下的低温状态，年降水量为 1100 毫米左右。

英国的旅游资源丰富，艺术氛围浓厚。首都伦敦被誉为"万城之花"；Edinburgh（爱丁堡）被称作"北方雅典"；大学城 Oxford（牛津）、Cambridge（剑桥），古城 York（约克），以及莎士比亚故居 Stratford（斯特拉特福小镇），均享有国际声誉，英国有十四处名城、十几座国家公园和风景保护区，二十六处名胜古迹和天然景观被联合国列入世界文化遗产和自然遗产。

以上概况不难体会，英国是一个前卫和浪漫的国度。环

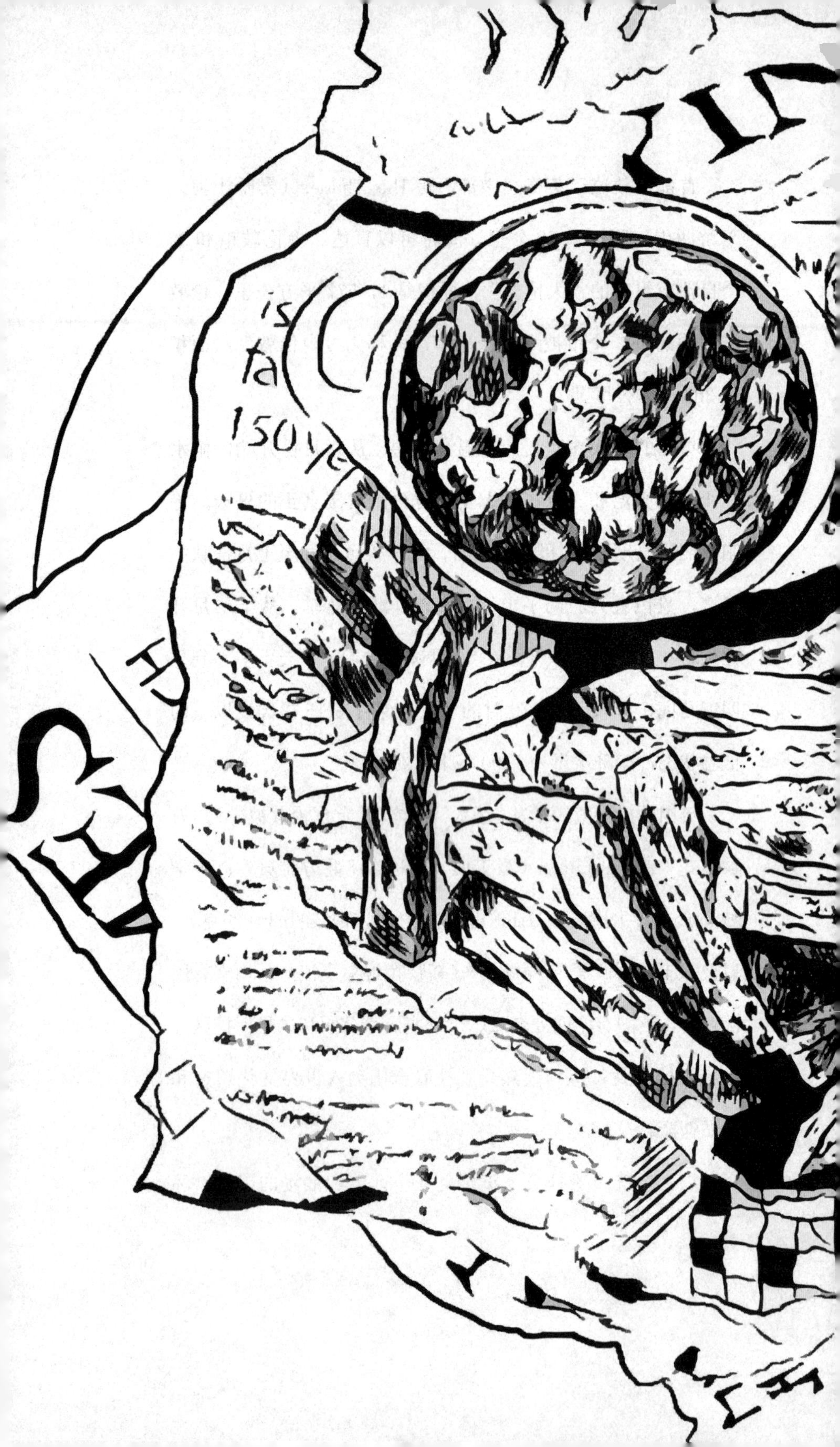
is
ta
150 ye

英国名菜炸鱼和薯条

Fish and Chips

境舒适，气候温和，在温和的气候下，景色必然宜人。三月风，四月雨，五月花。到了六月份，大街小巷便会开满美丽的国花玫瑰。一年中英国最美的季节是五至十月份，各种鲜花同时绽放。

雾气昭昭的天空，穿插着耀眼的阳光。

时而万里无云，时而瓢泼大雨。

白发苍苍的女王，让人流连忘返的湖光山色，宁静致远的田园风光，浪漫的文学气息。

——如果您旅居于此，将会感受到她的种种魅力。

英国人追求简单而舒适的生活方式。西服，为英国的国服，穿在身上体面而庄重，是白领一族必备的正装。除职场之外，在一些重要场合，男士喜欢穿燕尾服，女士通常穿低胸晚礼服。平日里，百姓们习惯穿合体的休闲服。

享用繁复的英式早餐是英国人的传统。但通常早上时间有限，人们无法准备丰盛的早餐，便将其简化为玉米片加牛奶，酸奶加水果，或者吐司加果酱，茶、咖啡，以及果汁一类的饮品。只有在周末，人们才有充足的时间享用传统的英式早餐。主菜为肉类，像烤鸡肉、烤牛肉、烤鱼；蔬菜有卷心菜、豌豆、土豆、胡萝卜；之后是甜食，比如烧煮水果、果料布丁、奶酪或者冰激凌。

冷冻熟食在英国相当普遍，因而"电视晚餐"成为英国特色：将冷冻熟食放入微波炉或烤箱加热，边看电视边进餐。

英国人善于理家，无论是做服装，还是建房子建车库，都愿意亲力亲为。逢周末和节假日，他们会自己动手修缮或装修房屋，制作家具和陶瓷工艺品，修整花园。在他们的院子里都有一个工具房，里面装满了维修汽车、房屋和修剪植物的工具。这不仅是出于经济方面的考虑，更多的是出于兴趣。我原以为这只是英国人的生活模式，而当我旅居了十几个欧洲国家后发现，这竟是全体欧洲人的生活写照。

英国广播公司（BBC）在每周黄金时间推出一档名为"改变房间（Changing Rooms）"的节目，由摄制组跟随设计专家以及装修能手，对某处破烂不堪的居室进行装修改造，装修的效果经常令房主连声叫绝，甚至喜极而泣。这档节目很受民众欢迎，其中的设计与装修效果激发了观众的动手热情和设计灵感，使更多的人投身到了自家的装修设计中。同时，节目的播出也促进了DIY超市商品的销售。

如遇银行节、圣诞节、复活节，多数英国家庭会选择外出旅游度假。像电影院、音乐厅、歌剧院、博物馆、夏季露天音乐会便成为人们的休闲之家。

政府在制定市区规划时，几乎在每个生活区附近都规划出公园或绿地，供市民休息和消遣，为孩子们提供游戏的便利。由于冬季多雾，且阴雨天气偏多，阳光对英国人来说就显得格外珍贵。于是夏季，在蓝天绿草之间，聚集着众多享受日光浴的家庭。人们更渴望假期里的阳光，去海滩或草场上晒太阳、野餐，或者背起行囊携家人出国旅游。

漫步于公园、绿地，那里一年四季都有花草树木在生长。

我们总习惯用自己的经验去揣度外人的生活，常常发出疑问：他们的生活有意思么？我们对这套生活方式不以为然，而他们却乐在其中。英国人会抓住一切机会尽情享受，在他们看来休闲比挣钱更重要。

欧洲国家的酒吧就如同中国的小吃店，布满大街小巷。许多中国留学生来这里之后认识了"Party（聚会）"这一国际游戏。有些学生在紧张的学习过后去参加同学的生日Party或学期末Party。周末，也会揣上护照，去"午夜酒吧"喝上两杯。

晚间所有酒吧都有警察守门查验前来消费者的证件。英国法律规定，年满二十五岁才允许买酒，本国人在商场或超市买酒要出示身份证，外国人买酒要出示护照或签证卡，即使在超市购买中国烹调料酒也需出示证件，包括酒吧晚间开放时，年满二十五岁才可入内。

> Tate Museum of Modern Art
> Swiss Re Tower
> St. Paul's Cathedral
> Big Ben
> London Eye

　　在嘈杂吵闹的环境里提高嗓门儿跟同学聊一阵儿，再狂欢几曲，天亮时回去睡觉，以释放学习带来的压力。但很多亚洲留学生拒绝这样的消遣方式——他们清楚地知道，英国，不过是他们短暂停留的地方，过客而已。

　　河里的天鹅、广场的鸽子被重点保护，路边的苹果、蓝莓、红莓自生自落……

　　论文写作注重追本溯源，英国高校明确规定，对上交的每一篇论文必须通过上传网络查重比对，自动搜寻论文数据库，若论文检测超过规定的雷同率，轻者被退稿重写，重者则被退学。

当他们毕业后，真正离开英国时才发现，看似平常的生活场景和学习经历，已经成为他们人生旅途中一段重要的记忆。

旧日的"日不落帝国"成为了全新的"创意英国"。破落的发电厂被改建成 Tate Museum of Modern Art（泰特现代艺术博物馆），后现代 Swiss Re Tower（瑞士再保险塔）意外地成了 St Paul's Cathedral（圣保罗大教堂）的近邻，Big Ben（大本钟）面对着世界最大的摩天轮之一"London Eye（伦敦眼）"。

英国为世界第四大贸易国，贸易额占世界总额的 5.7%。

这是一个尊崇天才的国家，将大器晚成的 John Galiano（约翰·加利亚诺）、David Beckham（大卫·贝克汉姆）、J·K Rowling（J·K·罗琳）视为国家的骄傲。她还是一个向世界展示医药科技、产品设计、DNA 技术、影像艺术、建筑技术的先进国家，将与设计、创新有关的工业统称为"创意工业"，因而带动了年约 600 亿英镑的营业额，以及 80 亿英镑的出口额。

她让我们认识了一个"以旧换新"的民族。

2012 年 7 月 19 日 星期四

萨尔茨纺织厂

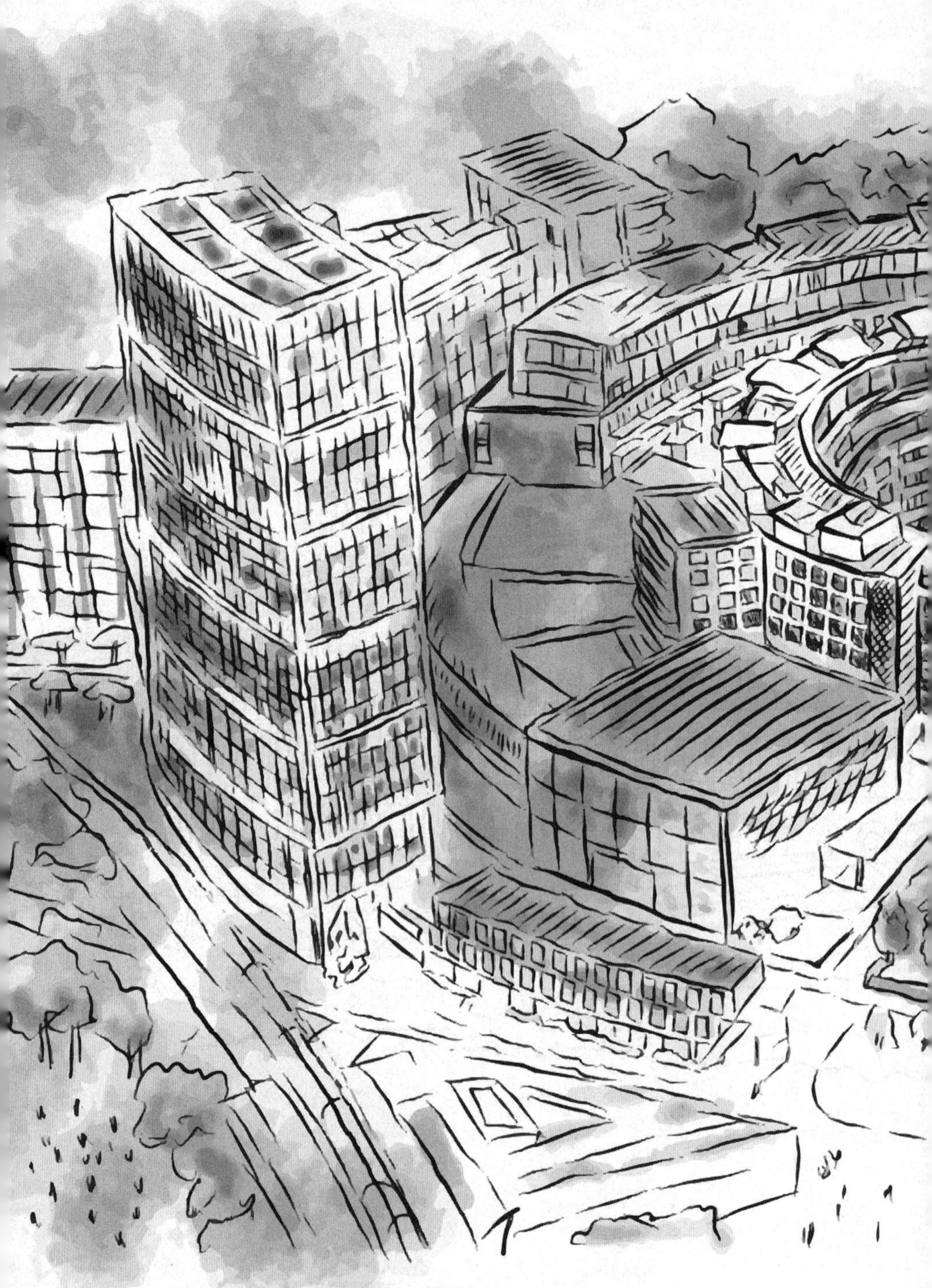

BBC 大楼

BBC Television Centre

第八篇 我所认识的 BBC

Stella 在读硕士研究生期间,我曾随她去英国的国家电视中心考察。这是缘于她毕业论文的内容有关中国国家电视中心(CCTV)节目与英国国家电视中心(BBC)节目的品牌比较。导师建议她先回国深入到中国国家电视中心,然后在英国国家电视中心进行考察和比较。

当时我恰在英国,其中一天与 Stella 同往 BBC。

英国国家广播公司(BBC)的院落不大,也并不像事先想象的那么壮观,但它的建筑造型很特别,一个圆,加一个弯,像一个大大的问号。陪同我们的讲解员首先介绍了 BBC 电视台的历史和她所承载的文化内涵:

"英国广播公司(British Broadcasting Corporation),简称 BBC,成立于 1922 年,是英国最大的新闻广播机构,也是世界最大的新闻广播机构之一,在全球范围内都享有很高的知名度。"

俯瞰整个BBC建筑,她的确像一个"问号"。里面所包含的文化、历史、功能以及她的重要性可想而知。讲解员兴奋地、略带炫耀地介绍道:"这里是国家元首、各界名流、政治精英、大牌明星出入和上镜的地方。有先进的设备和一流的人才。这座建筑是世界上第一座被量身定制的电视中心。一个圆变成了一个问号,堪称绝妙的艺术品。"

BBC的总部坐落于伦敦,是英国最具代表性的建筑之一,建于20世纪50年代末期,属于太空时代的产物,所以里面所有的设计和装置都充满着展望未来的气魄。光线射到马赛克上,辐射到头顶蜂窝般的天花板,美妙至极。在这个环形的中心里,从立柱到柱廊,到处都有与马赛克共鸣的地方。

BBC ONE(BBC 1)是世界上第一个电视台,它于1936年11月2日开始提供电视节目,当时叫作BBC Television Service(BBC电视服务)。在二战爆发前,已经有大约25,000个家庭收看节目了。

BBC 1台的节目十分大众化,从经典节目的录音,到《葡萄酒背后秘密》的录制,包括戏剧、喜剧、纪录片、游戏节目和肥皂剧——由于内容丰富,成为英国收视率最高的电视频道之一。BBC的主要新闻节目也在BBC 1台播出,每天播放三次。

1964年，BBC TWO（BBC 2）开播，节目以娱乐节目为主，类型多种多样。

BBC电视台自九十年代初期开发了BBC World（世界频道），从亚洲和中东地区开始，继而扩展到非洲地区以及欧洲地区，最终于2001年完成全球覆盖。直至今天，英国境内有八个电视频道在运行中。

"我们带您们到南大厅的接待间去看看"。讲解员礼貌地示意我们先行，他随行一侧。

哦，这里的房间是没有任何物体支撑的，人们迈进来会有种摇摇欲坠的高度感。而实际上它是坚固的，完全可以放心。

透过玻璃窗，我们可以看到楼外的喷泉。讲解员介绍说："楼前喷泉中的那个'大盆'像是Forbidden Planet（弃星之旅）中的飞碟，但其中又有点儿Track Island（跟踪岛）的感觉。"

然后他指向那圆形的中心说："看到'雷鸟三号'从中间飞出来，您才会相信这是个杰出的设计。它就像个娱乐圈和克格勃审讯中心的结合体，人们都说这是个不错的比喻。"

他笑着继续说道："有专家分析，它好像带着某种斯大林主义的色彩，为的是让高高在上的领导者俯瞰员工们，看他们是否在认真工作；还有工作人员评价它是一座革命性的建筑，一个被世界各地所模仿的建筑，据我所知在津巴布韦有一座和它同样的建筑。"

这真像个精致的艺术品，两条环形道路展现出精美的造型，与技术设备有机地结合。内廊通联艺人的更衣间，大厅和工作室，它们之间设有化妆间和服装间，所有布局设计的方便而恰如其分。

走出大厅他告诉我们："起初这里的领导会从二层进入他们的办公室，而普通工作人员、制作团队成员以及技术人员会从一层的后门进入，所以两者几乎从来不会碰面。这其中的寓意在于，工薪阶层的人没必要见到那些重要人物——您懂的，保持一种普通人与统治者的分离状态。"

BBC电视台每晚九点钟是播放现场直播节目时间，它带给观众热烈的气氛。我看到一些历史画面的显示：

"大家好，我从伦敦的BBC电视中心发来报道：欧洲来自十七个国家的观众在和我们一起欣赏欧洲版的1963年歌曲演唱大奖赛，此时无论您从哪个角度看，都仿佛置身于欢乐工厂，而它和工厂唯一的区别在于，每一件艺术品都是独一无二的，节目的种类丰富多彩。"

您能观赏到范围极广的歌剧节目，并且还有其他节目同时展现。那时彩色相机正处于发展阶段。据说在《名利场》

中，每个演员压力都很大，因为大家都不知道该怎么去操作，道具是怎么回事，他们都觉得自己的位置不对。经过不断地摸索和努力，结果成功了。

BBC 1 台 John Craven（约翰·克莱文，第一任播报员。他首先坐在播报台前，而不是与其他播报员坐在播报台后方。他穿裙子、打领带的风格一直被延续至今）新闻播报："对于上千名学生来讲，今天学校停课，因为全国举行大选，今晚将忙碌一夜。BBC 电视台拥有各类嘉宾，会随时给观众带来时事境况。"

"这里是位于伦敦的 BBC 电视台最大的电视工作室，将是大选报道的神经中心；BBC 餐厅为这个特殊之夜所做的准备，是有史以来最大的行动。它将给工作人员提供 6000 个三明治，20 加仑番茄酱和 100 加仑水果汁，3500 杯咖啡，上百个香肠卷。"

BBC 虽是一个接受政府财政资助的公营媒体，但它的管理却是由政府之外的监管委员会负责，这些负责人可不是随便选出来的，都是由首相提名，女王委任的名望之士。

1927 年，BBC 获得了由 Queen Elizabeth I （伊丽莎白一世）女王签发的 Royal Charter（皇家特许状），由理事会负责公司的运作。"特许状"并不是任何一家英国公司都能获得的，拥有英国君主颁发特许状的，都是些名声显赫、运作极好的大公司，这足以证明BBC在英国的地位。

BBC成立之后垄断着英国的广播业，直到1955年英国独立电视台Independent Television（英国独立电视台ITV）的介入，分走了一部分收视率。随着时间的进展，尽管存在着多家广播电视公司在同期竞争（ITV、SKY、Channel 4等），但迄今为止，BBC在英国乃至世界上的地位依旧不可撼动。

虽是公营企业，英国政府每年都会定制一个TV licence fees（电视执照费）用来资助BBC的运营。收取这个费用，源于BBC是英国所有电视台之中，唯一一家不插播商业广告的电视媒体，因而需要市民们交些钱给予"援助"。政府会面向家庭、企业和机构，以及所有收看BBC节目的用户收取此费用。在英国生活的人对于电视执照不会陌生，要看电视就要缴费。如果有人怀有侥幸心理，不缴纳这笔费用而偷看电视节目的话，就会收到警告信，甚至被罚款。

2012年7月21日 星期六
原载于《国际人才交流》杂志
2015年第11期

第九篇　蓝天下的 Waltham Forest

今天的奥运火炬传递路线，自 Greenwich（格林威治）到 Waltham Forest（沃尔瑟姆林弗雷斯特）。起始两地均属伦敦郊区。

Stella 提前预订了去伦敦的巴士车票，此次行程有两个主题，首先到英国国家电视台（BBC）进行采访，为书写毕业论文收集素材。时间定在中午一点十五分，预计三点钟结束。如果时间允许，下午或许还能赶上参加沃尔瑟姆林弗雷斯特火炬交接仪式。

我们早晨六点钟起身，洗漱、吃饭，赶乘七点四十五分开往伦敦的大巴，于上午十点十五分到达了伦敦市中心的 Victoria Coach Station（维多利亚长途巴士总站）。

当下是伦敦一年里最好的时节，今天的伦敦晴空万里。火炬交接仪式是下午四点钟入场，庆典时间为下午五点到晚上八点钟。

同样在今天，北京经历了六十一年以来的最大暴雨天气，据新闻报道，多座立交桥积水断路，平均降水量为163.7毫米。这是北京自1951年有气象观测记录以来观测到的最大值。一条条新闻接二连三地传过来，令人担忧。

北京暴雨。伦敦的天气却是晴空万里。

今天是伦敦奥运火炬传递的第六十四天，也是火炬到达伦敦的第一站。

火炬交接现场的面积并不大，规模如同北京市的辖区公园。门前的英文横幅上写着："沃尔瑟姆林弗雷斯特欢迎你！"。

进得门来是一条形同"网球拍"样的柏油路，"球拍"中央有座大型喷泉，冲天的泉水在阳光的照射下闪着七彩光焰。喷泉四周的护栏上环绕着奥林匹克五环旗，后侧是一幢欧式建筑，楼前便是奥运火炬交接的主会场。

我和Stella提前一小时等候在这里，参加庆典的人们陆续到达火炬传递现场，手持纸质英国国旗的男女老少排列在道路两侧。现场除了警卫人员之外，还有参会赞助商、工作人员、媒体记者。志愿者们正在向人们发放矿泉水以及赞助商提供的瓶装可口可乐、三星商业集团印有"SAMSUNG"字样的英国国旗。

61

在这里几乎看不到黄皮肤人种，粗略分类，只有黑人和白人，偶见一两位黑黄肤色的亚洲人，我们猜她们是越南人和中国香港人。某些国家电视台的记者在做录像采访，其中的亚洲面孔是香港 TVB 的采访团队。

人们耐心地等候着火炬手们的出现，不骄不躁，没有牢骚，那种理所当然的坦然和安静场面是我们难得一见的。也怪，英国很少有晴天，而今天从早到晚温度适中，艳阳高照。此时伦敦晴朗的天空理应被国际奥委会列为最佳"赞助商"吧。

我身边有对英国母子，那位母亲和我的年龄相仿，她热情地提出要为我和 Stella 拍合影，并向我们介绍了自己的姓名 Angela 和她身边的儿子。出于礼貌，我们也自报了"家门"。我和 Stella 面向花圃背对主会场留了张现场合影。"礼尚往来"是中国的文化传统，Stella 也为他们母子拍摄了合影作为留念。

Angela 是位热情、健谈的英国妇女。她问 Stella："你来英国读书么？"

Stella 答："是的，妈妈来探亲。"

Angela 指指身边的儿子说："我的儿子也在国外求学。"她的儿子向我们点头微笑。

"你们从哪里来？"Angela 问。

"中国北京。"Stella回答。

"哦！北京！" Angela像悟出了我们深层的来意——不只是来看望女儿，还有来观看伦敦奥运会吧。她张大了原本就又大又亮的眼睛，频频点头。

"你是一个人在这里读书么？"Angela问Stella。

Stella点头称是。

她说："那你很勇敢啊！"

这句话对独自身在异乡求学的女儿来说触动深刻，她赶紧把这句话翻译给我听，并笑着应和Angela。我想，女儿听到这样的夸赞一定比功课得了A+还高兴。

语言不通，成为我和Angela交流的障碍，可总是在沉默中等待双方都觉得不自在，我主动向Angela递上了我的名片。她看看喜悦地说："哦，作家，幸会啊！我会到互联网上阅读你的作品，可是语言不通啊。"

继而她转向Stella："你可以把你妈妈的作品为我们翻译成英文啊。"

"毕业以后，我会的。"Stella笑着回答。

然后她问："你打算带妈妈去哪里观光？"

Stella："刚去了伯明翰。"

Angela："陪妈妈去Shakespeare Birthplace（莎士比

63

亚故居）看看，参观那里需要一天的时间呐。"

Stella欣然答道："是的，我已经提前为我和妈妈订好了去莎士比亚故居的火车票。"

Angela看看我说："她真是你的好女儿，很周到……"

傍晚七点十分，火炬车终于到达公园门前，现场气氛突然沸腾起来，人们兴奋地尖叫着，摇着手中的英国国旗，助威呐喊。十分钟后，一位非裔火炬手在护卫、记者和警察的陪同下，沿着"球拍"样的柏油路奔到主场地,将奥运火炬点燃。

我们用照相机和录像机记录了这个历史性瞬间。火炬手身材魁梧，身穿白色运动装，灰色运动鞋，高举燃烧的火炬绕场一周，微笑着向人们挥手。

火炬手撤离，活动就结束了。在我们看来，不仅简单，而且莫名其妙。

整个仪式就这么莫名其妙的简单，伦敦市政府没有领导讲话，也没有代表发言，没有繁杂的程式化仪式。火炬接力完成后人们陆续走散，稍许还会有自发的庆祝活动——这是英国人的庆祝模式。

奥运火炬传递的下一站将是雷德布里奇。

现场的工作人员和观众也随之撤离，意犹未尽的Angela向我们讲述了这位非裔火炬手的故事：

"他的名字叫 Fabrice Muamba（姆安巴）。1988年出生在刚果，是位踢中场的足球运动员。今年年初，当博尔顿和热刺的足球杯总决赛踢到四十一分钟时，博尔顿中场球员姆安巴突然晕厥倒在了足球场上，当时他身边并没有对手，也没有队友，几秒钟后他才被人们发现，主裁判立即宣布暂停比赛。姆安巴已经停止了呼吸，经过现场抢救之后他被送往医院救治，医生确认是他的心脏出现了严重问题，经过治疗，他的身体竟奇迹般地复原了。你们看，他是多神奇的人啊！"

此时 Stella 为我翻译 Angela 的讲述，她的儿子站在一旁静静地听着，不住地点头。我和 Stella 被 Angela 丰富的表情及快言快语所感染，她的热情和健谈给我们以美好的印象。离开现场时，她给我们留下了通信地址。我们相互道别，彼此祝福。

返回的路上，我仔细观察着这个地处伦敦郊外的中央行政区：灯柱上高悬着不同颜色的奥运会五环旗，和北京参加庆典活动时一样，沿路的行人、乘车的旅客，骑在父亲脖颈上的孩子，他们每人手里都挥舞着英国的米字国旗；行驶中的公交车外壳上，排列着不同国家的国旗，而最让我和 Stella 兴奋不已的是中国赞助商"伊利"的杰作："平凡中国人 不平凡的故事"。

一路上，无论是在伦敦市中心的Oxford Street（牛津街），Regent Street（摄政街），还是在China Town（中国城），所到之处，飘扬着数不清的五星红旗，那一刻与在国内看到国旗时的心情大不相同。

2012 年 7 月 21 日 星期六

原载于《文艺报》2012 年 7 月 31 日

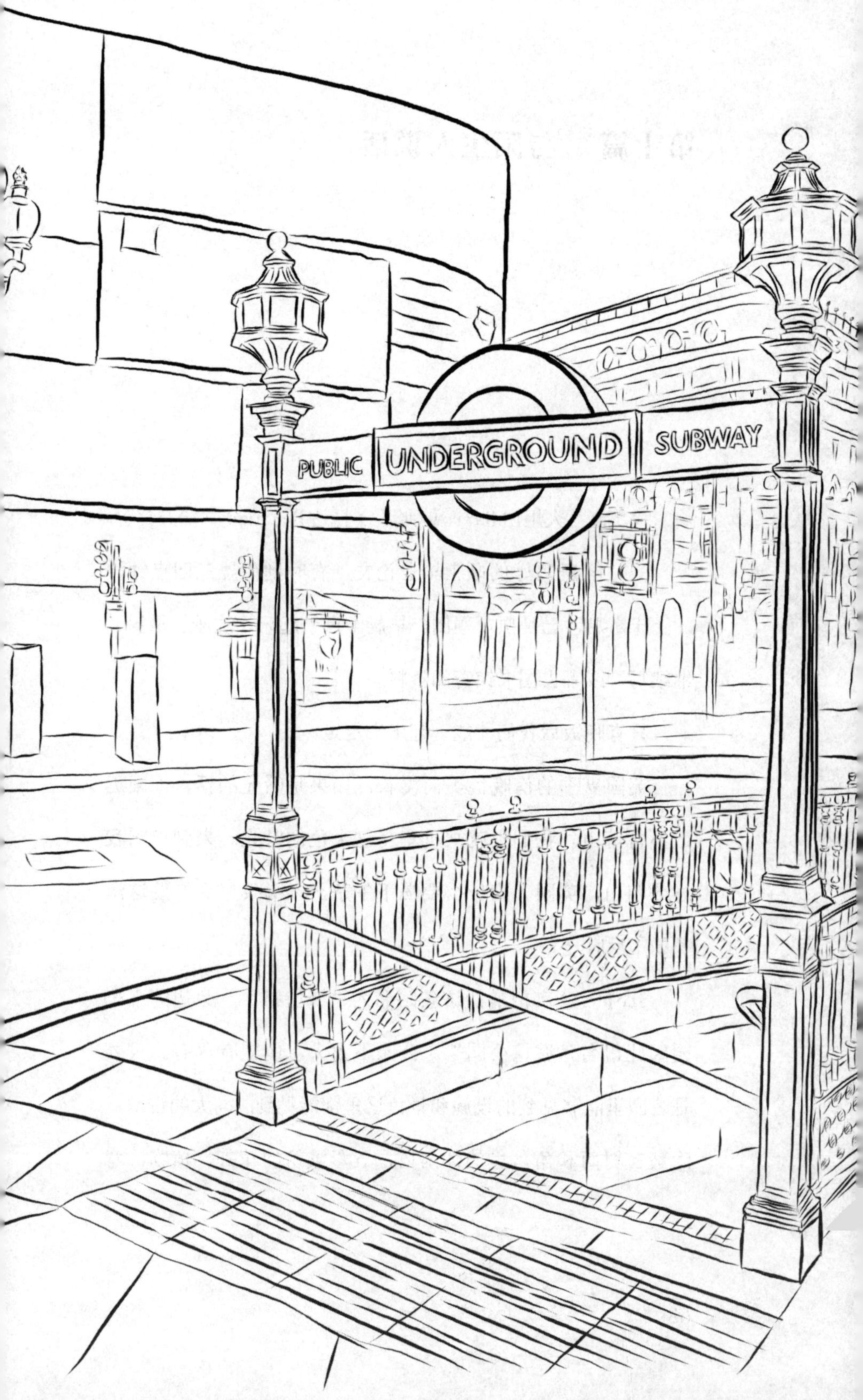
PUBLIC
UNDERGROUND
SUBWAY

第十篇　　与陌生人说话

"奥运"火炬由 Harrow（哈罗）抵达 Haringey（哈林格）。

Stella 赶写她的硕士毕业论文，有时到凌晨三四点钟她才上床歇息，已是黑白颠倒。早晨十点半起床，洗漱、早餐、继续写，或者去图书馆查阅资料。

只有晚饭后我们才能一起出去走走。

英国夏季的傍晚优美而漫长，如果是晴天的话，太阳迟迟不肯落山。我们也就乘机享受这金色的时光。来到英国我方才明白，英国人为什么要喝下午茶，不喝茶怎么打发这漫长的午后时光？

Stella 公寓门前的这条路名为"城堡路"，旁边的小公园因此得名"城堡公园"。公园不太大，但应有尽有。只要是公园里能够见到的设施和景色这里都能见到：高大的古木，隐蔽在树荫和角落里的休闲椅，五彩缤纷的花卉、植物，弯弯曲曲的林荫小路，最重要的是有河水，有拱桥，幽深的桥洞……河水在阳光的照耀下闪着粼粼的波光，水面上停泊着红色的游船。每到傍晚，白天鹅和鸽子就会集聚这里觅食。以它们的经验判断，傍晚时分人们外出散步时会来河边观景，同时把好吃的东西带给它们。

公园里有把木制的椅子很特别，这特别不仅因为其敦厚及讲究的造型，还有它灰色的、略显粗糙的自然本质。它的四脚稳立在茵绿的草坪上，周围寂静无人，却是鸟语花香，别有一番情趣。走近它仔细观看，发现椅背上刻着这样两排字："8.4.1932 IN LOVING MEMORY OF CLARENCE GODWIN 28.8.2006（在克拉伦斯·古德温爱的记忆里）"。

我和Stella沿着河沿下行，将提着的过期零食投向河里，白天鹅和鸽子一窝蜂似的朝我们这边扑来，争抢投掷在河面上的食物。我们边走边喂它们，白天鹅随着我们一路下行。随后，有两位沙特阿拉伯模样的学生也来喂鸽子，她们抢了我们的势头，我和Stella正好解脱，可以悠闲地散步了。

前方不远处有对中年夫妇，回身伫立原地，待我们走近他们时，我看清了，那男子是英国人，女子是印度人，男子首先向我们问好，女子热情地指指Stella手里的相机，要为我们母女俩拍合影照，于是Stella把照相机递给她，她找好了角度为我们拍了合影。回头看看身后景致,正是拱形桥畔。我提出与他们夫妇合影留念,他们立刻表现出了高兴的样子。

那女子看看我,问 Stella:"是妈妈么?"

Stella 回答:"是的。"

对方问:"是来参加你的毕业典礼吧?"

Stella 点头说:"是"。

与我们合影后,他们分别和我们握手告别。之后轮到我们伫立原地,望着他们远去。

想起常有人说,英国人是冷漠的。有些留学生家长会嘱咐孩子不要跟陌生人说话,实际生活中却是完全不可能。

当您一个人拎着两袋物品走在街上,总会有人停下车来问,是否需要送您回家,而不用担心他是骗子或欲收取报酬;如果乘坐火车,也会有热心人帮您把随身物品举上行李架;当您问路时,无论是谁都会带您走上一程,直到邻近的路口,反复说明目的地的方位,或许还会目送您一段不短的行程。

谁说英国人呆板、固执,缺乏热情?我不这么看。

走出公园,路过超市,我们进去买了一升瓶装的矿泉水,因是超市自产品,很便宜:44P(便士),相当于4.4元人民币。

回到住所已是晚上十点钟,此时夜幕刚刚降临。

回来看到手机短信,是从国内发来的暴雨"蓝色预警",

那语气即体贴又紧迫，令人担忧："今天傍晚至夜间北京将有大到暴雨，并伴有雷电，请大家备好雨具，注意出行安全，尽量减少外出"。数日后听说，那天北京的许多单位提前下班，晚上九点多钟地铁里少有乘客，人们都等在家里防汛。

今晨（北京晚上）我即给我丈夫打电话询问北京的情况，得知昨天北京几乎无雨，一切如常，我们便踏实了许多。

与此同时，天津却遭遇汛情……

2012 年 7 月 25 日 星期三

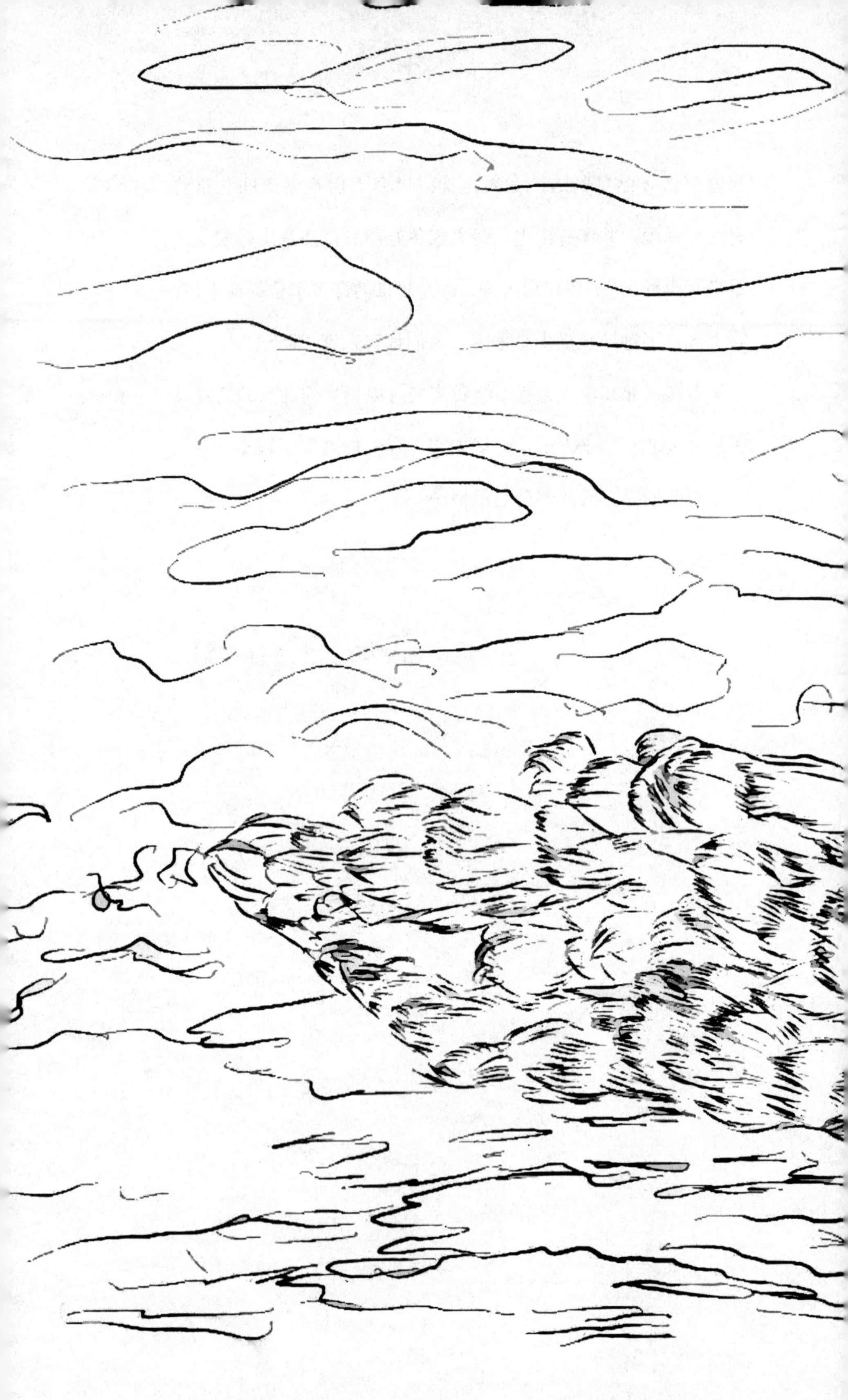

莱斯特索尔河天鹅

A Swan on the River Soar

第十一篇　意味深长的墓碑

今天对于伦敦，或者说对于世界都是一个特殊的日子。"奥运"火炬传递第七十天，火炬手沿泰晤士河，途经威斯敏斯特大教堂，一路奔向奥林匹克体育场，在那里将奥运圣火点燃。

伦敦泰晤士河临岸是英国著名的威斯敏斯特大教堂，是英国历代国王举行"登基大典"的地方，那一刻皇家乐队会奏响由 George Friedrich Handel（乔治·弗里德里希·亨德尔）创作的 *Hallelujah*（《哈里路亚》），是一首著名的歌颂上帝的乐曲，常去教堂做礼拜的人对这首歌曲会非常熟悉。

在伦敦威斯敏斯特大教堂地下室的墓碑林中，有一块花岗岩墓碑，质地粗糙，造型简单。与周围那些质地上乘，做工精细的 Henry II Curmantle、George II of Great Britain（亨利、乔治二世）以及二十多位英国前国王的墓碑，包括 Isaac Newton（牛顿）、Charles Robert Darwin（达尔文）、

Charles John Huffam Dickens（狄更斯）这类名人的墓碑相比，显得粗陋而逊色。

这块墓碑上没有主人的姓名和生卒年，但却是一座名扬全球的墓碑，使得每位到过这里的人必去拜谒。

有人说它是人生的教义，还有人说它是灵魂的自省。

碑文写道：

当我年轻的时候，我的想象力从没受到过限制，我梦想改变这个世界。

当我成熟以后，我发现我不能改变这个世界，我将目光缩短了些，决定只改变我的国家。

当我进入暮年后，我发现我不能改变我的国家，我的最终愿望仅仅是改变一下我的家庭。但是，这也不可能。

当我躺在床上，行将就木时，我突然意识到：如果一开始我仅仅去改变我自己，然后作为一个榜样，我可能改变我的家庭；在家人的帮助和鼓励下，我可能为国家做一些事情。然后谁知道呢？我甚至可能改变这个世界。

曼德拉年轻时曾来这里拜谒，当他看到这碑文时，如醍

野兔子

醍灌顶，他声称自己从中找到了改变南非的"金钥匙"。从英国回到南非后，这位志向远大，一向提倡以暴制暴解决种族歧视问题的非裔青年，改变了他以往的思想观念和治国方针。决定从改变自己和自己的家庭入手。这样经历了几十年的努力后，终于实现了他改变国家的宏大目标。

历史印证了这"教义"，这"自省"的神奇：要想撬起世界，它的最佳支点不是地球，不是一个国家或一个民族，而是自己的心灵。要想改变世界，就必须从改变自己开始；要想撬起世界，就必须把支点选在自己的心灵上。

2012年7月27日 星期五

第十二篇　走访 Shakespeare 故乡

今天是伦敦奥运会开幕的日子，也是奥运会开赛的第一天。有意思的是，我们没有去凑开幕式的热闹，而是来到了相对僻静的小镇(Stratford)斯特拉特福德，走访 William Shakespear（莎士比亚 1564—1616）故居。英国人称它为"莎士比亚的世界"。

无论走到哪里，一贯自信的我们仿佛有种预感，中国队在比赛中一定会拿到名列前茅的好成绩。却不知这预感由何而来，这自信又从哪儿来？

五所莎士比亚的故居分布在小镇里，以及小镇的周边。以 Shakespeare's Birthplace（莎士比亚诞生地）、 Anne Hathaway's Cottage（安妮·海瑟薇故居）、Mary Arden's House（玛丽·亚登农庄故居）和 Shakespeare Countryside Museum（莎士比亚乡村博物馆）、Hall's Croft （霍尔园）

和 Nash's House / New Place（纳什之屋／新坊）所组成，每一处莎士比亚生前所居住和拥有的宅邸里都有一座别致的花园，至今保存完好。

购买参观票的同时还能够购买随意上下车的双层敞篷城市观光巴士票，可以带您探访五处莎翁的故居。

坐落在英格兰中部的 Stratford-upon-Avon（埃文河畔的斯特拉特福德小镇），古老而不沧桑，美丽却不惊艳。莎翁故居和花园成为这里标志性的荣耀而著称于世。在阳光的照耀下，眼前这片田园沃土，农舍风光，给人试图移居于此的冲动。

斯特拉特福德是一个典型的欧洲小镇。涓涓的 River Avon（埃文河）环绕着小镇上建造于十六世纪的建筑群欢快地流淌。一间间十六世纪的双层乡村屋舍穿越过时空矗立在世人面前，黑色或深褐色木结构房舍配上白色的墙壁、尖尖的屋顶，可爱的造型，不难想象十六世纪时这里农家的模样。到处鲜花盛开，街心、屋角、阳台、房顶以及路灯杆上挂满了花篮。

四百多年前，英国作家——手套羊毛商人的第三个男孩儿莎士比亚在这里出生，之后在这里成长、成名。他的剧作和诗歌成就对世界文坛和读者产生了极大的吸引力，他作品的力量和对人类的理解超越了国界、语言、肤色、信仰和时空的限制,对世人的影响延续至今,他的作品成为世界的文学财富;他的美名以及成就成为英国人的骄傲。

镇上有许多与莎翁相关的建筑,除莎翁出生地,和安葬他的教堂之外,还有他曾经就读的学校,以及他母亲和妻子的故居。这里的街道、旅馆、餐厅、剧院,都伴随着莎翁的踪影和声誉。莎士比亚剧目的宣传彩页以及主演者的姓名,展示在街道商店或路边的橱窗里;旧日银行的墙壁上镶嵌着莎翁的画像。小小的斯特拉特福德镇仿佛一座莎士比亚历史博物馆,吸引着世界各地的游客们前来寻觅莎翁的成长经历和喜剧风采。

我们沿着河畔往南步行 600 米,到达了一处幽静的 Holy Trinity(三一小教堂)。莎士比亚出生时在这所教堂接受洗礼,五十三岁去世后仍被安葬在这里。这里还安葬着他的妻子、女儿和女婿。

在林荫道的两旁,矗立着布满青苔的墓碑,周围笼罩着肃穆、宁静的气氛。莎翁之墓位于教堂内部中央祭坛的前方,一旁放着一部供人阅览的,记录着在本教区接受过洗礼,以及去世后被安葬在这里人的花名册,在对面的墙壁上安置着友人为莎翁制作的半身像。主殿的上方是管风琴。此外,十五世纪的洗礼盘，以及祭坛后方巨大的彩绘玻璃窗，让所有来这里参观的人都不由得放慢脚步，逐一观赏。

教堂北侧的小木门上有一个长约二十厘米的门环，据称，昔日若有罪犯逃到这里，敲了教堂这扇门，那么在他判刑前，可获得三十七天的保护期。于是这扇门便以"庇护门"而得名，在此由上自下俯瞰教堂，呈现出"十字架"的结构。

莎翁故居是一所两层高的都铎式建筑，上下共六间，从房子外观看，像是十六世纪一个普通人家的住宅。明媚的阳光、美丽的花园、温馨的别墅、简单的陈设，让人联想到四百年前这里的烛光灯影。在莎翁居住过的房屋里曾经有过的爱情，和发生过的故事，都被保存得完好无缺，也为游人走过这座小镇时，生发出无数动人的想象——仿佛时光正在倒流。这里的任何一个角落，都以甜蜜和温馨而著称。

当地服务业为了给游客提供方便，将莎翁出生地的入口设在了"莎士比亚中心"的后侧。中心里展示着他的生平、作品和文物。穿过"中心"便是莎翁故居，房屋的墙壁是以木架和灰泥构建而成，它向人们展现了这里十六世纪盛行的建筑风格，和当年英国中产阶级家庭的生活状景，屋后种植有莎翁剧本里描绘过的各种植物和花卉。

英国政府于1847年买下了莎士比亚出生的宅邸，并使其恢复了伊丽莎白时代的环境样式，他出生的房间依然保持着当年的场景，屋内陈设的文物用具以及家具依然如故。漫步其中，仿佛可以嗅到四百年前这里的生活气息。

　　莎士比亚十八岁那年和 Anne Hathaway（安妮·海瑟薇）结婚，不久便只身前往伦敦发展。和现在的年轻人一样，他认为大都市是一个人获得成功的所在地，他将自己的喜剧梦想倾入到伦敦剧院。今天，他的出生地和伦敦剧场已成为文学爱好者的必访之地。

　　莎翁是以创作喜剧而起步的作家，在他小有成就之后，便开始尝试着创作悲剧，结果他所创作的悲剧比他创作的喜剧更具优势，他的 *Romeo and Juliet*（《罗密欧与朱丽叶》）成为世界悲剧史的上乘之作。莎翁对爱情充满了无限的憧憬，由此可见，一个人必须具有出众的才华，还要有丰富的情感，才可能创作出不朽的佳作，这一点在他身上成功地得到了体现。他也是少数在世时就看到了自己成功的文学家之一。1596年，莎翁代表他的父亲获得了"掌礼院"授予的"贵族准许"，他和他的继承人被授予"威廉"绅士地位。

　　早在1592年时，莎士比亚就已是伦敦知名的演员和作家了。当时他已经创作了七部剧本。1594年他成立了"The Lord Chamberlain's Men（张伯伦勋爵剧团）"，并持有戏

莎士比亚画像

团的股份。在这五年里他积攒了大量的财富,用120英镑的价格,从William Underhill(威廉·昂德希尔)手里买下了一座"Hall's Croft(霍尔园)",这个居所是斯特拉特福德镇上的第二大房产,这座漂亮的砖木结构房子当时被称为"大房子",包括两个花园和两个果园,具有"伊丽莎白"风格,是依照莎翁时代的园艺书籍设计而成,呈"格子"式结构,由四个圃园组合的美丽院落。如今,"大花园"里还保留着当年莎翁亲自培种移植的一棵桑树。"大房子"的后身是镇上的"行会"教堂,它的存在为美丽浪漫的花园增添了一抹庄重的气息。

另一处居所,安妮·海瑟薇小屋是莎翁的妻子安妮·海瑟薇婚前的住所,为典型的"英国式"农舍。海瑟薇家族直到二十世纪初才从这里迁出。她的意义在于,莎士比亚在此居住期间,正处于他事业的巅峰阶段。而屋内陈设的十六世纪的家具以及室外美丽的花园依然保持着当年的模样。

这里的"New Place(新居)",也称"Nash's House(纳什之屋)",是莎士比亚的外孙女Elizabeth Hall(伊丽莎白·霍尔)和她的丈夫Thomas Nash(托马斯·纳什)共同生活的地方,也是莎翁隐退之后的生活所在地。每当春天来临,屋外的墙壁上爬满了紫藤花。后来的主人在这里建造了文艺复兴时期风格的花园。春夏秋三季节，园子里花团锦簇，芳香宜人，花簇之间仅留出供人步入花园的路径，各色鲜花将游人簇拥其中。脚下铺有绵软的草坪，金色阳光下，游人穿梭在五颜六色的花卉间，如同漫步在奇妙的幻境。Stella为我拍照时，两个调皮的男孩子在我身边偷偷上演了"恶作剧"，行径败露之后，其中一位男孩儿邀请我与他合影留念。

在被观众围拢的空场上，正上演着莎翁的四大悲剧之一，话剧 Othello: The Moor of Venice（《奥赛罗》）。虽是露天演出，也没有舞台，但演员的表演依然那么投入，那么动人。自然环境不比舞台环境有利于演员发挥演技，更谈不上舞台效果的烘托，但那场面并不逊色，演员出色的话剧功底将观众带入了那个特定的情境。在自然境况下的演出让人有身临其境之感，故事越发真实可信。倏忽间感觉眼前的人物与情感即是现实，跃然眼前。

剧情大致是：奥赛罗是威尼斯公国的一员勇将，他与元老的女儿Desdemona（苔丝狄梦娜）相爱。因为两人之间的年龄相差悬殊，他们的婚事未被准许。奥赛罗手下有一个阴险的旗官Iago（伊阿古），一心想除掉奥赛罗。他先是向元老告密，没想到促成了两人于私下成婚。之后他又挑拨奥赛罗与苔丝狄梦娜的感情，说另一名副将Cassio（凯西奥）与苔丝狄梦娜有不正当关系，并伪造了他们所谓的定情信物。奥赛罗信以为真，在愤怒中掐死了自己的妻子。事后当他得知真相，悔恨之余拔剑自刎，倒在苔丝狄梦娜身边。

在被花草环绕的大门前，我驻足徘徊。植物掩映下的大门向院内敞开着，信步一尘不染的庭院，在大树下的一把长椅上我坐下来欣赏周围的景色。墙角的一朵小花，一条不起眼的花丛小径，都会给人带来一种满足感；文静典雅的古老街道，缓缓流动的埃文河，给这个小镇带来了生机和灵气。

与之比邻的教堂在蓝天的映衬下显得雄伟壮观。眼前的建筑如实地反映了建筑师的本意和才华，经过岁月的淘洗，如今具有很高的研究价值。试想当年，或许现在，住在古色古香的房子里，闲暇之余品着咖啡或红茶，也许就是大部分英国人梦寐以求的生活方式。如今英伦的风情小镇，已逐渐成为各地游人争相追捧的游览地，小镇古朴典雅的风格和温柔静谧的情调，令人几经驻足，几经往返。

位于埃文河畔的 Royal Shakespeare Theatre（皇家莎翁剧院）是观赏莎翁剧作的最佳场所。值得一提的是，皇家莎翁剧团的剧目要首先在此地上演，之后才可在伦敦 Globe Theatre（环形剧场）上演。戏票需要提前预订，这次我们的游览时间过于仓促，我想，下次再来斯特拉特福德小镇时，一定要在这个剧场欣赏一部莎翁的戏剧。

而位于伦敦泰晤士河畔的伦敦环形剧场是当年莎翁和友人合资建造的。英国人很善于维护古迹，剧场虽几经翻修，但仍然保持着当年的风貌。

2012年7月28日 星期六

原载于《中国致公》杂志

2018年第2期

第十三篇　搬　家

今天是公寓规定 Stella 和同单元的同学搬家的日子。她们在暑假期间需要配合公寓管理人员将现住的公寓腾给刚刚入学的研究生居住，她们将搬到距离校园更近的宿舍区。

搬家是件繁琐的事，对当今的单身学生来说并不轻松。锅碗瓢盆酱醋茶，铺盖、日用品、书籍、电脑，各种存储硬盘，还有些平时给家里买的东西。把东西归类装箱装袋，竟塞满了四个拉杆箱、四个编织袋。

Stella 的"家当"比起其他室友还不算多，但一辆出租车也难以装下。

像打仗一样，叽里咕噜，稀里哗啦。东西总算搬完了，看看表已经将近中午十二点钟。先把搬过来的东西们放进屋里，赶紧去吃饭。一上午的体力活，对于平时不怎么消耗体能的书生来说并不轻松。

搬完家走在街上,发现整个莱斯特城几乎嗅不到"奥运气息",校园里却能体味到不同于以往的奥运景象。眼前这座商科教学楼楼体以及排排灯柱上挂满了印有英国女王皇冠的旗帜,"2012——LONDON"字样的彩旗以及奥运五环彩旗时时在提醒你,当下的英国正处于奥运期间。

回到寝室,我们把行李和物品摊开,杂物归位。锅碗瓢盆,各种调料放在厨房,衣物装进衣柜,学习用具和电脑放在写字台上,铺床叠被……待这一切归整就绪已是晚上七点钟了,已经没有力气再做晚饭,再说我们也需要犒劳一下自己。

于是我们来到市中心的中国餐馆吃了自助火锅。这里的老板来自中国大连,很热情。到这里就餐的有当地人,也有亚洲人,当然还是中国大陆留学生居多,我们进门来就遇到了Stella的两位来自大陆的同学。

自助台上摆满了牛羊肉,菌类,海鲜,果蔬。汤底种类有麻辣、番茄、清汤、蘑菇。小火锅,自己涮,想吃什么取什么。小料也不错。每人的价位是14英镑。

顾不上休息,我们赶紧去观看当下伦敦奥运会比赛的电视实况转播。搬家的劳累似乎感觉不到了,紧张感倒是有一点。

2012 年 7 月 29 日 星期日

第十四篇　英国人的办事效率

窗外霏霏细雨,我陪Stella去警察局办理外国人住所变更手续。他们标出的工作时间为上午十点至下午两点,下午两点四十五分至晚六点钟。我和Stella在门前多等了二十分钟,十点二十分警察才怏怏打开大门请我们进去,和我们一起等待的还有经济管理学系的一名前来办理登陆手续的学生,眼下他刚刚入境,正在语言班学习。此时他还要赶回去上课,心里比我们急。毕竟,Stella今天轻松,不用见导师。

"老牌帝国主义国家的人,一直在吃老本,自以为是,办事效率极低。"这是始终处于忙碌状态的我们对欧洲人的评价。这评价听起来轻描淡写,却击中本质。

莱斯特城的菜市场是欧洲最大,并且是最古老的菜市场。市场摊主的营业状态直接反映了整个英国国人的生活节奏。做起生意来不慌不忙,慢条斯理。摊位很大,仿佛一个人照顾不过来，实际上他们也根本不照顾，您若选好了他／她的货品，就要站在那里等，等着他／她发现您，可是谁知道他什么时候才能转过身来发现您呢？这里的顾客从不招呼老板，就那么等着，或者用眼神示意，等他来收钱，把菜或水果装袋儿递给您。

本是为自己挣钱，为什么漫不经心？嘴里哼着小曲，或吃着东西，或和附近摊主聊得热火朝天，对站在摊位前的顾客常常视若无睹。当您把挑选好的蔬菜向他／她举过去，或者指着您选好的菜反复对他说"Please"之后，他才缓缓地走过来，把您要买的菜装进塑料袋递过来，然后接过您手中的硬币，看都不看，更不用说点数儿，一股脑儿地扔进钱箱里，继续他们的谈话。

这与国内商贩对顾客穷追不舍的态度形成了极大的反差，但您并不觉得他们在冷落顾客，因为那张悠闲自得的脸总在朝您微笑，有时还会跟顾客调侃两句。最初我以为他们有种族歧视的恶习，对外国人就这态度。但随后我观察到，他们对所有的顾客都是同样的态度，那就不好怪罪了。

而实际上英国人很善于使用亲昵的称呼。卖家时常会称顾客"亲爱的、小甜心、宝贝儿……"他们嘴甜如蜜，善于变通。

莱斯特菜市场

Leicester Market

每到午后时分,市场里的吆喝叫卖声便会混作一团,此时的摊主想招揽来顾客把菜和水果售完开车回家。但您仍看不到他们着急的样子,对顾客的态度依然是那么漫不经心。

我忘了在哪里看到过英国剧作家 John Boynton Priestyley(约翰·博因顿·普利斯特利)说过的一段话:"在这人世间,万恶都是一向忙忙碌碌之人造成的,他们既不知道什么时候该忙,也不晓得什么时候该做"。但以我们的眼光看过去难以理解——他们该忙的时候不忙,该做的时候不做。

酒吧里,餐厅里,学生公寓的一楼大厅里,学校的教学楼的会议中心,所到之处,都能看到电视的奥运直播节目。

目前奥运奖牌排行榜:No.1:中国9金,5银,3铜;No.2:美国5金,7银,5铜;No.3:法国3金,1银,3铜。

北京时间7月30日晚,在男子双人10米跳台决赛中,中国的"源泉组合"曹缘、张雁发挥出色,六个动作表现得无懈可击,最终以总成绩486.78分获得了金牌。这是中国代表团在本届奥运会获得的第七枚金牌;同时中国队也实现了奥运会该项目的三连冠。

北京时间31日凌晨,女子举重58公斤级决赛结束,22岁的中国运动员李雪英以总成绩246公斤夺得金牌。抓举成绩 108 公斤，挺举成绩 138 公斤，分别打破了该项目抓举和总成绩两项奥运会纪录。

中国体操队成功卫冕。北京时间 31 日凌晨，在男子体操队决赛中，中国队发挥出高水平。从预赛第六的不利位置完美逆转，最终以 275.997 分成绩，成功卫冕该项目金牌。日本队通过申诉，以 271.952 分获得银牌，东道主英国队以 271.711 分获得铜牌。

如果英国国民不是这样懒散，而具有一点儿博弈精神，那将会是怎样一个国民群体，那么英国将会产生多少位莎士比亚？

2012 年 7 月 31 日 星期二

第十五篇　中国人将认识 Leicester 的古老教堂

周四或周五是导师约见研究生的日子，因为导师每周只有这两天来上班。上午 Stella 见过导师，交上去了刚刚写就的部分论文，导师看了之后，和历次的反应一样，非常满意。当 Stella 的课题进展汇报完毕，她的研究生导师（毕业于牛津大学王后学院的博士，兼任莱斯特城 St Mary De Castro Church 圣玛丽·德·卡斯特罗教堂的"传教士"）从上衣兜里抽出两页折叠平整的纸，展开来递给 Stella，请她帮助将上面的英文翻译成中文。Stella 接过来，看了一下便很快答应了。

这是一份圣玛丽教堂的自助导游文。圣玛丽教堂是 Stella 和她的中国台湾同学们刚刚搬离原住所对面的一座负有文化内涵的宗教建筑。所以 Stella 对它的外部环境非常熟悉，而这篇导游文是对教堂内各个部分的引导词。翻译后的导游文将被放在教堂的入口处，供中国大陆和港台游客们阅览。

我们在游览莎士比亚故居时，那里的工作人员大概只会讲英语，所以将导游文用各国文字翻译出来，放在入口处，遇到外国人就问明国籍，然后把相应的导游文交给他们，让游客跟随着这一纸文字，去领会认识那里的每一个房间、家具、楼梯、餐具、饰品和庭院的历史，以及它们当年所发挥的作用。因而Stella对这样的导游方式并不陌生。

"可是我不是基督徒。"Stella说。

"我知道，我很抱歉。不过我想，这不影响你做一点这方面的工作，为了中国的游客。"导师道。

"请问您什么时候要我把它翻译好交给您？"Stella问。

"不急，看你时间的安排，这是我加给你的额外负担。"导师客气地说。

"不，我非常高兴做些我能够胜任的工作。"

Stella回来后跟我说："妈妈，这个工作让我兴奋。"

我们这位二十三岁的小女生办事一向认真，愿她能将这个习惯保持下去。

她把当下的论文告一段落之后，抽出了晚上的一点儿时间，很快就把这篇自助导游文翻译好了，拿给我看：

亲爱的游客您好

欢迎您来到古老的圣玛丽·德·卡斯特罗教堂。

圣玛丽教堂自十二世纪以来一直作为礼拜的地点,您会发现它是一座有着独特风格的建筑。

这是一本有关它历史的手册。

它不仅仅是一座美丽且令人难忘的建筑,也是基督教的信仰标志,和供大家祈祷及礼拜的圣地。能够带您游览参观这座古老的教堂,我们感到非常荣幸。希望您游览愉快。

自助游览指南

1. 从教堂的后面右侧开始游览。

圣玛丽教堂在建造之初是作为莱斯特城堡附近的小礼拜堂而存在。"De Castro"为拉丁语中"城堡"的意思。在西面墙壁(1107年建造)底下的拱廊中,您可以观看到建筑最古老的部分。这个教堂在当时很可能是一座带有长走廊的建筑。

2. 继续前行至圣坛。

教堂附属室门前地带的面貌可追溯到1107年。大部分圣坛建于1173年，而两个东面的窗户却是现代的（镶有教堂中最好的彩色玻璃）。观看圣坛墙内美丽的诺曼底祭司席（三个座位）。

3. 于南部通道中环行。

它的发展贯穿于十三世纪的各个时期，因此与诺曼底的圆拱风格不同，建筑的大部分具有尖拱的"早期英国式"风格。这种"早期英国式"风格的代表有祭司席、两个最西面的通往中殿的拱门，以及顶部天窗。

在南侧走廊墙面上有一扇小门，后方连着楼梯。早期的它通向穿过走廊的圣坛屏。走廊的顶部（十五世纪建造）具有英式建筑的特点，但比同类走廊顶部尺度宽出了很多，跨度为32英尺，约10米。

十三世纪时，这个南侧走廊事实上是一个独立的教堂，为教区居民们所使用。而主教堂继续被城堡占用。这里的管风琴是由3个键盘和2300个琴管所组成。

4. 此时，请您将目光移向主教堂。

99

这时您可以看到唱诗班席位后方的壁画。壁画由纤维玻璃制成，表现的是圣玛利亚和信徒在圣神降临周的情形。

5. 请您继续向前看——

十三世纪的塔式建筑就会呈现在眼前。您不难看出它完全独立于教堂的墙壁，塔尖是在1400年加盖上去的。它曾被闪电击中，因而塔尖局部曾被几度整修。塔体和塔尖的总高度为179英尺（55米）。

6. 请您继续前行。

至南侧走廊的后方。您将看到右面的三个大型拱门，它们均是现代时期的产物（十九世纪）。柱子上可以看到龙和猴子的图案。

7. 现在请您步入塔底。

这里有八口大钟，其中最重的一口重达0.75吨（750千克）。角落的门通往螺旋楼梯，楼梯通向塔顶。在地面便能够将这些钟奏响，在塔拱上您会看到钟绳的划痕。其字形还要追溯到大约1230年前。您再看附近的地板四周（地毯下面），镶嵌着十四世纪的铺砖。而附近的墙壁上悬挂的则是漂亮的复制品。

8. 站立在塔身附近及中殿的墙壁旁向上看——

此时您会欣喜地观赏到更多的诺曼底拱廊。而在1107年前，它们是暴露在建筑外部的。

9. 靠背长凳建造于维多利亚女王时代。

此时您有幸在这三个罂粟花头上看出雕刻的面孔——第三个面孔在南侧走廊后方，接近墙壁；第二个面孔在中殿北侧的后方。或许您愿意带领您的孩子一起，去寻找第一个面孔。

10. 建筑物的剩余部分

包括北部的走廊，以及小礼堂，它们均为现代建筑（十九世纪）。

相关历史事件

于十四世纪的1366年，英国作家杰弗里·乔叟与菲莉帕在此结婚。

大约自 1382 年后，约翰·威克里夫曾在此传教。

两届兰开斯特议会在此教堂举行（请原谅，具体年份难以考证）。

1426 年，亨利六世在此处被授予爵位。

1485 年 8 月 22 日，在博斯沃思原野战役中，理查德国王在此牺牲。

2000 年 1 月，威尔士亲王殿下曾亲临此地。

谢谢您的光临

愿您有一个美好的旅程

（在您离开之前，请归还这份资料于教堂入口处）

圣玛丽·德·卡斯特罗教堂

当 Stella 将译文交给导师时，他非常高兴。

我们时常从这教堂门前经过，无论去学校、还是去城堡公园。我也曾走进教堂，怀着虔诚的心寻求精神的慰藉，却从没有认识过它的整体细节，记忆深刻的是教堂外体沧桑浑厚的气派：晴天庄严，雨天肃穆，早霞里它优美，晚霞里它神秘，每一个纹理都在不同光照的变换中给人以不同的感受。

无论何时，它都美极了。

从媒体上获得伦敦奥运会的赛况信息：北京时间8月1日22点，罗玉通、秦凯在男子双人三米板比赛中，以总成绩477.00分夺得冠军，这是中国代表团夺得的第14枚金牌，也使得中国跳水"梦之队"成为包揽了本届奥运会四个双人跳水项目比赛的全部（四枚）金牌。该项比赛自2000年列入奥运会以来，中国获得了3次冠军。俄罗斯组合和美国组合分获第二和第三名。

在乒乓球女子单打决赛中，李晓霞以4比1成绩战胜了队友丁宁，拿到了伦敦奥运会乒乓球比赛项目的第一枚金牌，这也是李晓霞个人获得的第一枚奥运会金牌。丁宁获得银牌，新加坡选手冯天薇获得了铜牌。

北京时间8月2日的比赛结果是：在男子举重77公斤的比赛中，卢小军以抓举175公斤、挺举204公斤、总成绩379公斤的成绩获得金牌，同时打破了抓举和总成绩两项世界纪录。另一位中国选手陆浩杰以360公斤的总成绩摘得银牌。

在女子 200 米蝶泳决赛中，中国运动员焦刘洋以 2 分 4 秒 06 的成绩获得了金牌，刷新了奥运会纪录。这是中国体育代表团在本届奥运会上获得的第 17 枚金牌。西班牙选手贝尔盟特和日本选手星奈津美分别获得第二和第三名。

傍晚我们从教堂小路散步回来，走进学生公寓楼便看到各种肤色，来自不同国家的留学生们聚集在一层的大厅里，观看奥运会的电视实况转播。啤酒瓶、咖啡杯、饮料桶，以及炸薯条、汉堡包的包装纸散落于地面上、沙发上、茶几上和乒乓球球案上，他们边吃边喝边发出不同声音的呐喊。他们全神贯注，忘了自己，也忘了这个世界的存在。如果您现在问他一句"您贵姓"，他一定是看着您不知所云，然后报上自己国家的名字。看神情看架势，每个人仿佛都迫不及待地要钻进电视屏幕里，去为自己国家的运动员助威。随着比赛情势的发展和变化，他们不免为自己国家的运动员捏把汗。

哦！我想，不用再看球赛了，就看这帮年轻人在电视屏幕前观赛的"现场表演"，也能了解赛事的胜负和比赛过程，或许会更精彩。

2012 年 8 月 2 日 星期四

伦敦塔下的陶瓷虞美人

The Ceramic Poppies at the Tower of London

第十六篇 My Fair Lady 与 Covent Garden

Stella 论文的写作暂告一段落。我们想起，事先在网上订好的 8 月 3 日去伦敦参观博物馆的大巴票还需要打印出来。

意外的是，订票处将所付车费已从银行卡里扣除，但网上不见车票的页面弹出。Stella 给订票处打电话询问缘由，订票处一位男士回答说，他查询了订票日期，但没有查到。Stella 自然很着急，对方又让她提供支付票款所用银行卡的后位号码。按照他的提示输入号码后，所购的车票页面瞬间显示在电脑屏幕上。我们随之释然。

实际上，对方在 Stella 提供订票日期和地址时，他就已经查到了我们所订的车票。一方面，他让我们再提供支付票款的银行卡后几位数字以证实真伪，另一方面，不排除他让你一时着急的小诡计。这是英国人惯用的小招数。

谁说英国人呆板？NO！他们非常狡猾，同时也彰显了他们幽默的特质。

早上八点三十分,我们乘坐的巴士开往伦敦维多利亚中心车站。一路行驶顺利,只是进入伦敦市后,司机迷路,绕了不少冤枉路也找不到终点站。他带着我们在市里"兜风",开过了伦敦桥,又到了塔桥,就是找不到维多利亚中心车站。

圆环(Roundabout)是英国交通路况的特点之一。其中有很多行驶规矩,使不少观光客和新司机一筹莫展。圆环设置的主要目的是让车辆减速慢行,特别是在路线复杂的交叉路口或多条道路汇集于众多路口的境况下,很难判断正确。一旦错过驶出出口的机会,只能继续绕行,直到找到正确的方向。伦敦市有许多道路是单行线,道路不宽,蜿蜒曲折。车子加速困难,再加上司机举棋不定的犹豫,让我们无法抵挡晕车的折磨。几经周折司机才找到了车站,我们赶紧下车,去感受伦敦的凉爽,驱走晕车带来的痛苦。

在走出车站路过站前咖啡厅时,我们竟意外地遇到了那天傍晚在莱斯特城堡公园河边为我们拍照的那位英国男士,当时我和他们夫妻二人还拍了一张合影。此时他坐在车站前的咖啡座上休息,面前的圆桌上放着一杯饮料。我们彼此都认出了对方,高兴地打招呼。他问我们:你们是乘坐行驶了四个小时才到这里的那趟车吧?

107

"咦，他怎么知道？猜的？哦，不难猜，因为这辆巴士刚到。"Stella用询问的目光看看我，然后回应他"是"。

他很热情，操着一口纯正的伦敦腔滔滔不绝地向我们介绍伦敦的美好。他说，伦敦是个美妙的城市，不要吝惜时间，要尽情地游览。

用我们的话说，既然机缘又让我们在百里之外相遇，那么就给了我们一个交给他我们合影照片的机会。于是Stella跟他说，那天我们的照片拍得很好，希望能通过电子邮件传给他，请他把邮箱地址留给我们。他在一张空白纸上写下了他的电邮地址。因为时间关系，我们不得不打断了他意犹未尽的对伦敦的赞美，跟他道再见。此时他礼貌地站起身来与我们握手言别。

"英国人不像人们常说的那样忧郁、呆板，我所见到的英国人还都挺热情的。"我说。

"他们是以皇室统治国家，自以为是。"Stella笑道。

没想到美食节正在伦敦大行其道，也算这次伦敦之行的意外收获吧。这里展售了上百种具有民族风味的美食，品种少说有上千款。在白色的凉棚下摆放着形态、色泽、口味各不相同的美食。一支由多个国家的食客组成的长队引起了我们的注意，走到摊前才知道，百步之外的香味就是由这里飘来——整头猪在火上烘烤，脂油在炭火中发出"嗞嗞"的声响。老板把现割下来的大块猪肉夹在事先准备好的面包里，淋上特制的酱料，以一份五英镑的价格出售。

当我们接过老板递上的美食付了钱，等待找钱的时候，他对 Stella 笑道："两年以后你来这里，我会把今天的余额付给你，好吗？"他笑着等待着回答，不过他等不了，因为后边还排着长长的队伍，片刻，他就将付款余额递了过来。

"这么忙还有心思开玩笑。"我说。

英国人认为自己具有幽默的特质，比起其他欧盟国家的人来，他们更喜欢开玩笑。曾经有人以一则笑话证明这点。若在酒吧的啤酒里发现一只蟑螂，德国人的表现是把它夹出来研究有多少细菌；法国人会拒付酒款；美国人会找律师申诉；而英国人开个玩笑，调侃几句，付款离席。这就是所谓的"英式幽默"。属于民族性，也是他们普遍的处世态度。

逛完了美食街，品尝了那些对我们来说口味怪异的食品，我们乘坐地铁去游览 Covent Garden（柯芬园）。柯芬园广场周围的建筑多为维多利亚式。在1974年之前，坐落在这里的中央市场是为出售蔬果和鲜花所建造的，如同"平民聚集地"。如今已大不相同。

考文特花园，又名柯芬园广场（Covent Garden）从十二世纪的菜园，到十七世纪的民用果菜市场，柯芬园随着时间的演变，逐渐成为深受游客喜欢游览的地区，这里最吸引人的是各种商店、各式餐馆、酒馆、咖啡屋、市场摊及街头艺术家。

维多利亚与艾伯特博物馆（V&A）的兴建理由，还要追索到1951年。当时由亚伯特亲王举办的"万国工业博览会"受到了人们的好评，于是次年，就破土兴建了现在这座博物馆。世界上最多的装饰艺术品以及多样化的典藏工艺品都收藏在这里，其中展示了十七世纪至今的服饰潮流、彩色玻璃制品和中古宝藏。

从地铁通道可以直接进入博物馆大厅，这里展示着艺术家 Dale Chihuly（戴尔·奇胡利）制作的大型玻璃水晶装置艺术品，配以"维多利亚式"的红砖建筑，与古典时期的内部装潢相呼应，产生了时空交错的效果。

这里展示了馆藏的多元性，主要分为："欧洲""亚洲""现代""材质与技术"四个主题特展空间。位于二楼的"欧洲区"展示着十六世纪以来英国各朝代的皇家收藏品，还有意大利境外最多的欧洲文艺复兴工艺品。据说这里藏有世界上最多的后古典时期的雕塑品。

我们最初迈进的地面楼里,有伊斯兰、印度、中国、日本、韩国这些亚洲国家的历史文物,数印度文物最多。韩国文物的年代可追溯到西元300年。崇拜时尚的人一定会喜欢服饰展览区,因为庞克教母设计的晚礼服,三宅一生的皱褶装——您对这些名称可能生疏,它们却真真切切地在这里展示着。昏黄微弱的灯光下,我们看到从马甲上衣、撑架蓬蓬裙,到现代的时尚服饰、十七世纪初的方巾帽,直到十九世纪流行的大型花边帽,以及服饰配件。这些服饰和物品揭示着服饰的演进过程和时尚的潮流。

Victoria & Albert Museum(维多利亚与阿尔伯特博物馆)有145个展间,走道全长十三公里,所陈列的展品品种繁杂,给人以不分南北与东西的感觉。在我看来博物馆最精美的部分,是地铁直通博物馆的雕塑大厅,这里陈列的人物雕像和建筑雕塑精美至极。如果时间允许的话,只有将每座雕塑的细节逐一品味才没有枉来于此。

今年维多利亚与阿尔伯特博物馆举办了著名的摇滚音乐家David Bowie(大卫·鲍伊)的回顾展,鲍伊的随身物品同时在阿尔伯特博物馆的纪念品商店出售,由英国摄影师Terry O'Neill(泰瑞·奥尼尔)拍摄并亲笔签名。售价4800英镑的鲍伊1974年专辑 *Diamond Dogs*（《钻石狗》）限量版封面照，引来了众多客人的关注。但是平民顾客不可能掏出养家糊口的钱买回这些只能瞻仰而不能充饥的奢侈品贡在家里，聪明的顾客又看中了它们具有的纪念意义，于是便拿出一点点钱选择那些便宜的纪念品，比如75便士一枚的纪念版吉他拨片，或者鲍伊专辑 *Aladdin Sane*（《阿拉丁神灯》）上的鲍伊头像，底面是二十世纪七十年代流行的连体裤图案。

走出地铁站，径直前往集市看看。高耸的古典梁柱之下，似乎仍能找到 *My Fair Lady* 中卖花女的身影。您会发现英国人对于文学的热衷是外族人无法想象的。很多英国名著已被拍成了电影，像莎士比亚的 *Romeo and Juliet*（《罗密欧与朱丽叶》），Virginia Woolf（弗吉尼亚·伍尔夫）的 *Orlando*（《奥兰多》），Jane Austen（简·奥斯汀）的 *Sense and Sensibility*（《理智与情感》）。George Bernard Shaw（萧伯纳）作品（《卖花女》改编成电影和舞台剧后的名字为 *My Fair Lady*），是由希腊罗马神话 *Pygmalion*（《皮格马利翁》）改编而来的。神话中的大雕塑家皮格马利翁因对希腊女人有很深的厌恶感，便着手塑造自己心目中的理想女性，为她取名为Galatea（卡拉蒂）。在塑造她的过程中乃至之后，皮格马利翁与他的作品日久生情，疯狂地爱上了她，像对待情人一样每天抚慰她,亲吻她,给她穿上漂亮的衣裳,期望她能变成一个有生命的活体,以回应他的爱。于是,皮格马利翁便向爱神 Venus(维纳斯)请求赐给他一位像卡拉蒂一样的女子做妻子,维纳斯被他执着的情怀所打动,便为这座雕像注入了活力,使皮格马利翁的梦想成真。而萧伯纳将皮格马利翁塑造成了一位语言学家,名叫 Henry Higgins(亨利·希金斯),他所创作的塑像卡拉蒂,被演化成了一位在柯芬园集市卖花的少女 Eliza Doolittle(伊莉莎·杜丽德)。他讲述了一个下层卖花女被语言学教授改造成优雅贵妇的故事。与皮格马利翁不同的是,亨利·希金斯由于自恋而难以对异性付出感情。虽然希金斯四十岁仍未结婚,却从来看不上年轻姑娘,而与伊莉莎长期相处后,他竟再也离不开她。他的衣食住行以及约会安排,一切由伊莉莎服侍⋯⋯

影片从头至尾洋溢着幽默和雅趣,其中数首经典歌曲,加之 Audrey Kathleen Hepburn-Ruston(奥黛丽·赫本)的精彩表演,为影片增加了诱惑力。这部影片在 1963 年公映时获得了以"最佳影片"在内的八项"奥斯卡"奖。

眼下的柯芬园,是一个充满浪漫气息和生活品位的游览地,在她的区域里,可以轻易看到街头艺人精彩的表演,有跳蚤市场、商店和集市供游客们选购商品,逛累了还可以坐在露天咖啡厅里享受英国式小憩。每年的一月份，柯芬园与其他艺术机构会在这里联合举办"冬季艺术展"，希望下个展期我能够再来英国。

傍晚我们登上了返回莱斯特的巴士，车上有不少沿途各个大学返校的学生，大家用各自的母语大谈今天奥运会的比赛结果。今天是伦敦奥运会比赛的第七天，赛事形势瞬息万变。车上一位中国留学生说，中国金牌数从开赛以来保持的第一位滑到了第二位，眼下美国的金牌数目位于第一。

从报纸上我看到，截至到北京时间8月4日16时，奥运金牌榜No.1美国：金牌21枚，银牌10枚，铜牌12枚；No.2中国：金牌20枚，银牌13枚，铜牌9枚；No.3韩国：金牌9枚，银牌2枚，铜牌5枚。

男子蹦床选手董栋为中国代表团获得了第19枚金牌。他以62.990分的成绩获胜。俄罗斯名将乌萨科夫以61.769分的成绩获得亚军，陆春龙以61.319分获得了铜牌。

"We are going to get off the bus."

此时我们听到有人在提醒他的同学下车。

2012 年 8 月 4 日 星期六

原载于《文艺报》

2013年12月23日

第十七篇　通过奥运会看英国人的骄傲

上午的天气一直阴沉沉，到了中午太阳才肯露出一张不卑不亢的脸。Stella开玩笑说，但愿中国运动员取得的奥运会成绩不会影响到我硕士毕业大论文的成绩。我问她此话怎讲。她说："我的导师都是英国人，他们看到中国比赛成绩比英国优异，以及我们对这个东道主给予不公正裁判表示出的异议，他们会不开心啊！要知道我们的导师是很调皮的，也很小心眼儿。比如，太阳不出来，他们都能生气。"

女儿的解析有意思。

Stella论文的撰写已接近尾声，她正掂量着如何在文章的结尾部撰写《鸣谢》一章。除了要感谢家人的鼓励、资助和支持之外，主要是感谢她的两位导师给予她在科研课题以及论文方面的指导。之后感谢几位互助的同窗。

近日，听到一些非英籍的球迷们调侃英国人："我们需要伦敦碗的看台上座无虚席。"

难怪他们如此骄傲。伦敦（London）英国／不列颠首都、英国第一大城市及第一大港；也是欧洲最大的都会区之一，兼为四大世界级城市之一。与美国纽约、法国巴黎和日本东京为当今世界四大都市。迄今为止，伦敦是全球举办夏季奥林匹克运动会次数最多的城市，也是世界上首座三度成功举办了奥林匹克运动会的城市。

这一届伦敦奥林匹克运动会计划迎接来自世界各地的参加者为十万人，但如果没有达到预计的人数怎么办？英国奥委会主席Lord Colin Moynihan（科林·莫尼翰爵士）说，有部分士兵被征调到游泳馆和体操馆，以填充空置出来的座位。部分奥委会的工作人员以及本地的学生、教师也会被临时征召来充当观众。

如果真是这样，以我的兴趣看，被征召来填充游泳或体操项目坐席的观众是幸运的。

自伦敦奥运会开赛以来，新闻媒体的相关消息铺天盖地，《国际先驱论坛报》的一篇文章这样描述伦敦奥运标识："'奥运'标识看上去像英国人揶揄'老爸跳舞'的样子，像一个努力在舞池里搞酷的中年男人，但已黔驴技穷的模样。"

伦敦市内双层巴士

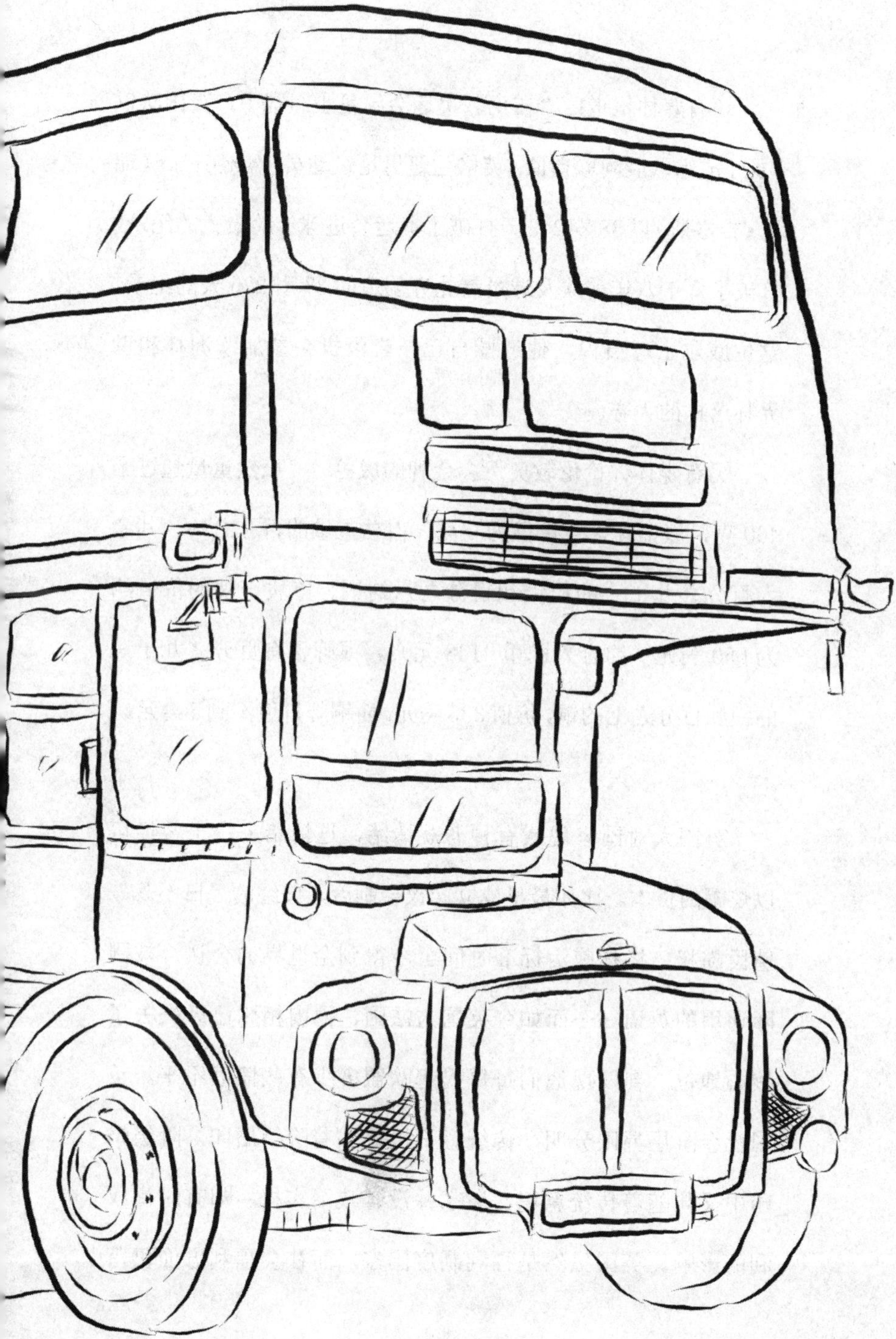

还有媒体报道:"在伦敦奥运会男足小组赛中,英国队以3比1成绩取胜阿联酋队。英格兰籍男足运动员 Ryan Giggs(瑞恩·吉格斯)以38岁243天打破了奥运会进球年龄最大的纪录,打破了八十八年前埃及球员赫扎齐创造的37岁225天的纪录。这位威尔士球员说,他遗憾自己一直没机会参加欧洲杯和世界杯这样的大赛。"

另有媒体评论伦敦奥运会金牌的成色:"虽然重量超过了400克,但金牌含金量仅为6克,占总重量的百分之一,其余为百分之九十三的白银和百分之六的铜。整块金牌的价值约为650美元(约合人民币4148元)。银牌含有百分之九十三的银和百分之七的铜,价值335美元。而铜牌价值不到5美元。"

英国人对国家现状有种悲观情绪,这情绪来自于曾经可以炫耀的资本。比如最早建立起议会制度,曾经的"日不落"殖民霸权;格林威治标准时间至今得到全世界的公认,被国际通用的英语……而如今英国与法国、德国相比已经失去了核心地位。会发现他们每每提起欧盟多少有些愤愤不平。英国社会阶层界限分明,传统意识里兼并着阶级烙印,阶级烙印中又伴随着传统意识。皇家并没有政治实权,却有时尚权利的影响。英国虽然是福利制度国家,而社会福利方面仍落后于北欧某些国家。

欧洲人通常认为他们和英国人同属欧盟成员国的公民,自视甚高。最近,捷克艺术家David Cerny(大卫·赛尔尼)奇思妙想,把一辆伦敦街头的经典双层巴士设计改造成了一个会做俯卧撑的机器人,在伦敦奥运会期间将它摆放在"捷克奥运代表团总部"。David Cerny希望这个机器人能成为伦敦奥运会的非官方吉祥物。

2012年8月7日 星期二

第十八篇 Carros De Fuego
与 St Andrews

苏格兰的历史起源于古罗马时期。

苏格兰区域的天气情况和英格兰的天气一样变化多端，刚才还风和日丽，转眼之间风雨潇潇。就是天气预报有时也很难准确预报。

Loch Lomond （罗蒙湖）是苏格兰高地最大的著名湖泊，长24英里，宽5英里，深600英尺；其上有三十八个大小不同的岛屿，因它美丽的景色被誉为英国最迷人的十处自然风光景点之一。

罗蒙湖位于苏格兰高地南部，南端距格拉斯哥二十七公里。她的环境很像英国浪漫小说里的场景，四周被山地环绕，南部略呈三角形。湖水清澈见底，湖上游弋着水鸟。它们会选择晴朗的天气上岸，在金色的沙滩上嬉戏。

湖边长满了奇花异草，远处的山峦起伏连绵，被低矮的苔藓植被所覆盖，荒蛮却也秀美。苏格兰高地是上个冰河时代冰川最后退却的地方，古老的岩石被水流和冰川分割成峡谷和湖泊，最终留下了不规整的山区，与远山形成呼应的是宽阔明净的海面。海滨沙滩呈浅褐色，沙滩精细，空气湿润冷冽，我们走下巴士时天色阴沉，海水格外平静，给人以凄美之感。

沙滩前的小路通往 Luss（卢斯）小镇。我们走进小镇时天色放晴，阳光为四周景物罩上了一层金黄色。路边两侧坐落着温馨别致的院落和屋舍，每家每户的庭院里栽种着各色花卉，用砖石和木头堆砌而成的围墙被花草枝蔓所掩映。家家户户小而精致的栅栏门半掩半开着，仿佛正偷窥经过这里的异乡人。住户的房门大多紧闭，低矮的窗户里悬挂着白色细纱窗帘，窗帘外摆放着主人精心设计的盆景或小饰物，一只猫透过玻璃窗向外张望，这意境极易使过往的路人对窗内景物和主人的生活产生温馨的遐想。

既奢华又低调的苏格兰古镇 St Andrews（圣安德鲁斯）是高尔夫球的发源地，面临北海，位于苏格兰 Edinburgh（爱丁堡）之北。

圣安德鲁斯市区位于球场的东侧、市场街的北端，小商店林立，随处可见历史悠久的建筑。创建于1410年的 University of St Andrews （圣安德鲁斯大学的）St

Salvator's College （圣萨尔维塔兹学院），位于海边的 Skoyaz Avenue（斯科亚兹大道）与北街之间；南街和 Queen Terrace（女王大道）之间矗立着著名的圣玛利学院。

著名的皇家古典高尔夫俱乐部建在圣安德鲁斯的老球场，它的第一洞发球台和第十八洞果岭是高尔夫运动历史上的标志性景观。老球场紧邻着海滨，曾给高尔夫球爱好者留下了许多难忘的时刻。高尔夫球自十五世纪兴起后，大不列颠许多皇室成员都喜欢上了这项运动，这里以高尔夫球公开赛的举办地而闻名全球。如今这座古老的球场成为全世界高尔夫球爱好者向往的圣地。

圣安德鲁斯保留着中世纪的余韵，海边耸立着造型优美的大教堂和城堡。市区里有苏格兰最古老的圣安德鲁斯大学，William Arthur Philip Louis（威廉王子）和 Catherine Elizabeth Middleton（凯特王妃）就在这里相遇相爱。

在这里我们认识了苏格兰的国花蓟花，它不是名贵的花卉，而是一种干花，地道的野生植物，外形类似仙人球的模样，浑身是刺。她不美、不香、不水灵，毛茸茸的头顶开着紫色的小花。她们以低调的外形毫无规矩地自由生长。苏格兰人选择她作为国花的理由，是因了其外表和个性都准确地体现了苏格兰人热情奔放、坚韧不拔的性格特征。

小镇上除了游客之外，很少看到当地人，仿佛世外桃源。海滨附近是一片富人居住区，设有网球场和私人飞机场。此时正是伦敦奥运会期间，却看不到一点儿奥运气氛。让人无法想象不久前，在2012年伦敦奥运会的开幕式上，Rowan Atkinson（"憨豆先生"罗温·爱金森）就是从这个高尔夫球场旁的West Sand（西沙）沙滩上起跑的。

多才多艺的"憨豆先生"毕业于牛津大学王后学院电子工程专业，取得硕士学位。还记得在伦敦奥运会开幕式上，他沉浸在自己的钢琴曲里。之后他与一队身穿白色运动服的运动员在沙滩上跑步。据说，身穿白色运动服跑步是圣安德鲁斯的传统，每年夏天七月份的最后一个周六，圣安德鲁斯运动员俱乐部都会举行"烈火战车"跑步活动。参加者支付二十二英镑的费用便可跑五次。而平时去是不收费的。

Blazing Chariot（《烈火战车》）主演由尼古拉斯·费列和本·克劳斯担任。这部影片是迄今为止唯一获得奥斯卡奖的体育片。1982年在第五十四届奥斯卡电影颁奖礼上，此影片获得了最佳导演、最佳男配角、最佳电影剪辑等七项提名，并最终荣膺最佳影片、最佳原创剧本、最佳服装设计、最佳原创音乐四项大奖。电影歌颂了体育竞技精神，其主题曲具有鼓舞特征，成为影片重要的元素之一。乐曲用在奥运会开

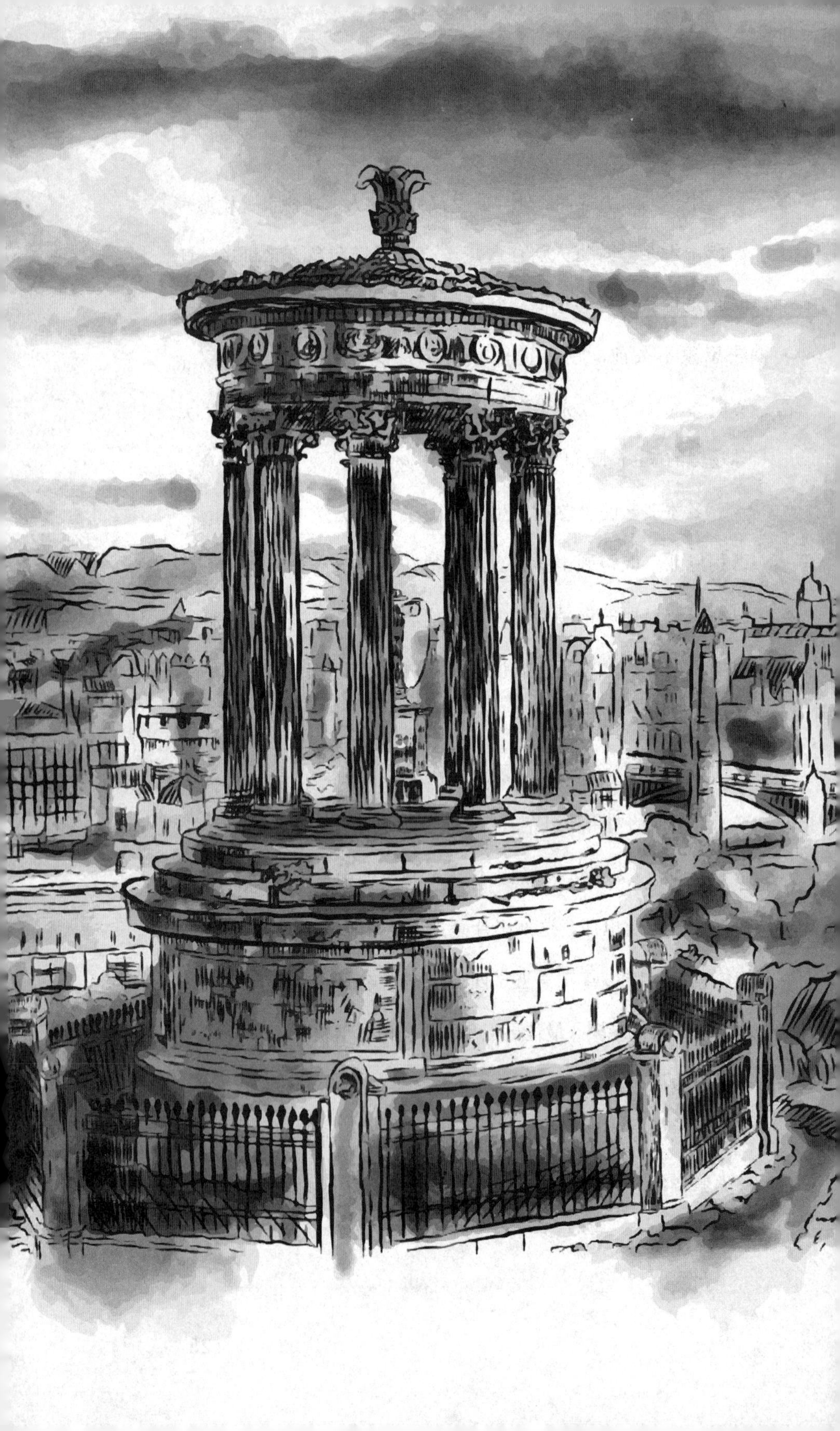

爱丁堡景色

Edinburgh

幕式上同样发挥着振奋人心的力量。

电影的片名来自一句歌词："给我那喷火的战车"。

本片编剧 Colin Welland（科林·韦兰德）最初给影片取名为《奔跑者》。之后的一天晚上，他在电视里听到了一段振奋人心的旋律，其中有句歌词为"给我那喷火的战车"，韦兰德兴奋地跳起来对他的妻子说："我找到了！火——战——车！"并当即将这部电影的名字改为《烈火战车》。

故事原型是 Eric Liddell（埃里克·利迪尔），他的父亲是位牧师，母亲是一名护士，父母均为苏格兰人，是英国伦敦教会差派到中国的传教士。利迪尔于1902年出生在中国天津，中文名叫李爱锐。1907年，他随父母回到苏格兰，度过了童年和青少年时代。大学期间他的体育天赋得以充分展示，被誉为"苏格兰飞人"。1924年在巴黎的第八届奥运会上，他以47秒6的成绩打破了400米的奥运会纪录和世界纪录，夺得了该项目的金牌。这位虔诚而安静的 Scotland（苏格兰）基督徒，因着个人信仰于奥运会上"拒绝在星期天赛跑"，引起世人的瞩目，也赢得了世人的钦佩。

1925年，正值体坛生涯巅峰时刻的利迪尔随父母回到了他的出生地中国天津，任教于天津新学书院。

在中国抗日战争期间，利迪尔和中国人民一起同甘共苦，勇敢地参加到了抗战中。

1941年，利迪尔落入日军手中，被送往位于山东潍坊的日军集中营。在他热心的帮助下，大家适应了那段苦难的日子。这个在交换战俘时可以获得自由的英国人，却把机会让给了别人。

在关押期间，利迪尔身染重病，由于集中营里的条件恶劣，他的病没有得到及时治疗，于1945年去世，年仅43岁。他去世后安葬在中国。为了纪念这位奥运冠军、国际主义战士，山东潍坊树立起一座埃里克·利迪尔纪念碑。

埃里克·利迪尔不仅是中国民众心中的英雄，也是英国人崇敬的楷模，所以2012伦敦奥运会为他写下了应有的一笔。

憨豆先生在沙滩跑步的镜头拍摄于2012年6月13日，也是在当天，奥运火炬传递到了圣安德鲁斯。

据悉在中国，高尔夫球运动是发展最快的运动项目之一，几百个新球场正在建设中，以响应政府2020年将成为国际旅游胜地的计划。

2012年8月10日 星期五
原载于《国际人才交流》杂志
2013年第2期

第十九篇 奥运终曲

无须任何人提醒，全世界都会知道，8月12日是2012年伦敦第三十届夏季奥林匹克运动会闭幕式的日子。举行地点设在伦敦斯特拉特福德奥林匹克体育场"伦敦碗"。

英国最好的季节是七八月份。各种美食节、艺术节都在这个时期举办，英国八月的草莓也是最好的。英国人当然会将奥运会选在这个时节举办。

英国人有礼貌，善于礼让，先人后己的良好风貌被前来参加奥运会的世界来宾交口称赞。无论什么场合都没有人乱扔垃圾。逢大型会议、集会或演出，人们离场后，场地依然干干净净。

伦敦属于欧洲第一大城市。但奥运会的气派和场面可能并未超过想象，据说是因为英国没有投入更多的经费，所以稍偏一点的街道便看不到奥运会的声势。没有标语口号，只有标志性的旗帜。街头所售和自取的报纸、杂志在头版或封面全部是同一口径："London 2012 全人类最伟大的一届奥运会"。

在奥运会期间,英国首相乘坐地铁前往"奥运"体育场馆。

伦敦出租车司机在海德公园举行了罢工,谴责政府开辟了一条"奥运"专用车道,却空着没人用,由此导致了其他车道的拥堵不畅。

伦敦奥运会上的意外情况也成为观众们的笑谈：美国运动员领奖时美国国旗不翼而飞；英国举牌的领队将日本体育队入场的运动员带出了会场……

参与闭幕式演出的人员超过了4100名,其中包括3500名奥运会志愿者,和伦敦东区的380名在校的中、小学生。在英国伦敦奥运会召开的这15天里,寓意以204个参赛国家的204片铜花瓣汇集成的奥林匹克火炬,在英国燃烧了16个日夜。晚九点钟,伦敦主会场闭幕式的上空被五彩焰火映照的如白昼一样绚烂明亮。八万名现场观众和十亿电视观众同时观看了这场闭幕式。

伦敦奥运会闭幕式与开幕式似首尾呼应。开幕式以绿色的田园风光和英国古往今来的变迁,以及多元文化的演进场面拉开了奥运会的序幕。闭幕式则力图向世界表明,英国悠久的历史和卓越的文化内涵对当代英国人的生活所产生的积极影响。

一幅大型的，中央微微拱起，并向四周伸展的"米字旗"形成了四条大道，道路上展现了伦敦著名的四大地标式建筑的图景。

伦敦塔桥臂上悬空上演了 Stomp（踩脚）钢鼓舞，播音员宣布，请在场的观众全体起立，Prince Harry（哈里王子）代表英国女王 Her Majesty Queen Elizabeth II（伊丽莎白女王二世）陪同国际奥委会主席 Count Jacques Rogge（雅克·罗格伯爵）宣布了 2012 伦敦奥运会闭幕式开始。随之，英国的老、中、青三代歌手演唱了经典的英国歌曲。

卡车上的 Madness（疯狂组合）高唱 *Our House*（《我们的房子》）。

Shop Boys（宠物店男孩）站在三轮车上演唱了他们的翻身之作《西方尽头的女孩们》。

身兼数职（演员，原创音乐，导演，编剧）的 Ray Davies 演唱了他的数首名曲，以及 *Waterloo Sunset*（《滑铁卢的夕阳》）。

Waterloo Sunset

Dirty old river, must you keep rolling

Flowing into the night

People so busy, makes me feel dizzy

Taxi light shines so bright

But I don't need no friends

As long as I gaze on Waterloo sunset

I am in paradise

Every day I look at the world from my window

But chilly, chilly is evening time

Waterloo sunset's fine

Terry meets Julie, Waterloo Station

Every Friday night

But I am so lazy, don't want to wander

I stay at home at night

But I don't feel afraid

As long as I gaze on Waterloo sunset

I am in paradise

Every day I look at the world from my window

But chilly, chilly is evening time

Waterloo sunset's fine

Millions of people swarming like flies 'round Waterloo underground

But Terry and Julie cross over the river

Where they feel safe and sound

And they don't need no friends

As long as they gaze on Waterloo sunset

They are in paradise

Waterloo sunset's fine

歌词译文

《滑铁卢的夕阳》

肮脏的老河
你还要继续流淌么
入夜
我眩晕　这忙碌的人群
的士的车灯如此明亮
——我不需要朋友
只要我凝视着滑铁卢的夕阳
我就在天堂
每天我从窗口注视这世界
寒冷　寒冷的夜晚
滑铁卢美好的夕阳
在这里Terry与Julie幽会
就在每一个星期五的晚上
懒惰的我不愿出去流浪
待在家里　我的晚上
——我并不恐慌
只要我凝视着滑铁卢的夕阳
我就在天堂
每天我从窗口注视这世界
寒冷　寒冷的夜晚
滑铁卢美好的夕阳
数百万人如苍蝇蜂拥在滑铁卢地下
Terry和Julie渡过河流
他们安然无恙

他们不需要朋友
只要他们凝视着滑铁卢的夕阳
他们就在天堂
滑铁卢美好的夕阳

Carnival

各国体育代表队的旗手和运动员不分国籍和先后，集体同时入场，步入广场上米字旗的四条大道。国际奥委会主席罗格伯爵向当日最后一场结束比赛项目的男子马拉松赛跑冠、亚、季军颁发了金牌、银牌和铜牌。

被誉为"英国时装的图腾"、1980年走红的歌星David Bowie（大卫·鲍威）带领名模Kate Moss（凯特·摩丝）和Naomi Campbell（娜奥米·坎贝尔）在舞台上展示了英国时装。

伦敦奥运会以这特定的表现形式向世界再一次展示了早已深入人心的著名音乐人和音乐团队们的风采，这些歌曲在全球音乐界享有很高的声誉：英国摇滚乐Muse（缪斯）乐队演出了名曲Survival（《生存》）；男子流行演唱组合Take That（接招合唱团）演唱了他们的代表作之一Ruled the World（《世界大同》，该歌曲也是2007年出品的电影Stardust（《星辰》）里的主题曲）；The Who（谁人）乐队激情地演绎了他们的拿手之作My Generation（《我们这一代》）……

为世人熟知的歌曲We Will Rock You（《我们将震撼你》）把会场的气氛引向了狂欢的场面。

英国皇家芭蕾舞团表演了舞蹈《火凤凰》，以火凤凰涅槃的形象把奥运圣火传承下去。火炬台上的204个铜花瓣缓缓落下，最终熄灭。这些铜花瓣将被逐一赠送给参赛国。2012

年伦敦奥运会主办方将"奥运"旗帜移交给了将在2016年举办第三十一届奥林匹克运动会的主办国，巴西联邦共和国·里约热内卢市的市长。

2012年8月13日 星期一

第二十篇　艺术的狂欢

眼下的我们正在苏格兰参加爱丁堡国际艺术节。

第二次世界大战期间，欧洲艺术家面临着前所未有的困境，为此英国 Glyndebourne Opera（格莱德堡歌剧院）的经理 Rudolf Bing（鲁道夫·冰）组织当时英国艺术界的知名人士在伦敦聚会，就当时艺术家在战争期间的状况展开了讨论，决定在英国寻找没有被战争破坏的城市举办艺术节，希望这个节日能够成为活跃和丰富欧洲、英格兰、苏格兰文化生活的平台。经过三年的准备工作，他们确定了于1947年在北方城市苏格兰的首府爱丁堡举办 Edinburgh International Festival（爱丁堡国际艺术节）。

爱丁堡的城市规模很适合举办艺术节。当时全欧洲最负盛名的音乐家如 Artur Schnabel（阿图尔·施纳贝尔）、Joseph Szigeti（约瑟夫·西盖蒂）和维也纳爱乐交响乐团参加了爱丁堡首届国际艺术节。

从1950年起,军乐游行开始加入到国际艺术节当中。之后,又有了国际电影节、爵士与蓝调音乐节、书展活动参与其中,而国际艺术节也由原来单一的主题音乐性,成为了融和戏剧、舞蹈、平面艺术多元综合性的艺术节。

爱丁堡城享有"北方雅典"的美名,被誉为欧洲最优雅的城市。1995年联合国教科文组织将爱丁堡的旧城区和新城区定为文化遗产,从此列入了《世界遗产名录》。

这个小城里绿树成荫,遍地是浓密的芳草和盛开的鲜花,许多用黑灰色沙石修建而成的哥特式宫殿、教堂和城堡坐落其间。老城街道的路面多为石子铺就,街旁的建筑历史悠久,具有古朴风范,中心街道直通爱丁堡古城堡,城堡中有座圣玛格丽特教堂,她是爱丁堡最古老的建筑,也是全苏格兰最古老的教堂。

女儿就读学校的所在地位于英格兰的中部城市,距爱丁堡比较远,我们便选择了随旅游团参加只有在每年八月份举办的国际艺术节。

艺术节的前一天晚上,爱丁堡城堡广场上会举行军乐队分列式表演。在这里可以观赏到各个国家军乐团不同风格的演出。国际艺术节由 Edinburgh International Festival

（爱丁堡国际艺术节）、Edinburgh International Fringe Festival（国际艺穗节）、Military Tattoo（军乐队分列式）、International Jazz Festival（爵士艺术节）、Film International Festiva（国际电影节）、Book Festival（图书节）项目组成，节目相对独立，其中军乐团表演和精选剧目被誉为爱丁堡艺术节的灵魂。

独具民族特色的军乐团表演以穿着不同颜色的苏格兰传统花格呢服装的风笛队为主，在爱丁堡古堡广场表演军乐和分列式。整个演出上千名观众无人退场，可见其表演具有摄人魂魄的魅力。

国际艺术节中的"精选剧目"，每年都成为爱丁堡国际艺术节主要剧场的主角。今年国际艺术节最热门的演出是意大利作曲家 Giuseppe Fortunino Francesco Verdi（朱塞佩·威尔第 1813—1901）的著名歌剧 *II Troubadour*（《游吟诗人》）和 Achille-Claude Debussy（德彪西）的 *Praias and Melisande*（《普莱雅斯与梅丽桑德》），这两部逾百年而不衰的名剧演出票在一个月前就已经售罄了。

中国国家芭蕾舞团的优秀剧目《牡丹亭》和上海京剧团《公子子丹的复仇》在 2011 年爱丁堡国际艺术节上大受欢迎，门票一售而空。

这个号称世界历史上最悠久、全世界最盛大的国际艺术节吸引着来自世界各地的一流文艺团体。节日期间人们尽情展现各自的拿手好戏，每届都会有优秀节目入选艺术节奖。

特殊的艺术氛围每年吸引着世界各地 2.5 万名表演者自费前来参加演出。整个艺术节期间的 1700 多场演出中，外围艺术表演占 1600 场，其中不少年轻人在艺术节获奖后进入了著名的专业艺术团体。

各国家，各种族，各文艺团体的参与者和实践者以奇异的装扮和各类风格的表演，亮相于 Edinburgh Royal Mile（爱丁堡皇家大道）上。艺术展示和各种音乐、戏剧以及即兴表演遍布全城的大街小巷，其中必然藏龙卧虎。您不知道在哪一步就会与某位世界著名的演员、舞者、导演、画家、作家、音乐家或街头艺人擦肩而过。他是谁，您是谁，在此情此景中都不重要了。

漫步在这街巷，强烈的艺术氛围将您带入剧情当中，您是观众或许同时也是演员，无论是著名艺术家还是街头艺人，总会热情地邀您合影，留下不同于以往观摩节目的记忆。或许您在不经意间闯入了一个演出现场，于是您无法不和演员一起感受这美好热烈的当下。我体会，无条件的艺术表达，无语言障碍的得意，无地域约束的释放，成为爱丁堡国际艺

奔驰的木马

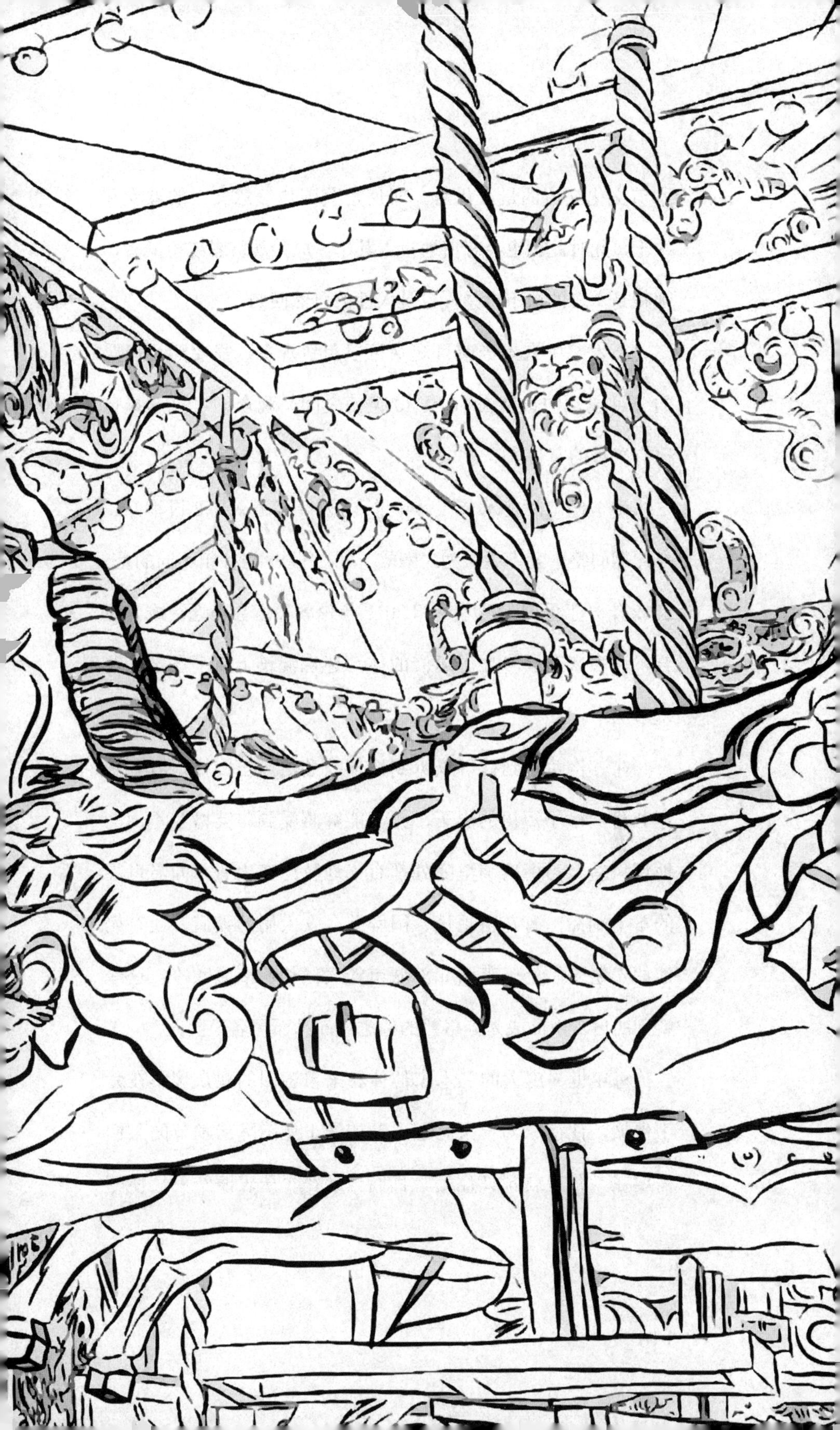

术节文化交流的最大优势。即使是英国传统意义上的淑女和绅士，此时此刻也会忘情地投入其中，成为观赏者或扮演者，那将是本真的情不自禁，也是人性的自然回归。

艺术节中有不少节目观众可以免费观赏，需要购买门票的节目通常的价格在 10 至 40 英镑之间。观众们可以选择自己有兴趣的节目。

爱丁堡国际艺术节在每年的 8 月 10 日至 9 月 2 日举办。在此期间整个爱丁堡城为之陶醉，为之狂欢。与往年不同的是，2012 年爱丁堡国际艺术节和 2012 年伦敦奥运会巧遇，成为组合，许多来英国参加奥运会的体育迷也混迹于爱丁堡国际艺术节当中。

在苏格兰，到处可以听到忧郁苍劲的风笛旋律，看到身穿苏格兰格子短裙的男子，尤其能够感受到与英格兰不同的地域风貌。沿街店铺里随处都有当地特产在出售，闻名世界的羊毛制品，有花格毛毯、围脖儿，女人用的披肩，还有奶油曲奇饼干。处于英国北部城市的气候相对潮湿寒冷，这些特别的日常用品成为苏格兰的标志性产品而闻名于世。

每年世界庞大的艺术家群体和来自各国的观众聚集在爱丁堡城，住宿成为一大难题，参加爱丁堡国际艺术节的人们需要在六月份就预订住处。我们当晚在军乐表演结束后便随

Edinburgh International Festival

Edinburgh International Fringe Festival

Military Tattoo
International Jazz Festival
Film International Festival
Book Festival

团前往 Glasgow（格拉斯哥）的酒店住宿。

9月2日，爱丁堡艺术节在交响乐乐曲伴奏下的城堡烟花表演后宣告结束。每年的爱丁堡国际艺术节能为这个城市赚取 2000 多万英镑的经济收益，创造 4000 多个工作机会，带动了整个区域的经济增长。

2012年8月14日 星期二

原载于《国际人才交流》杂志

2018年第9期

第二十一篇　感受婚礼小镇的风情与规矩

由苏格兰返回英格兰的途中，在苏格兰与英格兰交界处的婚礼小镇，我们停下了脚步。

Gretna Green Marriage（格雷特纳绿色婚姻），同时被称为"婚礼小镇"或"私奔小镇"。它因独特的婚庆服务而闻名于世。当年这里只有一座小旅馆，自十八世纪中期起，争取婚姻自主的英格兰恋人们陆续来这儿办理他们的结婚登记手续。

十八世纪时，英格兰的法律规定，要求结婚者必须年满二十一岁，并且要经过父母的同意，才给予办理结婚登记手续。否则便被视为非法婚姻。

可是这项法案在苏格兰没有得到真正的施行。当时苏格兰的规定是，无论是否得到了父母的同意，男性年满十四岁，女性年满十二岁，有位证婚人就可以登记结婚了。格雷特纳小镇又地处英格兰与苏格兰的交界处，于是，英格兰的不少年轻人便瞒着自己的父母跑到苏格兰的"婚礼小镇"登记结婚。

我们看到现存的最古老的结婚证书是1772年由小镇结婚登记处颁发的。而"Gretna Green Marriage"的名称依然沿用至今。

在这座边境小镇里，随处可见年轻人私奔时乘坐的四轮马车辖辘的装饰物，镇上设有"私奔男女"旅馆。小镇热情兴旺的结婚登记服务名不虚传。

中午我和Stella选择在小镇餐厅用自助餐，偌大的餐厅上百人用餐，人流穿梭不息。餐毕我将挎包遗忘在餐椅上出去拍照，一小时后忽然想起，急忙返回餐厅，看到：客人们几经更换，餐桌翻台数次，唯独我们用过的餐位没有顾客用过，安静地保持着原样，我的挎包原封不动地倚靠在椅背上。我打开挎包查看，护照、银行卡、英镑，一样儿都不少。在一旁用餐的顾客微笑着朝我竖起了大拇指。

来自世界各地的游客们将这座浪漫、优雅的婚礼小镇注入了纯洁的活力，恪守独有的文化底蕴，和国际范儿的道德风尚。置身于此，必陶醉其中——浓郁的花草树木掩映着一幢幢漂亮的屋舍，房前、绿地、花丛中伫立着艺术家们的杰作，每一尊雕塑都会将观赏者带入一个特定的情境。其中一尊是由两只长臂搭成门状的雕塑品，仿佛正向前来举行婚礼的恋人，以及来自世界各国的游客行拱手礼。

据说小镇历史上最著名的婚姻登记员是一名铁匠。镇上

Gretna Green Marriage

　　的居民不多，农忙时，全村只有铁匠师傅守镇，他就自然成了来镇上登记结婚恋人们的证婚人，向他们颁发结婚证书。婚礼小镇的事业得以蓬勃发展，这里也就成了名副其实的"结婚天堂"。

　　铁匠的工作，是把两块烧红的铁放在铁砧上敲打它们粘在一起，成为一个作品；而老铁匠的另一项工作,是将两位恋人通过办理结婚登记手续的形式使其组合成一个家庭。由此,这铁砧被誉为教堂的圣坛,铁匠即为教堂里主持婚礼的牧师。"铁砧婚礼"成全了无数对新人,人们便尊称这位铁匠师傅为"铁砧牧师",因而那块铁砧也被称为"幸运砧"。1962年当老铁匠退休时,他共主持了5147对恋人的婚礼。

如今"铁砧牧师"早已过世,路旁的那所房子是他的故居。故居墙上悬挂着他为一对新人办理结婚登记手续时的照片。他左手按着展开在铁砧上的结婚证书,右手将一支用作签字的羽毛笔递给新娘和新郎。

在斗转星移后的今天,这个小镇的婚礼风俗依然保留不变。即使在结婚手续变得非常简便的今天,每年依然有四千多对恋人从世界各地来到这里举行结婚典礼。婚礼小镇就此成为世界上最负盛名的结婚登记处及旅游胜地之一。

与当年不同的是,结婚者大多数已不再是私奔者。

2012年8月15日 星期三

第二十二篇　英式下午茶

在我们看来，英国人的午餐很将就。Stella 的博士生导师经常在午餐时间边和学生谈工作边进餐。那"午餐"简单得令人咋舌：一小袋炸薯片，一小角三明治。但茶饮是必不可少的。

英国人可以无酒不欢，也可以嗜茶成性。

很多亚洲留学生受到了喝英式下午茶的影响，Stella 到英国的头一年圣诞节，便和她的几位同学一起，到位于英国北方的 Yorkshire（约克郡）Harrogate（哈瑞哥特镇）一家已有一百二十年历史的"贝蒂茶屋"（Betty's Tea Room），去品尝那里的英式下午茶。

在那里她们听到了一个动人的故事：她们旁边那张茶桌的主人是一位名叫大卫的老者，他和他的家人就居住在这镇上。四十多年前，二十二岁的大卫就开始在贝蒂茶屋喝茶。

现在他已经七十三岁了。七年前,他的妻子去世后,他就不再来这里喝茶,因为他无法面对没有妻子的茶桌。

大卫年轻时是一位摩托车骑手,经常出入摩托车酒吧。自从遇到他的妻子后,他改变了生活方式——他的妻子要他在她和摩托车之间做一个选择,于是他卖掉了摩托车,不再去摩托车酒吧喝啤酒,而是陪妻子去贝蒂茶屋喝下午茶。他们在一起生活了四十六年,养育了三个儿女,是茶陪伴了他们的午后时光,一直到老。

大卫对自己妻子的去世非常伤心,过着郁郁寡欢的生活。贝蒂茶屋的老茶友们为了让大卫尽早走出悲痛的境地,就找来了一台打造于20世纪60年代的冠军赛车,鼓励他重操旧业。这唤起了大卫当年对摩托车的兴趣,他驾驶摩托车的感觉就像驾驶飞机,让他异常兴奋。一个周末,他接到一位老朋友发来的晚餐邀请,这位朋友是第二次世界大战中幸存下来的英雄,虽然已经九十多岁高龄,仍然在谈恋爱,他的女朋友是一位八十多岁的优雅女士,这给大卫的生活带来了新的变化。时隔七年,大卫又回到了贝蒂茶屋,与一位爱茶的女士相识,因为他相信他的爱情会跟茶有关。他说他不想成为一百岁的罗密欧。

我们一家也曾来贝蒂茶屋用餐。茶屋的玻璃橱窗里摆放

英式下午茶

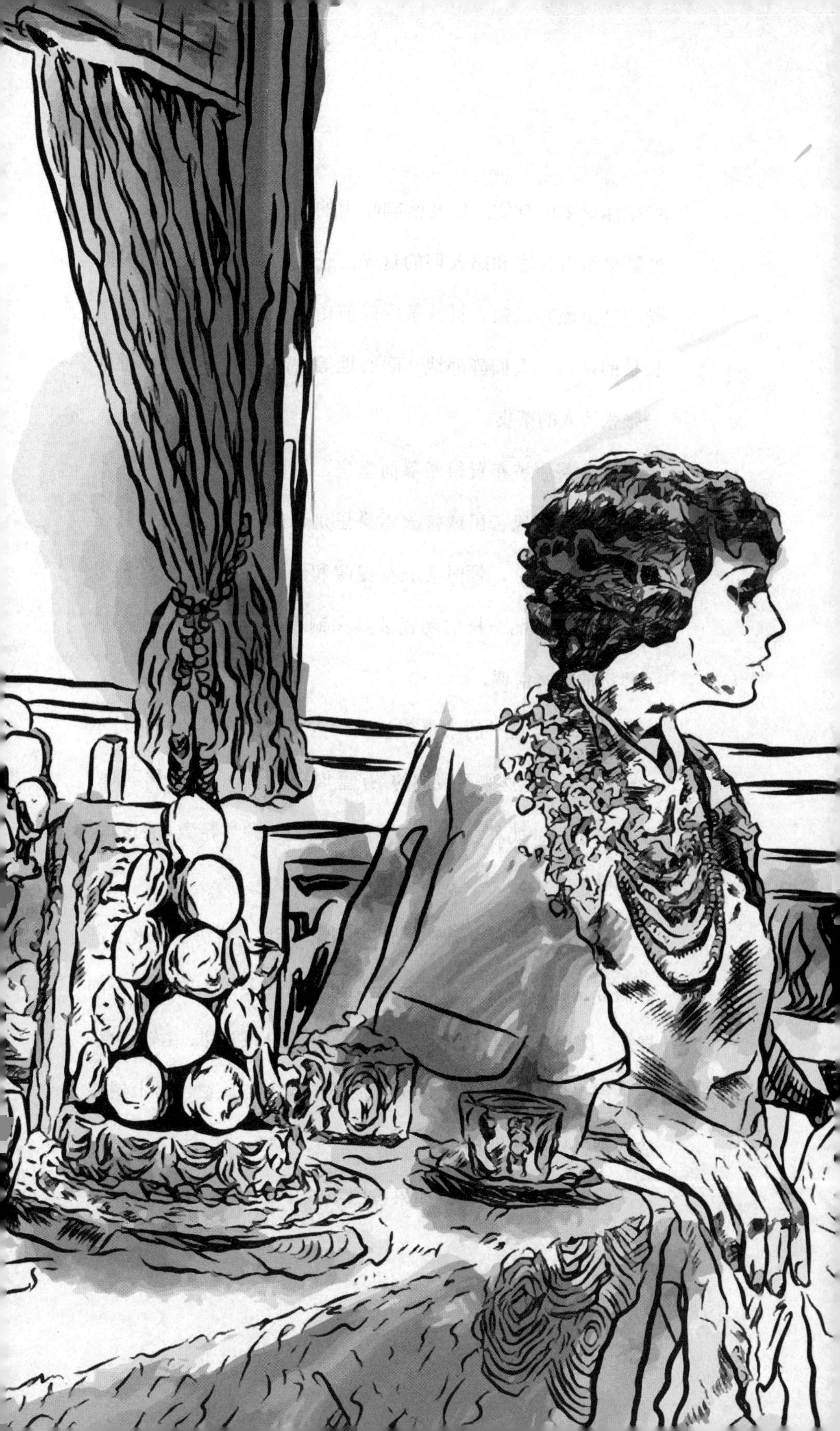

着花样繁多的糕饼，以及配咖啡用的巧克力，它们的形状和色彩吸引着茶客和路人们的目光。正赶上周末中午的用餐时段，这里顾客盈门。贝蒂茶屋门前由各种肤色的茶客组成了长长的队伍，人们静静地、耐心地等待着队伍一步步靠近那一张张诱人的茶桌。

贝蒂茶屋被布置得温馨而堂皇，屋内散发着茶叶和糕点的芳香。从凄风苦雨或漫天雪雾里走来的茶客，面对服务生微笑友善的恭迎，顿时会获得温暖和舒适的感觉。展示柜里陈设着如艺术品一样的陶瓷茶具和铜质茶具，使这茶屋充满了尊贵的王室情调。

我们在靠窗子的茶桌前就座，点了伯爵红茶和糕饼。不一会儿，服务生送来了我们的茶，金属托盘上全部是金属器皿：糖缸、茶壶、奶杯、刀叉、茶漏、糖夹，颇显精致，闪着夺目的银光。

我们把方糖和牛奶放入茶中搅拌，随后，糕饼也上来了，它们分别被放置在一个三层托盘里。按照英国人吃下午茶的规矩，糕点由下层至上层依次入口。口感从咸到甜、由轻到重。第一层是三明治，然后是传统的英式点心斯康饼，最上层摆放的是蛋糕和水果塔。

Stella 告诉我们，如果按照英式下午茶的习惯，吃斯康饼要用小刀横切成两半，中间涂上果酱和凝脂奶油，用手拿着吃，而不用刀叉吃。先涂果酱、再涂奶油，吃完一口、再涂下一口。

若在茶中添加牛奶时，要先倒茶再加牛奶。原因是依据茶的浓度来判断该放多少牛奶才合适。

我们了解到，不少当地的老年人喜欢到这里品茶，每天都会在同一时间来贝蒂茶屋度过美好的午后时光。虽然已是步履蹒跚，但他们的穿戴依旧整洁优雅，在这里照样有居家的感觉。在茶屋品茶，他们用耳语交谈，避免打搅到周围人。那么我想，为什么不留在家里泡茶喝？跟在这里喝茶有什么不同么？探讨的结果自然是不同，或许因为在家里品茶找不到英式下午茶的格调吧。他们迷恋的是玻璃窗前的一缕夕阳，茶桌上的一盏照明灯，吧台上的一束鲜花，手中的一杯红茶，掀开的一本小说，如初恋时彼此传递的一个眼波，来自邻桌茶客的一个友好微笑——他们要享受这静静流逝的时光。

下午茶文化在欧洲很多国家盛行，如巴黎、维也纳，以及东南亚的新加坡，中国香港。而世界上人均喝茶数量最多的国家还是英国，他们已经掌握了一流的配茶技术，创造了风靡世界的下午茶。而以前英国并不生产茶叶，因而他们对茶有着不可思议的迷恋。

UK Tea & Infusions Association（英国泡茶协会）的调查数据显示，大不列颠举国上下每年喝掉 600 亿杯茶，平摊到男女老少，人均每年也有 900 多杯。

据资料记载，十七世纪初，欧洲人认为中国绿茶是治疗百病的东方仙草；十八世纪初，英国人几乎不喝茶；到了十八世纪末，英国人开始认识茶，继而也爱上了茶，将茶视为他们生活和文化的一部分，茶代表着舒适所在的家。十九世纪，中国福州的茶叶被运往英国，那时的英国人用家庭收入的十分之一来购买茶叶。英国著名诗人 George Gordon Byron（乔治·戈登·拜伦）给茶注入了诗魂，他的一首著名诗名叫《为中国茶叶女神的泪水所感动》。

他的诗这样写道:

《为中国茶叶女神的泪水所感动》

我竟然,

感伤起来,这都怪中国的绿茶,

那泪之仙女!她比女巫卡珊德拉

还灵验得多,因为只要我喝它

三杯纯汁,我的心就易于兴叹,

于是就得求助于武夷的红茶;

真可惜饮酒既已有害人身,

而喝茶喝咖啡又使人太认真。

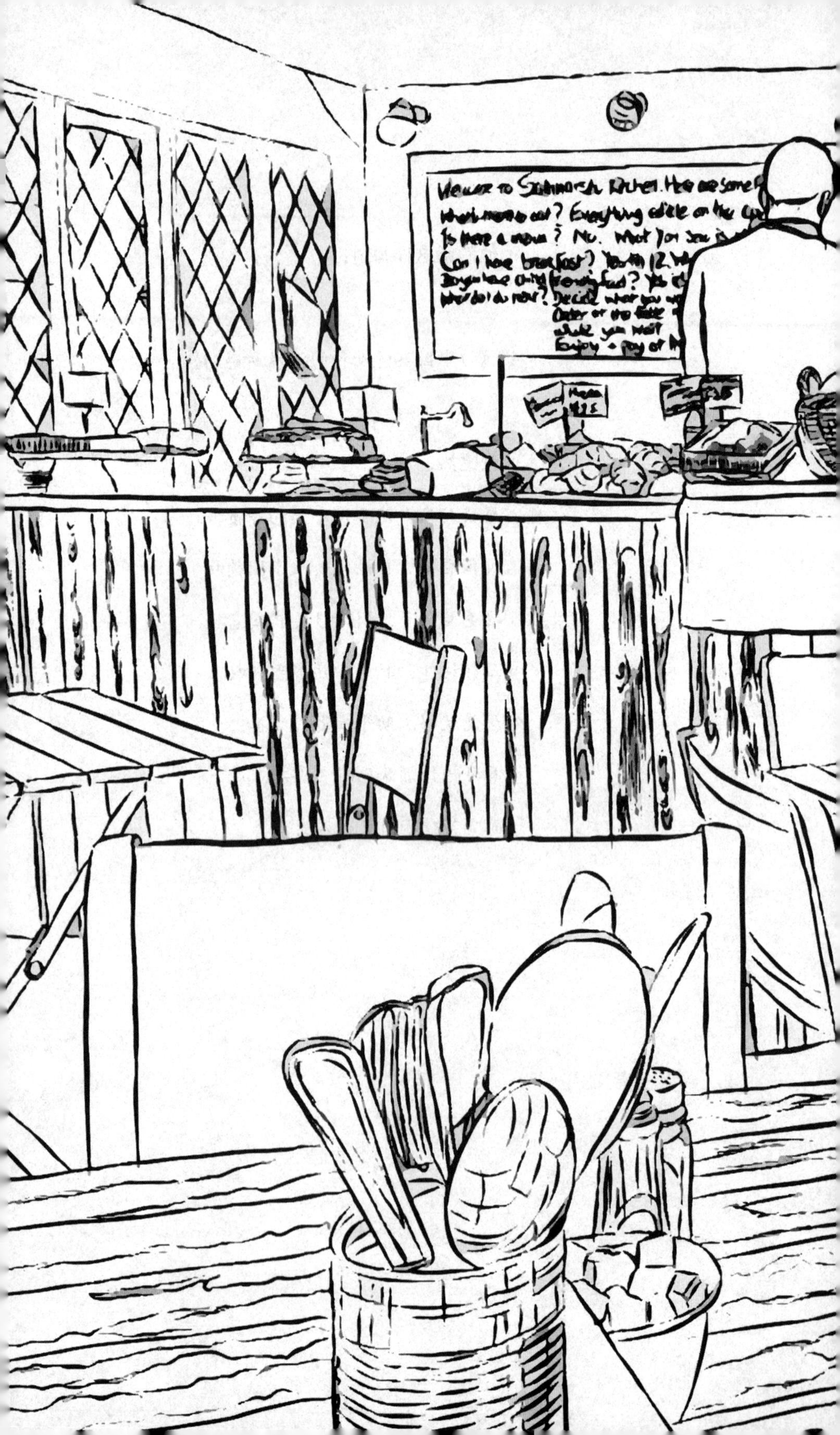
Is there a menu? No.
Can I have breakfast?

七姐妹山下午茶室

这首诗和茶一样，需要细细品味。

最初的英式下午茶起源于二百年前。当时的英国贵族习惯于每日两顿正餐。早餐丰盛，而晚餐八点才开始，人们在这两餐之间常常感到饥饿，每到下午四五点的时候需要吃些甜点。于是，Duchess of Bedford（贝德顿公爵夫人）便用面包片夹奶油和果酱，再配上一壶中国好茶，邀请她的朋友们前来共享。从此，午后时光因茶的存在变得优雅而充实。"下午茶"一度成为贵族社交的时尚，接着迅速普及至平民。英式下午茶从每天午后四点钟开始，英文叫法为 Afternoon Tea 或者 Low Tea。

从简易的普通茶歇，到伦敦顶级奢华酒店供应的下午茶，饮茶是英国民众日常生活中的必需。享用茶餐前，绅士们要穿好西装打上领带。他们热衷于茶的浓郁和苦涩味道。无论是奶茶、甜茶、清茶或是柠檬茶，对茶的热爱与追捧令人惊奇。

英国贵族对喝下午茶颇有讲究：甜点以及所用茶具的放置需低于正餐餐桌，要摆放在与扶手椅同样水平的桌子上。在他们看来，下午四点钟钟声响起的那一刻，茶便使时间停止。女主人们以家中最好的房间、最考究的茶具和最珍贵的茶品招待她的宾客。

入座英式下午茶桌之后，餐巾要放在腿上，若需要暂时起身时，便要将餐巾放在自己的座位上；搅拌茶水时要确保茶匙在杯子中间来回移动，不要搅出漩涡。杯和茶托是一对儿，不可分开。

吃下午茶时的穿戴须得体，女士选经典的芭蕾平底鞋或雅致的低跟鞋，男士着装西服革履。

下午茶一般用纯品茶，如大吉岭茶、伯爵茶、锡兰茶。随着下午茶的普及，花茶、奶茶也常被作为下午茶饮用。

High tea 指在餐厅高桌上享用的茶，盛行于普通大众，人们将其作为一天劳作结束后补充体力的餐前小食。

在英国不只是午餐店有茶供应，晚餐餐厅和普通咖啡店随时有茶出售。超市里的茶叶区有红茶、绿茶、水果茶和花茶销售。而英国纬度高，气候寒冷，不利于茶树的生长，所以英国人喝的茶全部来自国外。英式下午茶也逐渐出中国绿茶改为了红茶。他们发现红茶茶汤酷似红酒，且包容性高，和牛奶、糖或各种香料均可调和，这是绿茶不具有的优势，这样调出的茶更符合欧洲人的口味。

人类学家 Kate Fox（凯特·福克斯）在其专著 *Watching the English*（《瞧这些英国人／英国人的言行潜规则》）一书中写道，不论何时，英国人泡茶的举动都在明确地传递出一些信息。

因为她发现，工人阶级习惯喝浓烈的红茶。而随着一个人所处社会地位的提升，他所饮用的茶也逐渐变得清淡。在用茶过程中，对牛奶和糖的使用也具有其自身的阶级惯例。她在书里写道："许多人把往茶里加糖视为明确无误的下层阶级的行为标志。即便只加了一匙糖，也足以令人对你的出身产生一丝怀疑（除非你生在约1955年之前）；如果加了不止一匙糖，那你充其量只是个中产阶级里的下层人士；超过了两匙，那你绝对属于工人阶级。"除外，如果习惯往茶里加牛奶的话，也有其关于何时加牛奶、怎样加牛奶的行为准则。

福克斯指出，品味热气缭绕的不加糖不加奶的正山小种红茶，俨然已成为中产人士对自身阶级充满焦虑的一种象征。无论是这种喝法，还是加糖加奶、浓烈强劲、简单实用的"建筑工人茶"，都穷尽了所有可能的选择。

英国的每一款红茶都有一个神秘的配方，英国茶厂里最具权威者当属拼配师。一百多年中，英国著名的Twinings（川宁茶厂）为英国皇室特制的每款茶叶味道都不尽相同。2012年英国举行了Her Majesty Queen Elizabeth II（伊丽莎白女王二世）加冕六十周年的纪念活动，川宁茶厂的拼配师接受了为这一活动配茶的工作。他邀请了十九世纪初川宁茶厂的家族后裔 Stephen Twining（史戴芬·川宁）共同来做这项工作。他们从十六个国家收集了上千种茶叶，挑选其中的精品，将不同种类，不同品质，不同味道的茶叶按照比例拼配在一起，并确保茶的味道稳定不变。这是一个荣耀的、同时具有挑战性的工作。

追溯到十九世纪初，川宁茶厂就曾按照英国首相 Charles Grey（格雷伯爵）送来的一份茶叶配方，拼配出了众人皆知的 Earl Grey（伯爵茶）。所以英式下午茶有历史的沧桑，有文学的浪漫，有贵族的优雅，有平凡的追求，以及科学的论断。

一位食品科学家写道："在我看来，一个人选择什么食物是由他的环境，亦即生活背景所决定的。"

你所喜欢的事物并不一定取决于该事物的内在质量。比如某种食物或某种饮品，很可能取决于其周边环境的影响，甚至取决于其自身的文化修养。

福克斯也注意到，除了奇妙的化学特性，饮茶还是一种绝对可靠的社交手段。在详细指出不同的茶叶制备方法所蕴含的文化底蕴同时，她说道："泡茶是种完美的转移注意力的方法。每当英国人在社交场合中觉得尴尬或者不自在时，他们便选择沏茶来缓解这种不适感。"

传说在第二次世界大战时，一架德国的军机被毁，飞行员跌落在一处英国民居里,这位德国军人从瓦砾中爬起来,战战兢兢地对正在喝茶的房主人说:"你们想把我怎样?"房主人心平气和地看看他说:"你紧张什么呢?先进来喝杯茶吧"。这故事听来诧异,但能够看出英国人放在茶上的心思有多重。

在此不能不提的是位于牛津大学基督教堂学院对面的 Café Loco 主题下午茶室。除了 *Alice's Adventures in Wonderland*(《爱丽丝梦游仙境》)诞生于牛津镇外,许多美好的童话故事都在这里应运而生,由于 *Harry Potter*(《哈利·波特》)影片 Hogwarts(霍格沃茨)食堂选景在这家茶室对面的牛津大学基督教堂学院的学生食堂,这座以学术闻名的地界,又被蒙上了一层神秘的色彩。

Café Loco 主题下午茶室为中世纪风格的建筑,已有五百多年的历史。几年前她被改造成了"爱丽丝主题下午茶室",知道她的人走访牛津时一定会推门进去坐坐。茶室被装点得古朴且现代,舒服、惬意、温暖。墙壁上绘有《爱丽丝梦游仙境》影片的影像画和饰物,契合了茶室的主题。

来这里不要忽视了她的内容:下午茶。服务生指着菜单上一行英文向我们推荐传统而风靡的下午茶食品。他介绍了一道下午茶"双层塔"糕点,这种糕点多是由店家为顾客选配。

托盘食品分为上下两层，有巧克力蛋糕、苹果蛋糕、布朗尼糕点，熏三文鱼三明治、黄瓜奶酪三明治、鸡肉三明治。

这里与贝蒂茶屋有着不一样的风格，不供应下午茶三层塔糕饼，而是小而精的特色茶餐，简单实惠。或许是由于来这里的客人除了学生就是观光者吧，每道食品的平均价格在4.5至6镑之间。最具特色的是Smock Salmon & Scramble Egg Bagel（烟熏三文鱼&炒蛋百吉饼），配一杯加奶的红茶，物美价廉。

既然已经来到牛津镇，傍晚还可以到位于高街上的The Grand Café坐坐，享用那里的咖啡或茶饮。这家咖啡店建造在英格兰第一家咖啡店（1650年）的原址上。据悉，美国前总统William Jefferson Clinton（威廉·杰斐逊·克林顿）的女儿Chelsea Victoria Clinton（切尔西·克林顿）在牛津大学读书时，喜欢在这家咖啡店度过安静的午后时光。

作为茶故乡的我们没想到在英国，舞蹈与茶早已完美地结合，一边跳舞，一边品茶，这样的形式被称为"茶舞"。而今，只有伦敦的Hilton（希尔顿）这家五星级酒店还保留着茶舞的习俗。人们说，是茶改变了英国，就连保守的英国淑女对茶舞也充满了热情。

同样有趣的是，茶香中的某些分子很可能是为茶叶免于鸟类、昆虫和其他生物的吞噬进化而来。人类长期探索出茶叶使人精力充沛的效应，和给茶赋予的社交作用也有着普遍的现实意义。

历史的缘故，足以理解大量的茶叶登陆不列颠岛国，使英国人能够享用浸泡进口茶叶所得到的快乐。而经过英国再创造的茶文化如今又返回了中国。许多人认为，品茶不全在于味道，而在于与之相关的生活方式。尤其在中国，它可以让忙碌的脚步慢下来。

2012 年 8 月 17 日 星期五

原载于《文艺报》

2014 年 3 月 5 日

第二十三篇　与 Angela 的通信

Date: Thu, 26 Jul 2012 16:21:04+0800

Subject: photos

Dear Angela,

I am Stella. Please see the attached photos. I think they are nice. What do you think? Hope you will visit Beijing one day. Take care.

　　　　　　　　　　　　　　　　　　　　Best regards,

　　　　　　　　　　　　　　　　　　　　Stella

At 2012-07-27 01:06:44, "Angela"

Hi Stella,

Many thanks for the photos, they are lovely. It was very nice to meet you and your mother last week, I hope that she enjoys the rest of her trip and that you finish your MA with excellent marks and have a wonderful future.

Take care, I will visit Beijing one day and let you know.

Keep in touch,

Kind Regards,

Angela x

Date: Tue, 28 Aug 2012 19:17:15+0800

Subject: Re: RE: photos

Hello Angela,

I am Stella's mother. Nice to meet you. I and my daughter visited lots of place in the UK recently. That's fantastic. We will go back to Beijing in 20th of Sep. I want to give you two books which written by me. Although we can not communicate in English and Chinese, these two books can be a gift to remember our meeting.

Could you please give me your post address so that I can mail it to you.

Best regards,

Binbin Liang

At 2012-08-28 20:44:17, "Angela"

Hi Binbin and Stella

It is good to hear from you and I am happy that you both had such a good time in the UK. What a lovely thoughtful present, I would love to receive the books as a present.

My address is:

xxxx

UK,

Are you coming back to London anytime soon, it would be lovely to meet either you or your daughter again in the future.

Kind regards,

Angela

Date:Wed, 29 Aug 2012 03:14:52+0800

Subject: Re: RE: photos

Hello Angela

I posted it this afternoon. Please tell me when you receive it.

Best regards,

Binbin

can not communicate?

> At 2012-08-30 17:39:33,
>
> --------Forwarding messages--------
>
> Date: 2012-08-29 22:57:25
>
> Subject: RE: photos
>
> Hi Binbin,
>
> Thank you so much for the books, I received them today. I will treasure them always, and possibly learn to read them or get some help with translation.
>
> Thank you again for your very generous and beautiful gift.
>
> I will try to keep in touch and will hopefully visit China one day.
>
> Kind regards,
>
> Angela

2012年8月30日星期四

第二十四篇　Oxford 的外延与内涵

　　Oxford（牛津大学）和 Cambridge（剑桥大学）距英国的首都 London（伦敦）均不到一小时车程。

　　人们只要提到英国，就要谈到英国的学术重镇——牛津大学和剑桥大学，也一定要去目睹她们的风采，不仅是因为她们的名气太大，也因为她们太漂亮了。

　　牛津起初在萨克森时代发现的名字为"Oxenaforda"，其意思是"Ford of the Oxen"，汉语意译为"牛津"。"Ox"是"公牛"的意思；"Ford"是"浅滩"的意思。九世纪建立的牛津城是世界上最著名的大学城之一，是英国皇族和学者的摇篮。这里原是一片舒缓的丘陵地，中央城区位于伦敦西南方向八十公里处。

　　坐落在泰晤士河上游支流、柴威尔河之间丘陵地的牛津被河水环绕，两条河流于城市南部中央交汇。早期当地人以农业为生，他们要赶着牛车涉水才能去牛墟进行交易，因而公牛涉水的标志就成了牛津市的市徽。

当前河流还在，但原来的桥和牛车涉水过河的痕迹已经找不到了。人们来访和旅游不是要观赏牛车涉水的情景，而是因为牛津大学的存在。

牛津大学是英语国家中最古老的大学之一。十二世纪之前，英国是没有大学的，人们便去法国或其他欧洲国家求学。当时英格兰国王 Henry II（亨利二世）把一个宫殿建在了牛津，学者们为了取得国王的保护，就把学校建在了这里。1096 年有人开始在牛津讲学。1167 年亨利二世和法兰西国王发生了政治分歧，在这样的情况下，英国国王把寄读于法兰西巴黎的英国学生召回了英国。

University of Paris（巴黎大学）是当时欧洲最早的三所大学之一，另外两所是意大利的 University of Bologna（博洛尼亚大学）和 University of Salerno（萨莱诺大学），这三所大学被称为欧洲大学之母，欧洲的主要大学都是受了这三所大学的影响，之后的牛津大学也不例外。十二世纪，牛津已经成了一个学术中心。在亨利二世禁止英国学生到巴黎大学就读之后，更加强了这里的学术实力。还有另外一种说法，当初是法国国王把英国学生赶回了英国，从巴黎回国的学生就聚集在牛津，从事教学和科研工作。这些留学回来的学者奠定了牛津大学的基础。

牛津共有 900 多幢藏有独特历史的各式建筑。据说公元 700 年左右，撒克逊女王弗莱德威德在此地修建了一座修道院，从而成为牛津最早的建筑。十三世纪，众多修道士聚集在牛津，逐渐形成了大学。他们既是布道者，又是哲学家。在不到 100 年的时间里，拥有 1500 名学者的牛津大学便在全欧洲享有了盛名。

如今在牛津三镇坐落着四十多所大学院，她们分布在大学城各地。美丽的庭院环绕着学院，每所学院同时也是其他学院的一部分，难分彼此。学院们纵横交错，息息相关。有两万多名在校生就读于这里。1264 年建立的默顿学院和 1963 年建立的圣凯瑟林学院相差了七个世纪。各学院自成体系，经济独立。每个学院都有各自的历史与风格。有的强调学术，有的注重应用。

有些学院出售门票可供游人参观。Christ Church College（基督教堂学院）是牛津大学最负盛名的学院之一，她被草坪和牧草地所环绕。在这座成立于 1525 年的学院建筑前面，**矗**立着有名的地标式建筑 Tom Tower（汤姆塔），塔钟会在每天晚上九点五分时敲响 101 下，来纪念建校之初这里仅有的 101 名学生。

古色古香的宏伟建筑围绕着被称为"汤姆方庭"的学院内院，它是牛津最大的四方形中庭之一。我们绕过美丽的喷泉，穿过庭院，走上楼梯，步入礼堂，看到大厅墙壁上整齐地挂满了基督教堂学院培养的杰出历史人物以及历届校长的画像。其中有 Henry VIII（亨利八世）、Commonwealth of Pennsylvania（宾夕法尼亚州）的创始人 William Penn（威廉·佩恩）。四壁高大的彩色花玻璃窗上绘制着表现 Jesus（耶稣）生平的 The bible（《圣经》）画面。

基督教堂学院礼堂右上方的位子专为博士生们所设，墙壁画框下的一排座位是特别为院士和宾客们设置的。这礼堂可以用于会议、各种典礼以及用膳。基督教堂学院礼堂曾是电影《哈利·波特》系列中霍格沃茨魔法学校餐厅的取景地。

在这里用餐不是件简单的事。所有人需身着符合各自身份的学袍，学生和客人们入场后不能即刻开饭，待学院的院长、教授、贵宾们到场后，全体起立以示尊敬。待重要人物们落座贵宾席，各位坐下，上菜同样按照尊卑顺序。

开饭钟声响起，全场人起立，用拉丁语做祷告。饭桌上的内容很普通，通常有面包、沙拉、配主菜的蔬菜。前菜之后由服务生撤掉盘子上主菜，席间人们边吃边聊，或讨论学

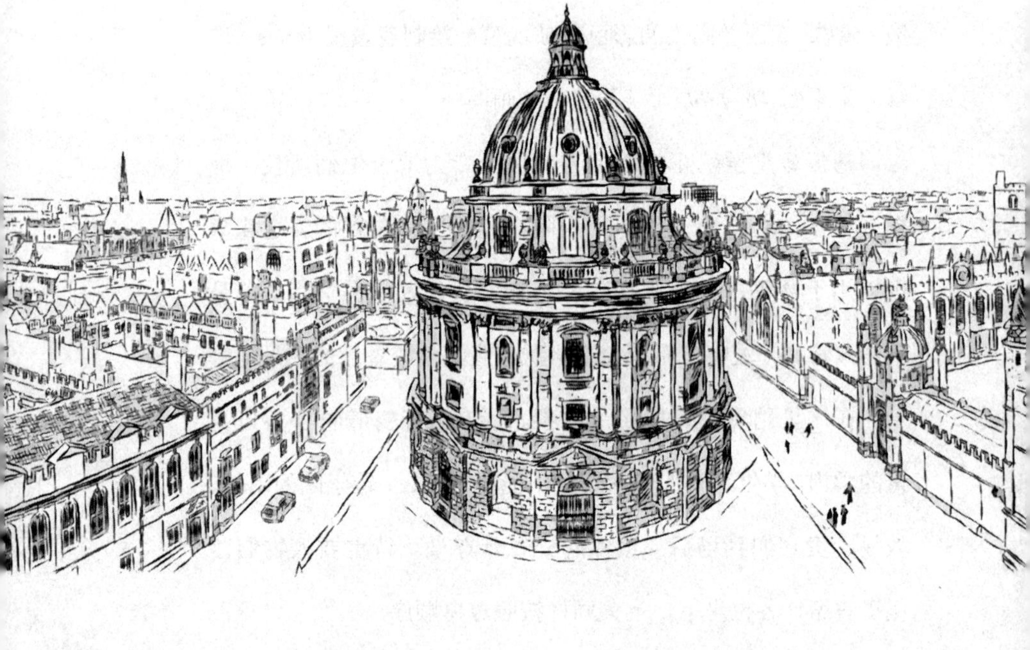

Oxford

牛津大学

术问题，气氛松散和谐。

偶尔，基督教堂学院礼堂也会举行主题晚宴，例如哈利·波特主题晚宴、万圣节主题晚宴、寿司晚宴、中国之夜晚宴。牛津大学以学堂晚宴的形式给大家提供了更多的社交机会，如果您正巧有同学在牛津大学读书，那么就请他们约您去体验体验这意味深长的晚宴吧。

童话故事《爱丽丝梦游仙境》广受读者的钟爱，他的作者Lewis Carroll（路易斯·卡罗尔），原名Charles Lutwidge Dodgson（查尔斯·路德维希·道奇森 1832—1898），是一位英国数学家和逻辑学家，也是基督教堂学院的数学教授。他因创作《爱丽丝梦游仙境》和《爱丽丝穿越镜子》等作品闻名世界，如今在牛津大学的基督书院里仍悬挂着卡罗尔的画像。当年的维多利亚女王很喜欢《爱丽丝梦游仙境》，便写信给他，希望拜读他的大作。恰好卡罗尔刚完成了另一本名为《平面代数几何概念》的著作，寄给了女王。有人夸张地描述说，当女王收到书时兴奋得几乎晕倒。

St Aldet's（圣爱尔地）街上设有一处Alice's Shop（爱丽丝专卖店），店主是位日本人，这里出售各式各样与故事有关的纪念品。

牛津大学的每个学院都有自己独立的公共图书馆。其中包括 Bodleian Libraries（博德利图书馆）、Radcliffe Camera（瑞德克利夫拱形建筑图书馆）、College Libraries（学院独立图书馆）、All Souls College Library（万灵学院图书馆）、Christ Church Library（牛津大学基督教堂学院图书馆）、Jesus College Library（耶稣学院图书馆）、Lincoln College Library（林肯学院图书馆）、Queen's College Library（王后学院图书馆）、St Catherine's College Library（圣凯瑟琳学院图书馆）、St John's College Library（圣约翰学院图书馆）。

基督教堂学院与它的姊妹学院剑桥大学三一学院同被认为是所在大学中的贵族学院，基督教堂学院也是牛津大学最大的学院之一，图书馆的面积和藏书量，大到可与British Library（英国国家图书馆）相媲美。基督教堂学院图书馆成立于1546年，藏书达1,100万册，游人们只可以进入图书馆的一楼大厅参观。作为版权图书馆，她可以要求所有爱尔兰出版的图书免费呈交一册在此收藏。学生第一次进入图书馆之前，必须承诺不损坏图书，不带火，不在图书馆里吸烟。当初学生只需用拉丁文口述承诺，现在则需要签署书面文件。

中午时分，阳光明媚。我们走过了位于新学院两校区之间的 The Bridge of Sigh（叹息桥），她是一座威尼斯拱桥的复制品。Stella 和她的同学们来牛津大学游览时曾在这桥前合影留念,她们的兴致来源于一个故事,说每当学期结束后,学生们都会在学院里等待出成绩的时刻,当看到成绩单,很多学生对自己的成绩不满意,边过桥边叹息。于是"叹息桥"这个名字由此而来。

牛津还有一个著名的学院是要去看看的——Magdalen College(玛格德莲学院),她的外形被誉为英国最完美的建筑之一。每年的五月一日清晨六点钟,为了迎接春天的到来,Magdalen Tower(玛格德莲塔)会传出牛津大学玛格德莲学院唱诗班用拉丁文吟唱的诗歌,一起跳舞。

十六世纪黑死病蔓延欧洲,人们想尽一切办法遏制疫情的发展,一度出现了很多奇怪的治疗方法。牛津大学基督教会学院的医生提出土豆皮能预防黑死病。于是要求学生一日三餐必须吃土豆皮,久而久之学生们终于忍无可忍了,他们在校门上写了大大的"No Peel",可见他们几乎被土豆皮逼疯了。

穿街走巷来到了晓东宁剧院,每年六月的校庆典礼在这里举行,学校的校长以及大学权威人士会在那天穿上红色的学袍或全套礼服,为成绩优秀的学生颁发学位荣誉证书。

行走在数百年以来保持完好的鹅卵石街道上,可以通过木门的缝隙瞥见绒毯般的草坪，或穿过学院中心部分的古老方庭仰望变幻莫测的天空，或登上楼梯感受百年前的建筑风韵。回首一望，出现在眼前的抑或是壮观的钟楼、耸入云端的尖塔，或许是座古老的雕刻艺术品。

这个既古老又现代的城镇，被浓厚的学术氛围和浪漫的艺术气息融会贯通。剧院、画廊、书店、各类商店，饰品店、食品店、咖啡馆、小酒吧、大饭店，还有美丽的校园风景……没有人不承认她是世界上一座伟大、美丽的大学城。古老而现代，传统又舒适。

Stella的硕士研究生第一导师，毕业于牛津大学王后学院，是一位研究东方历史文化的英国专家，具有严谨的治学态度和高深的学术造诣。Stella的毕业论文得到了他规范的指导，赢得了专家们的好评。由于Stella的勤奋和优异的成绩，加之良好的人际关系，成为他的得意门生。他曾带领学生们到他的母校牛津大学王后学院参加校友的聚会活动。每到一处他都会把Stella推到前边，介绍给他的校友和同学。

人们一向认为，能够入读牛津和剑桥这两所大学是非常了不起的。1871年之前，学校要求除了学习成绩出类拔萃这个硬性条件之外，还要求必须信仰英国国教的学生才有资格就读牛津大学。1920年之前学校还有一条规定，掌握了希腊知识的学生才能够来牛津大学深造。1960年前入学的学生必须懂得拉丁文。学生性别也曾一度成为入读牛津大学的重要条件。1820年之后，在这里就读的女生才有资格获得牛津大学学位。直到2006年牛津大学 St Hilda's College（圣希尔达学院）才开始招收男生。

随着世界文化的融合与开放，宗教信仰和性别因素早已不是阻碍学生进入牛津大学读书的理由。而欧洲的经济危机造成的英国学费的上涨，成为英国本土青年人读书深造的障碍，每学年9000英镑的学费超出了过去学费的三倍，成了他们难以承受的负担，而比起国际学生的学费，他们的学费还是低了很多，并且有六分之一的英国学生能够享受国家的奖学金待遇。2011年英国学生曾因对学费上涨不满而上街游行。这两年国际学生的学费也一再上调。英国有些大学尽可能增加国际留学生的名额，以很多方法吸引国际学生前来就读，为学校创下了大笔的收入。

然而牛津大学不是一所完全公立化的学校，英国政府虽然拥有大学的治理权，但不掌握所有权。牛津大学的荣誉校长曾表示：如果英国政府继续干涉大学的招生和学费政策，牛津有可能变得越来越私有化。

牛津大学学生人数超过了22,000名，其中本科生人数大约11,770名，研究生人数在9,850名左右，占学生总数的45%，且62%的研究生来自英国以外的其他国家。

欧洲建筑的优美和学术氛围的庄重在牛津并存，那神韵是用语言无法描述的，那色彩和造型的壮美及秀丽也是身临其境才能够感受到的。英国的建筑风格分为三种，哥特式、都铎式和拜占庭式。哥特式又被称为法国式，于十一世纪末起源于法国，十三至十五世纪间流行到整个欧洲国家。建筑的特点是高耸的尖顶，锥形的拱门，大窗户和花窗玻璃，常见于欧洲的大教堂。它的建筑结构有三大特点：正面是人字窗、玫瑰窗，背面是赖福碧，如英国的Westminster Abbey（威斯敏斯特大教堂），以及意大利的Duomo di Milano（米兰大教堂），法国的Notre-Dame de Paris（巴黎圣母院）都属于典型的哥特式建筑；闻名于世的英国都铎式建筑，来源于都铎王朝的建筑风格，与古堡的形状相似，常见于庄园建筑；拜占庭式建筑属于典型的东欧风格，屋顶为圆形，外形很像俄罗斯的教堂，以及伊斯兰教的清真寺。还有人比喻说，它与"好时"巧克力的外形很相近。

令牛津人自豪的还有，与之齐名的剑桥大学原是她的"衍生物"。远在保守的中世纪，由于牛津大学的学生思想活跃，生活态度开放，有些狂妄不羁，被认为满身恶习，加之与当地市民的紧张关系，加深了彼此的矛盾。1209年，一位学生练习射箭时误杀了一名镇上的妇女，引发了一场冲突。愤怒的牛津市民抓住了两名无辜的教师进行殴打，师生们到处躲避市民的追杀，其中有十二名学生流落到剑桥被 Bishop of Ely（伊利主教）收容。接着一些学者纷纷慕名而来，剑桥这所大学就这么建立了。

两所大学的建制和建筑风格颇为相似，学术水平也不相上下，就如同中国的北京大学和清华大学。发展过程中，两所大学形成了特殊的竞争模式，均成为世界排名一二、举世瞩目的高等学府。百年间，每年七月，英国举办的国际划船比赛总是吸引着各界人士的目光，尤其遇上牛津和剑桥的场次，更加振奋人心！剑桥大学的比赛成绩数次领先于牛津大学；在学术方面，剑桥的理学和工程技术学科更占优势。

我们看到剑桥大学和牛津大学的校徽上都有一本书。剑桥大学那本书是合上的，而牛津大学那本书是掀开的。于是牛津人便嘲笑剑桥人不用功读书，只是用书来装点门面；剑桥人回击说："哪里！这是因为你们读书的速度太慢，我们都读完了，你们还在读。"

牛津大学校徽中的这本揭开七印后而展开的书，灵感来源于《圣经·启示录》第五章。在展开的书卷上写着 Oxford

大学的校训：Dominus illuminatio mea（拉丁文）。意思是"耶和华是我的亮光"（The Lord is my light），出自《圣经》中的诗篇第 27 篇；The Lord is my light（英语），意思是：主是我的亮光。出自（诗：29）："耶和华是我的亮光，是我的拯救，我还怕谁呢？耶和华是我性命的保障，我还惧谁呢？"

他的本意告诉人们，智慧和开启未来的钥匙，只有在上帝的光照下才能够获得。

有分析人士发现，Oxford 大学习惯问："What do you think？（你怎么看？）"，而 Cambridge 大学常问："What do you know？（你知道什么？）"。由此而来：牛津大学偏重思想，剑桥大学更注重学术。这就成为人们看到的结果——牛津大学走出了二十五位英国首相，剑桥大学涌现出的是八十多位诺贝尔奖获奖者。牛津大学培养出了许多政治家、艺术家和各界名流，被人们冠以"天才与首相之摇篮"的美称。

从历史上看，许多名人曾经就读于牛津大学，其中包括四位英国国王，四十六位诺贝尔奖获奖者，二十五位英国首相，三位圣人，八十六位大主教，和十八位红衣主教。

前英国首相撒切尔夫人曾就读于牛津大学化学系；美国前总统克林顿曾经是牛津大学的交换生。

科学家 Stephen Hawking（斯蒂芬·霍金）出生在牛津，他先后毕业于牛津大学和剑桥大学的圣三一学院；中国大陆作家钱钟书先生是庚子赔款的第一批英国留学生，在牛津大学读英文系。由于这些政治精英和名流的出现，也证明着牛津、剑桥这两所世界知名学府的实力。

戴建业教授曾这样评价英国在世人眼里的地位："我们之所以不敢小瞧英国，是因为它产生了许多像莎士比亚、牛顿这样的文学科学巨匠，它拥有一批牛津、剑桥这样的顶尖学府，它培养了许多卓然挺立、傲然不群的杰出人士。"

2012 年 9 月 8 日 星期六

原载于《国际人才交流》杂志

2014 年第 7 期

第二十五篇　Cambridge 的品位与基调

中国"新月派"诗人徐志摩的那首著名的诗《再别康桥》,让许多中国人认识了英国 Cambridge(剑桥大学)和那里的康桥。在电视剧《人间四月天》里,反映了徐志摩、林徽因于 20 世纪初在英国剑桥大学康河里撑船消遣的场景。

而这里并不简单是诗人抒发浪漫情怀的所在,更是一所世界著名的大学城。人们把牛津大学和剑桥大学的校园环境做比较时说道:"牛津是城市里面有大学,而剑桥是大学里面有城市。"由此论断,如果想要欣赏城市和乡村相互交融的风景,体验"校园都市"的感觉,那就去剑桥吧。

还是以那个流传已久的故事作为介绍剑桥的开场白:这座有着八百年历史的古老大学建立在康河之上。大学的起源居然与一桩凶杀案有关。1209 年,牛津大学的一名学生失手误伤了当地小镇的居民。盛怒之下,居民们冲进牛津以私刑处死了三名学生。有三名师生逃避殴斗，并向当局表示抗议之后离开了牛津大学，来到了一个荒芜之地建起了剑桥大学，成就了今天这座拥有八十多位诺贝尔奖获得者的著名大学。

距伦敦不到一小时车程的剑桥，是一座拥有10万人口，其中15000名是学生的大学城。剑桥城是由St Andrews（圣安德鲁斯）和Kings Parade（国王大道）两条街道组成，于这其中分布着剑桥大学的各个学院。在剑桥中世纪风格的大学建筑中，最著名的是The Kings College Chapel（国王学院礼拜堂）。这座建立于1500年代的建筑，高二十九米，是目前英国保存最为完好的"哥特式"建筑。以前还会有学生悄悄地爬到这教堂的屋顶上，由上面垂下写着政治口号的条幅示威。现在校方从保护文物的角度出发，决定对这样的学生给予除名处理。

剑桥大学培养出的诺贝尔奖获得者人数，超过了整个法国此奖的获奖者。剑桥大学的拉丁文校训是"Hinc lucem et pocula sacra."；英译为"Here light and sacred draughts."或"From here we receive light and sacred draughts."；汉译为："求知学习的理想之地。"或"此地乃启蒙之所，智慧之源。"剑桥大学还有一个拉丁文校训，引用的是苏格拉底的一句名言"我与世界相遇，我自与世界

193

剑桥钟 吃时间的虫子

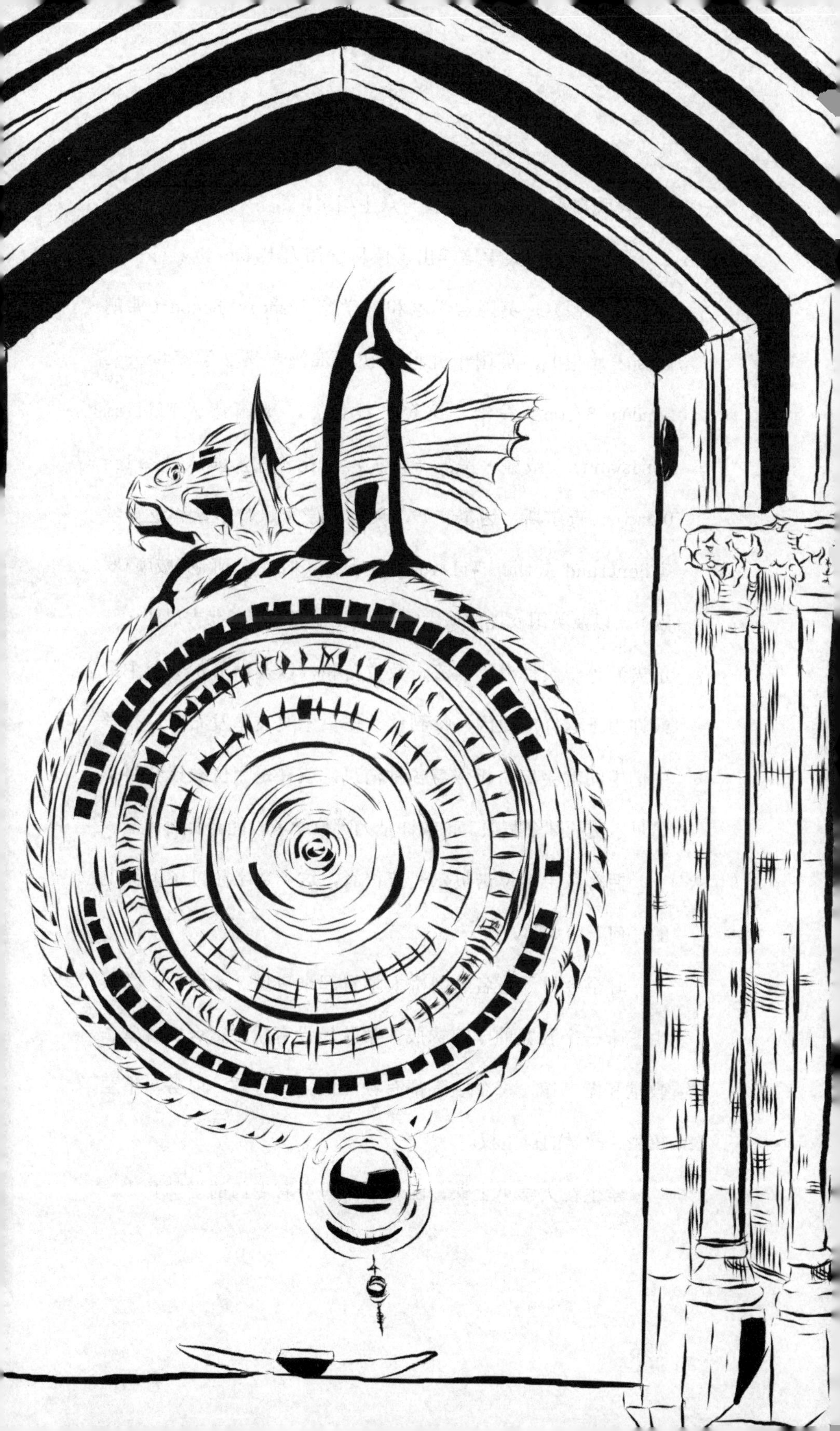

相蚀，我自不辱使命，使我与众生相聚。"

因而，剑桥大学培养出了像科学伟人 Isaac Newton（艾萨克·牛顿），英国哲学家和科学家 Francis Bacon（弗朗西斯·培根），英国十九世纪初期浪漫主义文学家 George Gordon Byron（乔治·戈登·拜伦），英国诗人 William Wordsworth（威廉·华兹华斯），进化论的奠基人 Charles Darwin（查尔斯·达尔文），英国哲学家、数学家和逻辑学家 Bertrand Arthur William Russell（伯特兰·亚瑟·威廉·罗素），以及英国女性意识大师 Virginia Woolf（弗吉尼亚·伍尔夫）等一大批世界名流、数位首相，以及诺贝尔奖得主。或许由于这样的原因，每到秋季诺贝尔奖名单发布时，在学生们中间就会口口相传着各种消息，或许是哪位教授获得了诺贝尔奖的某个奖项，也或许是为哪位学者没能获奖而惋惜。

拥有八十多位诺贝尔奖获得者，这个数字超过了世界上的任何一所大学。

时至今日，著名的剑桥大学看起来更像一个联盟，学校由三十一个独立的学院构成。学院里设有学生宿舍、食堂、教堂和图书馆，每个学院都有独立的上至行政、财务，下至招生、教学的自主权。

学生在大学里上课，回到学院里会有专门的导师负责一对一的督学，导师针对每个学生的特点和发展全面负责。校长认为：一对一的互动对学生的个人发展很重要。当学生做一门功课时，他能被客观地评价，其观点能被广泛探讨，激发他们在各个领域的新想法。而这样的互动，很难在三四百或是五百人的课堂里实现。学校试图去推广这样一个理念，学院制对每个学生的关注，使学生获得独一无二的体验。

在剑桥的考试卷子里，从来就不出现选择题。如果是理科考卷，除了有计算的大题，就是一些概念性的讨论。文科基本上就是论文，大段的论述。不设简单的ABCD这样的选择题意义在于，评判考卷没有标准性的答案，凭的是考官的看法。

对学生来说，因为没有严格的分数评判系统，因而获得优秀的成绩比较难，只有前25%的人可以拿到一等学位。而来剑桥大学读书的学生都很聪明，且学习刻苦，如果要挤到前25%名，不是轻而易举的事。需要相对的比例，绝对优异的成绩。

学校要求它的学生应该拥有极高的学术天分，以及刻苦学习的潜能。他必须独立，能够在学术上有自主思考的能力，和改变世界的壮志雄心。

在剑桥大学三一学院门前的草坪上，种植着一棵堪称世界历史上最著名的苹果树，当年这棵苹果树生长在牛顿的家乡肯特郡后花园里。牛顿二十多岁时，他被树上的苹果砸中，开始思考万有引力之源。六十年前，剑桥大学把这棵树移植到三一学院楼前，以纪念牛顿的伟大发现。

同时这里的学生对此还有另一个解释，说学校移植这棵树的目的是提醒学生，科学研究需要灵光一现，而更多的时候，获得科研成果则需要漫长的等待。

近年剑桥的一位 The Nobel Prize（诺贝尔）获奖者 Robert Geoffrey Edwards（罗伯特·爱德华兹）教授，人称"试管婴儿之父"，在他成功之前，长达十四年中，他的研究没有任何成果。

当年达尔文作为剑桥神学院的学生日子也并不好过。他自己总结说，自己懒，又不信上帝，唯一所求就是考试及格。之后他在剑桥开设的公开课上认识了植物学教授 John Stevens Henslow（约翰·史蒂文斯·汉斯洛）。

汉斯洛于1832年把原来的一块麦地改造成了赛因学院的植物园，在那里他教给达尔文怎么去认识天竺葵、忍冬花、甲壳虫和土壤。并推荐达尔文登上"小猎犬"号，开始他的第一次环球之旅，汉斯洛教授把一个迷茫的本科生，引导到改变其人生的决定性道路上。

在今日的剑桥动物学博物馆，还收藏着180年前达尔文

牛顿画像

第一次环球航行中寄回学校的动物标本。航行中的达尔文不断地进行标本切片和科学研究，他每到一个口岸，就把标本寄给汉斯洛教授。

1835年，达尔文航行到厄瓜多尔群岛，看到了一些大小迥异，却有极强相似性的鸟类。他总结出一个理论，相信动物是可以进化的。就是这一理论，改变了达尔文的一生，和整个人类对于物种起源的看法。这在当时属于亵渎宗教的理论，但他得到了汉斯洛教授的鼓励。

有媒体总结说：剑桥大学在国际学术界的影响力，在于他所拥有的杰出人类的头脑，从牛顿、达尔文到霍金，这所大学对这些"头脑"异常地珍重和爱惜。人们寻求知识，是为了寻求进步——这便是剑桥的灵魂。

剑桥大学在八百年历史当中保持着这样一个传统，晚七点半，在学院的正式餐厅里师生们共进晚餐。这是一个很正式的晚宴，要求每个人穿特制的长袍。当钟声响起时必须入席。晚餐上，教授和学者的位置在最上面的高台上，学生就座于下面的长桌。当教授们进入餐厅时，人们起立向他们致敬。跟随他们念完拉丁文的晚祷文后，师生们一起坐下来用餐。晚餐结束，所有人站起来送教授们出门，在拉开椅子的那一声共鸣之后，餐厅里寂静无声，那庄严的场面令人肃然起敬。

在剑桥大学有一只钟被称作"吃时间的虫子",它的顶端有一只凶猛的蚱蜢,在每分钟的第一秒张开嘴,到最后一秒时闭上嘴,一口口吞吃着时间。这个钟的钟摆造型是西方的棺材,每小时敲响一声,提示人们距离死亡又近了一步。人们认为这当中蕴含着剑桥的校训,就是苏格拉底的那句拉丁语:"我们与世界相遇,我们与世界相蚀,我们必不辱使命,得以与众生相遇。"

剑桥大学的书摊儿上正销售一本名为 The Night Climbers of Cambridge(《夜间攀爬者》)的书,绝大多数剑桥学生都读过。书里详细介绍了剑桥每一座标志性建筑该怎么爬上去,也记录了多年来剑桥的学生在夜间攀爬这些建筑中留下的传奇。

1958年的某天清晨,经过评议堂的人们发现楼顶上斜放着一辆"奥斯丁"牌小汽车,没有人知道这辆车是怎么上去的。以当时的起重条件,不可能把一辆完整的汽车放上二十多米高的斜屋顶。消防员要把这辆车拆卸后才能从屋顶上搬下来——这辆屋顶上的汽车便成为剑桥的一个奇迹。据说当年学校知道是谁干的,但他们一直保守秘密,没有给这几个学生任何处分。非但如此,校长还悄悄地给这几个男生一箱香槟。

在剑桥大学读书,没有外在的诱惑,只有专心专意地做学问,这里的生活可以很孤独,也可以很丰富。剑桥的城市规划还保持着几百年前的原样儿,道路不曾拓宽,公交车的班次之间相隔时间长,有时想乘坐公交车出行,那效率还不如步行。可如果您推开窗户一览康河的美景,寻找"河畔的金柳"和"波光里的艳影",将会是另一番情调。

学校的单间公寓里配备有卧室、厨房、浴室和客厅,只要您冰箱里有足够的食物储存,埋头学习一星期不下楼,也会生活得很好。闲暇时去市中心靠着康河的那家Henry's餐厅喝杯啤酒或咖啡,学学跳舞,听听音乐会,偶尔参加一回同学的聚餐,学习生活依然会有声有色。每到圣诞前夜,这里举办的弥撒,会通过BBC(英国广播电视中心)对全国现场直播。

英国的大学校徽符号通常是历史、文化、宗教、艺术特征的反映,是对高校历史和时代精神的尊重和肯定,也是办学理念和指导思想的凝聚。在英国的大学里,还有一种说法,叫作"学文读牛津,学理读剑桥"。所以在剑桥大学的很多地方都保留着著名科学家的印迹。在牛顿毕业的三一学院的正门前,种着牛顿发现万有引力的那棵苹果树的后裔;在王后学院保留着不用一颗螺丝钉、仅靠数学运算的方法巧妙地用木头插接而成的Mathematical Bridge(数学桥),以及毕业于该校的查尔斯·达尔文 *On The Origin of Species*（《物种起源》）的论文初稿。

剑桥的庭院被称作"Court"（法院、球场、朝廷……），任凭您的理解和遐想。如果您有兴趣的话，也去市中心紧邻康河的那家 Henry's 餐厅坐一坐，享受康河的宁静和英式早餐的格调。

坐在窗前品尝咖啡，望着街景消磨时光，是欧洲人典型的生活方式。比起东方人，欧洲人显得懒散许多。干事不紧不慢，下班后会赶紧离开，一分钟都不愿意耽搁。他们的休息时间绝对不容他人占用。任何人、任何事，只要是与工作有关就免谈。Stella 的一位中国大陆同学周日在查阅文献时遇到了问题，便打电话向她的导师求教。不想这位和蔼温良的教授一反常态，毫不客气地回应道："我在休假，请不要打搅"。尔后才明白，不是导师不近人情，是观念的不同才产生了这样的分歧。我们提倡的是"奉献精神"，而他们强调的是"个人权益"。节假日期间学生给老师发出的电子邮件，一定要等到上班以后才能得到回复。

每天傍晚，太阳还没有落山，剑桥的店铺就打烊了，整个城市空空如也。这样的景象我也曾在 Ely（伊里）、Coventry（考文垂）和 Nottingham（诺丁汉）一类的城市遇到过。走在空旷的街道上，偶尔才有一两辆汽车驶过，我停下脚步环顾四周空旷的街道，晚景显得格外凄凉。在夕阳的照射下，只有艳丽的鲜花在向您微笑，想问问路却找不到人影。在这里，除非遇有重大的节日或活动时，才可能出现意想不到的热闹景象。

在这个古老的、到处是崎岖小径的城市里，走进稍许偏僻的街巷，就如同走进了绕不出来的迷宫。此时除了查看地图之外，就只能向当地人问路了。我曾经遇见过这样的情形，走在陌生的街道上打算问路时，却犹豫着难以开口，因为迎面走来的人们板着面孔，一副生气的样子。难道这就是人们常说的"绅士风度"么？我不免心里打鼓。可当您朝他走过去开口说话的时候，对方会一改脸上的神态，和蔼地做出反应，耐心听完您的问题，然后诚实、热情地为您指点迷津。

漫步在幽静的小街道，远离了城镇的喧嚣，极目远望是一幅迷人的河景，阳光照射在河水上，映衬着蔚蓝的天空、婆娑的树影和错落有致的房屋。一群群学生结伴正撑船游历康河，他们的嬉笑声打破了河面上的宁静。岸边围栏里的老牛正一心一意地吃着青草，旁若无人。眼前的景象令我恍惚，仿佛正置身于童话的意境。

刚从大学课堂上解脱出来的学生们，随意地坐在草地上小憩，或慵懒地倚靠在树下的座椅上出神。英国人接受"日光浴"时常是这副模样。尤其在冬季，有阳光的天气非常稀少，遇上一个太阳情愿露脸的日子，人们就会一窝蜂似的拥到室外，享受难得的"日光浴"。我看到，每到午后或周末，英国的花园、河畔、树林、海边都会布满壮观的野餐小队。

在这座大学城里，除了以上提到的地方之外，名胜古迹、大教堂、博物馆、教学楼、图书馆同样是观赏主题。剑桥校区以及剑桥的城镇街景与"徐志摩、林徽因时代"并没有太多的不一样。走下康桥，真羡慕那些骑着自行车的年轻人——顺着坡道的起伏忽上忽下，去往任何一个他们想去的地方。

2012年9月11日 星期二
原载于《国际人才交流》杂志
2015年第3期

第二十六篇　　名探的『居所』博物馆

我曾在一位美国人写的书里看到他兴致勃勃地评价伦敦，大概意思是说，伦敦充满了不期而遇的款待。虽然这里也有许多不尽人意的细节，但那毕竟是细节，比起有些国家的大城市，伦敦的公园更美，伦敦的历史更长，它的新闻业更丰富活跃，在伦敦出行更安全，公民们也更礼貌。他觉得伦敦是一个令人兴奋的迷。因而他弄不明白，为什么伦敦人就看不出来，他们住在世界上最美妙的城市里。

仁者见仁，智者见智。或许他的话言过其实。

不能否认的是，Stella 留学英国期间，平均每年要去三次伦敦，从莱斯特火车站到伦敦 St Pancras Railway Station（圣潘克拉斯车站），一个半小时的车程，当天去当天回，只为缓解学习压力，换换脑筋，此外就是去参加学校组织的活动。

作者福尔摩斯装扮剪影

　　Stella 早就计划去伦敦时陪我们游览 Sherlock Holmes Museum（夏洛克·福尔摩斯博物馆），但由于她一直在赶写毕业论文难以抽出时间，这一计划便搁置下来。虽说如此，而计划是早已定好的，有出行计划就会有行动，直到她研究生毕业，临近回国日期的 9 月 18 日，我们一家三口人逗留伦敦期间才去参观了位于伦敦 Baker Street（贝克街）的福尔摩斯博物馆。

　　于地铁的贝克街站下车，便随处可与福尔摩斯"相遇"。首先看到的是，地铁站内的柱子上，墙壁上镶嵌着的头戴猎帽、口衔烟斗的福尔摩斯瓷砖拼接头像；接着遇到矗立在主干道旁地铁出站口那尊福尔摩斯身披斗篷、手握烟斗的九英尺铜像，底座上记载着它建造的时间是 1999 年。可见他的故事以及人物的地位是何等的深入人心。在伦敦有一处福尔摩斯酒吧，希望有机会去那里喝杯啤酒，再次感受 Arthur Conan Doyle（阿瑟·柯南·道尔）笔下大侦探的人格魅力。

贝克街上更是排列着像福尔摩斯酒吧、福尔摩斯面包房这样的店铺，沿街的商店里悬挂着各种福尔摩斯经典头像。不难想象，它已是这里不可或缺的一道风景。

福尔摩斯大侦探故居博物馆位于伦敦贝克街221B号。在博物馆旁边就是纪念品商店。

博物馆绿色的门框及招牌特别引人注目，这绿色的环境和柯南小说里描述的场景几乎完全一致。来这里参观的人首先要支付6英镑的入场费，这个价格被认为很公道。福尔摩斯博物馆每天向游人开放，装扮成 Sherlock Holmes（夏洛克·福尔摩斯）、John H. Watson（约翰·华生）、女仆的工作人员会热情地接待来自世界各地的参观者，回答来访者的各种问题，与其拍照留念。博物馆设有专人负责回复来自世界各地的信件。可想而知，这项工作并不轻松。

一位英俊的英国警卫守护在居所玄关处，我们驻足打量才知道，他只是为了烘托气氛，是没有实际意义的"摆设"。不可否认的是，他的存在给博物馆注入了时代的新型活力。

待我们推开那扇神秘的房门，走过狭窄昏暗、吱呀作响

福尔摩斯画像

的楼梯时，轻易地就忘掉了他的存在，仿佛已经穿越了时空的限制，来到了福尔摩斯的家中做客。此时的福尔摩斯先生却没能在家迎接客人们的到来，门里有一位身着维多利亚时期仆人服装的女士，向来访的客人们介绍这里的情况，她告诉我们此时华生医生出诊在外，福尔摩斯先生身负公务，为了办理一个案子也外出了，所以此时他俩都不在家，有什么问题她会给予帮助或解答。这一巧妙并智慧的托词让人心领神会并会付之一笑。

于是客人们就在他们的家里自由行了。

福尔摩斯是英国小说家柯南笔下塑造的侦探家形象。根据情节的需要，在他的四部长篇小说和五十六部短篇小说里，描绘了许多十九世纪伦敦的景致，即使拿到今天比较也别无二致，由此证明了伦敦的古老，以及与前卫文明并存的现实。

坐落在贝克街与 The Regent's Park（摄政公园）交会处的福尔摩斯博物馆这座小楼始建于 1815 年，它是一座维多利亚式、四层砖石结构的古建筑。距今已整整 200 年的历史。1860 年至 1934 年期间，是作为出租的房舍而被登记，之后有人买下了这所房子。

在柯南的作品里，福尔摩斯侦探和华生医生在 1881 年至 1904 年期间居住在 221B 号，而贝克街上压根儿就没有这个地址,它是作者虚构出来的。现实中福尔摩斯居住在Portsmouth(朴茨茅斯)的南海城。如今的贝克街221B号是一所开业于1990年世界闻名的商业性博物馆,每年都会迎来一百五十万名的观光客。英国政府为了让博物馆与小说中的场景相吻合,特意将博物馆的门牌设立为"221B号",将文字变为实景,以满足人们的渴望和需求。

陈设在博物馆的所有家具都是十九世纪的产物。这一带曾经是伦敦上层社会的贵族居住区,如今成了繁茂的商业街,步行到伦敦 Hyde Park(海德公园)只有十来分钟的路程。

1887年由小说家柯南在 *A Study in Scarlet*(《血字的研究》)一案中将福尔摩斯这个虚构的大侦探介绍给了公众。从此,福尔摩斯和他的伙伴们,包括华生医生活跃在维多利亚时代的伦敦。他们在这幢房子里研究、侦破了种种案件,将丰富的化学知识用于破案。柯南在他的作品中以实景描写,使得这博物馆与他小说里的景致描绘相吻合,就连底层至一层的楼梯都与文字中的十七级相符,还有那条趴在通往地下室楼梯上张着大嘴不知疲倦的 The Hound of the Baskervilles(巴斯克维尔猎犬),同样不会让读者失望。

保存完好的维多利亚时代风格的设施令人惊叹,他的"家"布置得很特别,虽说楼上的房间比较小,装潢却精致繁复。

与小说中描绘相同的结构加之精心的布置，使来访者有种亦真亦幻的感觉。壁炉里的火焰正熊熊燃烧，在书房那张华生医生的写字台旁的椅子上，还敞开着一个医用皮包，里面是各种小型医疗器械；屋子中央处摆放着沙发椅，另一角是大侦探使用的实验台，架子上陈列着各种实验用品和化学试剂。

从福尔摩斯的书房向窗外望去，街上行人如织，不同的是已见不到流浪的儿童。博物馆的底层是礼品商店，汇集了人们所能想象出的、带有福尔摩斯形象和与之相关的商品。小楼的一层是大侦探和华生医生的书房，小说中描述，福尔摩斯就在这里接待来访的客人，了解案件的起由和经过。二层是他的起居室，起居室的隔壁是他的卧室，陈设朴素而简单。三层摆放着他破案的用具，和与案件相关的物品，墙壁上还挂着十九世纪罪犯的肖像。据说，这些罪犯已经被福尔摩斯绳之以法了，当初他们的嚣张气焰曾令英国的市民们胆战心惊。其余是华生，还有房东 Mrs. Hudson（哈德斯太太）的卧室。四层是一个小型蜡像馆，陈设了像莫里亚蒂教授在内小说人物的蜡像，这会让人联想到书中的许多场景。

不仅如此，在这里随处可见小说中描述过的人物和物品，而给我们留下深刻印象的，是顶层卫生间里以青花瓷图案制作的洗手池和坐便器。在这样一个看似与中国毫无关联的环境里，展示并使用着具有中国特色的器具，让人感到新奇。

在巴斯克维尔猎犬死于福尔摩斯左轮手枪下的一百多年后，Royal Society of Chemistry（英国皇家化学学会成立于 1841 年，是由大约五万名从事化学工作的研究人员、教师和工业家组成的学术团体）决定授予福尔摩斯大侦探为该会特别荣誉会员的名誉，表彰他将化学知识运用于侦探工作的成就。化学学会认为，虽然福尔摩斯这个人物是虚构的，但他开创了用科学和理性思维方式战胜邪恶的范例，给数代人以科学知识的普及和精神的愉悦。

在这座小小的博物馆里，收藏着来自世界各地的读者和参观者的信件选集，这些信件内容除了问候之外，还有为处理某些司法案件向大侦探求教的信函。

离开博物馆之前，我们没有忘记在底层的礼品商店转转，Stella 买了一顶福尔摩斯圆形猎帽，当然我们也没有忘记跟守卫在玄关的警卫合张影，作为此行的留念。

博物馆在它的导文结尾处写道：当您准备离开这里时，可能会希望雇辆漂亮的马车回家。可当下的街上只有汽车，可见时代已然变迁。

2012 年 9 月 20 日 星期四

原载于《留学生》杂志

2020 年第 5 期下

第二十七篇　美妙之城 Coventry

在英格兰中部地区有座优美的城市，名叫 Coventry（科芬特里），也被称为考文垂。十五世纪至第二次世界大战前，它是英国重要的产业都市。战争期间，由于军需工厂集中在这里，便遭到了德国空军的破坏。战后科芬特里迅速恢复元气，成为具有现代化及悠闲氛围的城市。

科芬特里市的交通形式很独特，汽车专用轨道环绕着市区，轨道圆的直径是 1.1 公里。徒步均可到达。大教堂、美术馆和博物馆这些重要景点都设在轨道圆里的东半部，火车站在环状道路南侧的外缘。人员聚集的购物中心在市中心西侧的市场大道、哈特福特街或这两条街道的交叉处普利辛格特一带，为行人徒步区。在它西边的史邦街残留着许多中世纪优美的建筑。

来到这里是一定要参观科芬特里大教堂的。这座遭到德军轰炸损毁的教堂遗迹还在修复的过程中，1962年在它旁边竟建起了一座现代化的大教堂，新建筑与遗迹并立于此。也许是审美和历史的需要，但无疑是时代的创新。

科芬特里大教堂与美术馆、英国交通博物馆比邻。教堂的外形绝美而壮观。被德军炸毁的旧教堂遗址还在修复的工程中，周边矗立着脚手架，我们去时未见劳作的工人。

这个小城人际稀少，如果再没有观光者出现，可想而知它近乎于冷清状态。而这座教堂和周边的商业区、博物馆为它带来了小小的繁荣。新教堂气势雄伟，门前设有广场和喷泉景观，教堂对面是考文垂大学。傍晚六点钟，遗址教堂的神父告诉我们他要下班，这里就要关门了。于是我们拍了几张照片便退了出来。新教堂高耸的台阶上坐着几位正在闲聊的年轻学生，树丛旁有几位中国留学生在玩游戏，一副副忘我的样子。

商业街的布局呈圆形，中央广场停着一辆柠檬饮料宣传车，车的外壳上印有饮料的品牌标识，汽车顶部托着一个硕大的饮料瓶，一些年轻的工作人员在向过往的行人发放柠檬饮料。

此时已是下午六点半钟，商店陆续打烊。我和Stella在考文垂大学前广场旁的休闲椅上享受夕阳的温暖，欣赏着广场上的年轻人驾驭滑板时惊艳、快乐的场面。

我们预定的火车返程时间是七点五十分，看时间还早，我们一路慢行游览街景——街上空无一人，偶尔有车辆驶过，店铺打烊，门户紧闭，只有沿街的花草在晚风中摇曳，高大的建筑物更显得威严挺拔，此时如果想问路都找不见人影，在我们看来这样的景况只能在画报上看到，而且是将行人修掉的图片效果。难以想象，眼下的科芬特里竟像一座美妙的空城！

2012年9月22日 星期六

LEICESTERSHIRE

帕丁顿小熊

第二十八篇　Master student 毕业在即

Stella Zhao 的硕士研究生阶段很快就要结束了,毕业在即。九月四日是提交大论文的日子,无论是中国大陆同学、中国台湾同学、还是其他欧洲国家的同学,从此可以让自己放松了,等待导师对毕业论文的评述和评分。

提交论文后,还有三个多月的空余时间,同学们或回家休息,或去欧洲其他国家旅游。在此期间收到毕业通知书的学生,待明年一月领取硕士学位证书,参加学校举行的毕业典礼仪式。

离校前,Stella 的第二导师、系主任问他的学生们:接下来你们怎样安排自己的生活呢?睡觉?周游世界?找工作?还是像 Leslie Valiant(莱斯利·瓦伦特)那样去实现读博的伟大理想呢?

根据 Stella 平时表现和毕业成绩,导师建议她继续读博。

这是一个艰难的决定过程，如果女儿读博士学位，又将经历四至五年的学习生活。对于一个二十三岁的女孩来说，这样的担子是否过于沉重？那么事先预计的回国工作计划、与同学欢聚的向往，又要被新一轮的学习研究计划代替了。

Stella 回到北京之后便着手找工作，但最终她还是决定尊重导师的建议，回到英国读博。导师首先肯定她的学习成绩，认为她继续深造是非常好的一种选择。对她说："我们认为你很棒。通常在英国读博需要四至五年的研究学习时间，你要知道，这样的生活会很枯燥，而且孤独，与读研究生时的状况是不同的。你要忍受和适应这样一种从来没有体验过的生活状态。"Stella 回复导师说："我有这个思想准备"。

导师问 Stella 为什么中途改变了主意，决定继续读博。很显然，他不了解中国国情，他无法理解博士学位对一个中国年轻人有怎样的意义。

"我想拿到博士学位之后，去大学里当教授。" Stella 答道。

导师鼓励她说："很高兴你有这样的想法。欢迎你决定继续深造，攻读博士研究生。"

2012 年 11 月 6 日 星期二

第二十九篇 英国的重要节日

水仙花开

Easter（复活节）

放假了。

2013 年的 3 月 29 日（复活节的前一个礼拜五）为 Good Friday（耶稣受难日），为基督教节日。

每一年的这一天，信徒们会隆重纪念 Jesus（耶稣）被钉在十字架上的受难日。三天后耶稣复活，这天被定为复活节。从此往后一个礼拜是纪念耶稣生命中的高潮周，它的来由是从耶稣进入 Jerusalem City（耶路撒冷城），民众手持棕榈枝欢迎它开始，经复活节前的礼拜四，基督教称这周为 Holy Week（圣周）。

这一周是从复活节前的一个礼拜日 Palm Sunday（棕榈主日）开始，经复活节前的礼拜四 Maundy Thursday（立圣餐日），和礼拜五 Good Friday（受难日），到礼拜日（复活节）结束。

在耶稣遇难前，它和它的门徒们在耶路撒冷相会。以庆祝 Judaism（犹太教）的 Passover（逾越节）。在共进晚餐时，耶稣用无酵饼和葡萄酒向门徒们讲述它的死亡所具有的意义。之后，基督教用定期的晚餐仪式来纪念这一时刻。被称为 The Last Supper（最后的晚餐），也叫作"圣餐"。

The Nicene Creed（《西尼亚信经》）写道："它为拯救

221

我们世人,从天降临,因了神圣,并由童贞玛利亚生成肉身,而成为一个人;它在般彼省拉多执政时,为我们钉在十字架上受难、被埋葬,第三日复活,它升了天,坐在父的右边,它还要光荣地来临,审判生者死者,它的神国万世无疆。"

而受难日这天是受难周中最重大的日子。复活节前的一个礼拜日,也就是棕榈主日也被称为立圣餐日,是纪念耶稣与门徒进最后的晚餐时设立的圣餐礼。礼拜五受难日,以纪念耶稣为世人之罪被钉上十字架而死,到礼拜日的复活节结束。圣周的主题,就是《新约圣经》的核心,它代表着耶稣基督的受死和复活。

每年春分月圆后的第一个星期日即复活节,节日前后,整个英国沉浸在活跃的气氛里,一个月前商家的橱窗里就摆满了各式各样的巧克力兔子和彩蛋,兔子象征着多产,鸡蛋象征着新生。礼品商店会出现很多奇妙的礼品供人挑选,除了装饰,复活节餐桌上的美食也是多种多样。食品店也会拿出各种招数迎合顾客们的需求。蛋糕上镶嵌的造型是生育力极强的家禽动物戒指,比如羊、鸡、兔子……以多种形式纪念复活节的到来。

在此期间,信仰基督教的国家给国民放假,以纪念耶稣基督的受死与复活。整个城市被节日的光彩所笼罩,那光彩一点儿也不逊色于圣诞节。Stella和她的同学们在放假前要买好这几天的食物和日常用品,不然的话,全城只有节日景象,没有商业气氛。整个国家放假休息,包括中国超市。从礼拜六到下一个礼拜一,一连三天所有店铺关门休息。

Christmas（圣诞节）

英国的圣诞节是国家法定假日。这一天全国的铁路、地铁和公车都处于停运状态,他们对圣诞节的重视如同中国人对春节的热情。

英国人称圣诞老人为Father Christmas（圣诞老父），他们让孩子们开启圣诞礼物的时间是圣诞节（12月25日）。12月26日仍然是英国的法定节日。延续于英国旧时代的习俗,仆人、园丁或者邮差会在这天收到雇主的小袋子,里面装有犒劳他们一年辛勤劳作的劳资。依照这一天的传统,街上酒吧仅营业半日,人们会约朋友在酒吧饮酒畅谈,表述各自的圣诞心事。

平日里在外地奔波劳碌,或久居异乡的人们,在这个假期都要与家人团聚。他们早在几天前或几周前就忙着预订飞机票、火车票、巴士车票,买好了给孩子或亲友的圣诞礼物,满怀热情地迎接这节日的到来,那景象绝不比中国人春节返乡的盛况逊色。回到家里,品尝母亲烹制的食品也是他们最开心的事,母爱的温暖在餐桌上蔓延到极致。烤火鸡是英国圣诞大餐的传统主菜,每家每户烤制火鸡的方法各不相同。人们习惯用香草、迷迭香、月桂叶、大蒜调味,再涂抹上橄榄油或烤肉酱,我相信那味道同样会吸引我们中国食客。

英国人吃烤肉时喜欢搭配莓酱汁,我在莱斯特美食节上品尝过这种烤肉加酸甜酱的吃法。在英国有不少家庭主妇都会做蔓越莓酱,她们把做得的酱汁浇在烤好的火鸡上吃,这已经不是圣诞晚餐的专利了,平日里英国母亲也会用这种酱汁搭配其他餐点供家人们享用。他们的圣诞餐桌上还会摆放一些新奇的小玩意儿以增加节日气氛。

2012年及2013年我两度旅居英国,那期间我和女儿常去菜市场购买1英镑一小盆的绿甘蓝。跟英国人学会了制作它的方法:用开水焯去苦味儿,再加入奶油、培根或火鸡,与削过皮切成块儿的马铃薯一起烘烤,这盘"大菜"必是色泽金黄,香脆油酥。

据我所知,英国圣诞餐桌上的食物种类比起其他欧陆国家来相对固定。近九成的英国人认为,圣诞晚餐若缺少了火鸡这道菜就会逊色许多,即使非教徒也顺理成章地秉承了这一习俗。于是，每到年底，英国便呈现出家家户户大摆"火鸡盛宴"的场面，令人惊叹。据说英国人每年要吃掉大约一千万只火鸡，消费量最高时段就在圣诞节。

英式正餐过后上甜点。据说因为圣诞大餐是以肉类为主，自十九世纪开始，便将原本在册的"绞肉"淘汰出局了，换成了用各种果干、坚果、和香料配制而成的点心。人们在吃第一个点心时要记得许愿，认为吃点心会给人带来好运。

英国从十六世纪开始，Christmas Pudding（圣诞布丁）便成为圣诞餐桌上的压轴食品。它是由干果、白兰地酒熬煮提炼而成的食品，讲究热吃。也可以在布丁上浇洒白兰地酒或者其他酒水，之后点火燃烧，再加上白奶油，以烘托喜庆的气氛。我在市面上买到过这种布丁，它的甜腻程度是中国人难以消受的。但由于制作提炼的过程长，它不仅分量重，且保质期长，可以慢慢享用到节后。

2013年3月29日 星期五

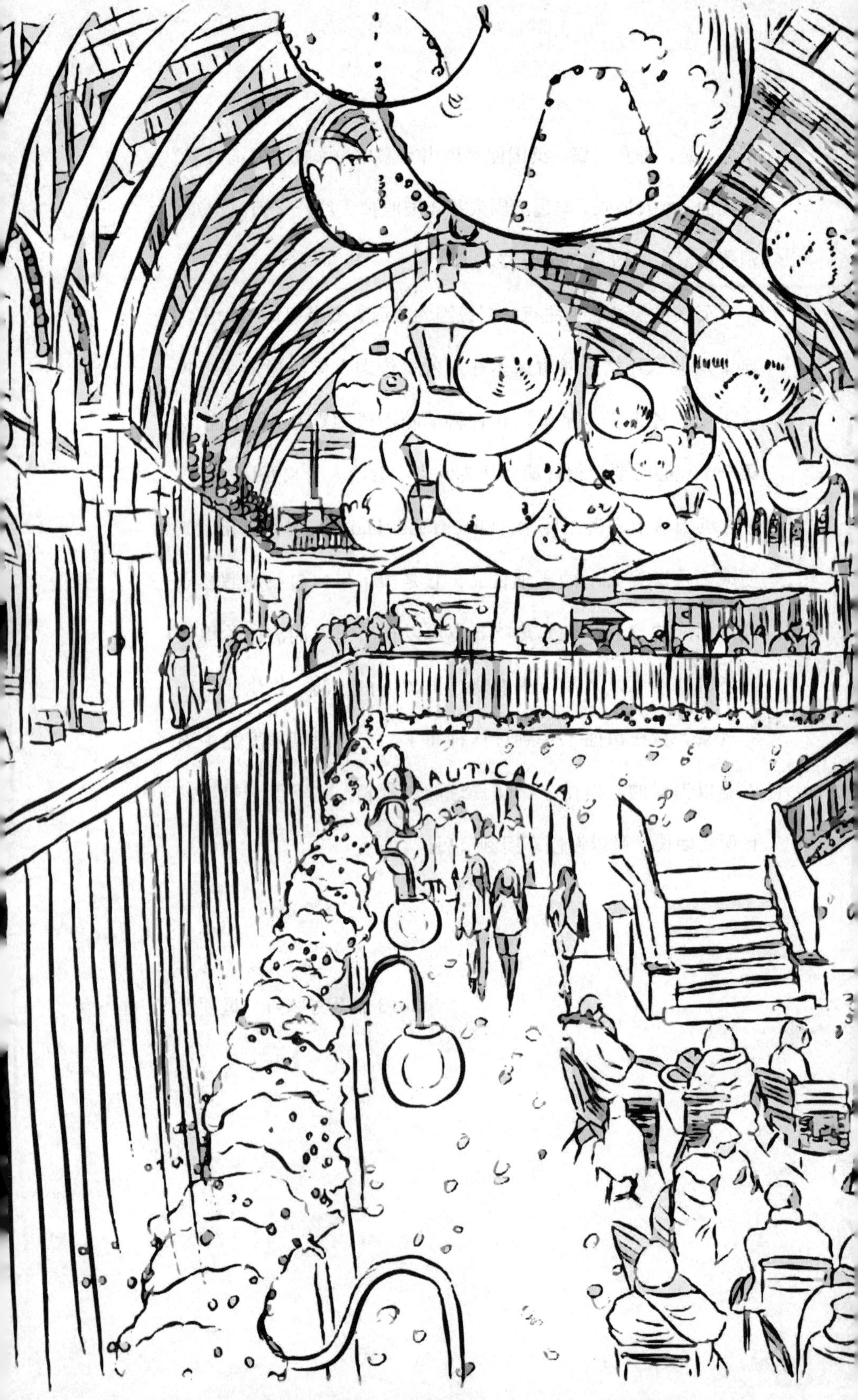
AUTICALIA

柯芬园圣诞装饰

第三十篇　City of Bath 与 Jane Austen

　　Stella 在读大学时就去游览了 City of Bath（巴斯）。巴斯与文学有关，我来英国后她提议陪我去一趟。

　　巴斯是英格兰西南部一座古老的浪漫小城，公元一世纪古罗马人征服英格兰之时，在这美丽的城镇发现了源源不断的温泉，于是大兴土木，广修了精美豪华的浴池和神庙。建起了 Rome（罗马）专属的公共浴池，以供王公贵族洗澡和消遣。

　　到了十七和十八世纪，巴斯发展成了一个温泉度假区。

　　英格兰政府把巴斯建设为 Georgian Era（乔治王朝）风格的城镇，加上英国西部拥有灿烂的阳光，巴斯便成了富人云集的度假地，十八世纪末终于掀掉了她的贵族面纱，向平民开放。

　　人们总结说，在这里，一半是历史，一半是浪漫。巴斯位于 the valley of the River Avon（亚温河谷丘陵区），很

多文人和艺术家都喜欢巴斯小城的炊烟、河流以及温泉，纷纷来这个地方度假疗养。十八世纪末，著名女作家 Jane Austen（简·奥斯汀）和她的姐姐来这儿度过了两个长假，她喜欢上了这座小城，在此完成了她的成名作 Pride and Prejudice（《傲慢与偏见》）。

今天，简·奥斯汀纪念馆就坐落在小城中心，街道建筑还保留着两百年前的风貌，这里依然如她笔下描绘的那么优雅美妙。

简·奥斯汀 1775 年生于 County of Hampshire（汉普郡）的 Steventon（史蒂文顿镇），她和姐姐 Cassandra Austen（卡珊卓拉·奥斯汀）关系甚好。简·奥斯汀热爱自己的家庭和亲友，除了创作，她经常带着侄儿侄女们一起玩，成为晚辈们倾诉欢乐和痛苦的知音。她在史蒂文顿镇的牧师住宅里度过了二十五年时光，直到她的父亲退休，全家人才搬到了巴斯镇。

她的作品 Sense and Sensibility（《理智与情感》）被 BBC 及中国台湾导演李安拍摄成电影，曾风靡一时；她的另一部小说《傲慢与偏见》在英国创造出了空前高的收视率。近年来，简·奥斯汀的作品在美国 Hollywood（好莱坞）也受到青睐，比如《理智与情感》。值得深思的是，她的作品竟能够产生出穿越时空的影响力——除了源自她的天赋之外，她所生长的环境和经历也是成就她创作的动力。

这位女作家在 Persuasion（《劝服》）和 Northanger Abbey（《诺桑觉寺》）这两部小说里均描述了十八世纪社会名流在巴斯城生活的情形，通过这些描述，我们也能了解到当时巴斯人的许多小秘密。

巴斯修道院是这里的古迹之一，自公元676年开始，它就以教堂的名义成为巴斯镇上居民的精神支柱。外墙上雕刻着《圣经》里"雅格爬天梯"的故事。教堂里的五十六扇彩绘玻璃窗展示的是耶稣生平五十六个事迹。即使非基督教徒也会被这里的艺术气质所感染。

我们看到在修道院门外的广场上正在表演滑稽剧，还有一群少年在玩轮滑和滑板。每年的五月，巴斯城都会举办这样的艺术节。诗歌演唱和室内乐表演是他们的拿手好戏，它的神奇之处，就是让游客的步子放慢，以至流连忘返。

以 Royal Crescent（皇家新月楼）为首的十八世纪 Georgian architecture（乔治王时代的古建筑群），以及静谧安逸的埃文河，是巴斯城最负代表性的景观。巴斯城的许多著名建筑都出自 John Wood（约翰·伍德）父子之手。继约翰·伍德建造了象征太阳的圆形广场之后，John Wood, the

Younger（小约翰·伍德）又创造了象征月亮的皇家新月楼，其技艺超过了他的父亲。

新月楼建造于1767年至1775年，当时是为贵族们兴建的别墅。它是由三十幢楼体连在一起所组成，采用了意大利式的装饰，共有一百一十四根圆柱，皇家新月楼前的道路与房屋以美丽的弧线串联成"新月"的形状，优美的曲线尽显贵族风范，被誉为英国最高贵的街道之一。

巴斯城依山傍水。河水流经莎士比亚故居的埃文河，于巴斯城中缓缓穿过。始建于十八世纪的Pulteney Bridge（普尔特尼三拱桥）横跨埃文河，成为连接古城和新城的纽带。周围环境优雅，许多十八世纪乔治王时代的建筑散落在古桥两侧。桥南三道弧形阶梯，使潺潺流淌的河水跌落成三阶弧形瀑布，银白色的水面与古桥相映成趣，形成了一处美丽的瀑布景观。

如今的普尔特尼桥已经成为巴斯游客的必到之地。夏季可以乘船游览埃文河，沿河而行，尽览丘陵河谷绿色延绵的风景。布满浪漫野花的草坪，满山泛着新绿的树木，红瓦青舍点缀其中，为那些古老的建筑增添了些许活力。

在Roman Empire（罗马帝国）统治英国的时代，罗马人在巴斯城修建了许多带有桑拿及泳池功能的大型浴室，将这里定为水和智能女神Minerva（米涅尔瓦）的领地，并将一座米涅

英国女作家简·奥斯汀画像

Portrait of Jane Austen

尔瓦女神的寺庙建造在温泉旁。这座寺庙是英国仅有的两座罗马帝国时期的寺庙之一，现在被改建成了罗马浴场博物馆。博物馆里陈列着很多当年的珍贵文物，它们真实地记录着那段辉煌的历史。寺庙墙壁的装饰保存至今，上面刻有 Gorgon（戈尔贡）可怕的头像，一经发现，它就吸引了专家和公众的关注，由此成为罗马浴场发掘出的古物中最知名的一件。

博物馆里展出的米涅尔瓦镀金头像，也是举世罕见的珍宝。根据推测，这是早期寺庙里受人朝拜的女神像。十八世纪的人们偶然发现了它，也是由于它的出现，继而发现了淹没已久的古罗马浴场。十九世纪末，英国考古专家重新发掘了这些地下古迹。

英语"City of Bath"即"浴场"的含义。这浴场带着地下的热量，每天喷出约一百二十七万立升的泉水，水温常年保持在摄氏 46.5 度。既可饮用又可洗浴疗病。

古浴场遗址设在古城中心，紧邻着 Bath Abbey（巴斯大教堂）。罗马时期的浴场原貌依旧保持至今，中央是座大浴池，巨大的廊柱和露台环绕着一池翡翠绿般的泉水，露台上伫立着精美的雕塑，大浴池两侧设有若干隐秘的小浴池，池里不断有温泉涌出。只是由于城市道路不断修建，后来的巴斯地平面比罗马时期足足上升了四五米，致使今天的浴场位于地平面下五米深的地方。

罗马人洗澡有着一套讲究的程序，他们先到运动室热身，让紧张的身体放松，再下池泡澡，最后到冷水池里浸泡。罗马浴池成为当时罗马人的主要社交和商业交易场所。

相传在英国属于古罗马版图之内的公元一世纪里，有位王子去雅典读书时染上了麻风病，回国后他被放逐到乡下牧羊，在此期间他无意中发现了这里的温泉，就试着每天到温泉洗浴，浴后感到浑身舒服。久而久之这温泉中所含的矿物质竟治好了他的麻风病。这位王子做了国王之后，想到巴斯那八个带着奇怪气味的温泉，就派人去化验它的水质，结果发现温泉水里富含硫磺等多种矿物质，对某些神经系统的疾病和皮肤病具有特殊疗效，于是他下令深挖井把温泉水从地下抽上来，蓄到石砌的浴池中，就此建起了延续古罗马风格的浴场和庙宇。

在热气腾腾的古老浴池旁，至今还保存有国王当年洗浴的宝座和他的塑像。过去人们无法理解温泉的自然现象，便认为是神的杰作。

如今帝国已成为遥远的往事，两千年来，巴斯的泉水仍汩汩不息，使巴斯成为世界的温泉疗养胜地之一。遗址内保存完好的公共排水系统和沐浴设施，展现了古罗马人高超的工程艺术成就。而现在，古罗马时代留下的这个浴场仅作观赏之用了。

到巴斯旅游，不但可以欣赏豪华的古罗马浴场，还可以在罗马风格的露天泳池中嬉水畅游；在仿罗马的古浴室里喝一杯合法贩卖的罗马浴场泉水，或巴斯城特有的泉水咖啡。

因了巴斯温泉中心的新建和开张，巴斯城的地位也在攀升，成为世界闻名的城市，使两千年的传统得以复兴。她的温泉水是宝贵的资源，配合现代疗法，为人们带来洗浴和休闲的享受。

走在城中古老整洁的街道上，收起刚刚"泡汤"和"行脚"的余温，建议您到 Sally Lunn's （沙利朗屋）品尝一下手工制作的面包。凭窗而坐，点上一壶英式下午红茶或者咖啡，随手翻阅一本简·奥斯汀的小说，度过一个与以往不一样的午后时光吧。

2013 年 4 月 2 日　星期二

第三十一篇　英国的灵魂在乡村

在英国居住的日子里，我饶有兴趣地从各方面探究新奇，被这里的自然风光和人文环境所吸引。同样到访过英国的人们也常为这个国家的优美别致而感动。不能不承认，她是一个美丽的国家。

在英国看不见百层的高楼大厦，却有很多百年历史的建筑和街道。每到阳光灿烂的下午，人们涌入公园草场或附近乡村，呼吸新鲜空气，享受和煦的阳光。年轻人成群围坐在公园的草坪上聊天、喝酒、消磨时光；老年人静静地坐在路边或公园的椅子上看风景，四周一片寂静，任思绪飞扬——这就是欧洲人的生活：散漫、悠闲、自我。

Stella 的导师自然也不例外，如果会见"弟子"那天是个晴朗的日子，他就会找理由提早下课，对他的研究生说："外边的阳光多诱人啊，我猜，你们一定想出去享受阳光了，那么我们的谈话就到这儿。"

英国不属于移民国家，移民过来的亚洲人很难融入英国社会。在英国的很多城市里，定居着肤色深浅程度不一的人。仅以莱斯特城为例，除了中东人、印巴人之外，还有亚洲人，英国本地人。像"TESCO"这样的大型超市里有专门出售中国商品的货架。不难看出，欧洲经济的影响让他们进入了尴尬的萧条期，不知道一向以傲慢著称的英国人对此会做何感想。但有一点很明确，赚中国人、印巴人的钱，是他们缓解经济危机的上策之一。

在英国乘坐火车去附近的城市或小镇游览是个很好的选择，快捷、方便。自行车、大型爱犬、婴儿车都可以随乘客带上火车。即使是很小的车站站台上也设有供旅客候车的休息室，为候车的人们遮风避雨。从大玻璃窗望出去，可以看到两侧往来的列车，站台的广播喇叭提醒着旅客所乘列车的班次和开车时间。

透过车窗一路欣赏优美的田园风光，感受与以往不同的阴晴雨雪，如果赶上晴天出游便是极其幸运的事。蓝天白云连接着广阔的地平线，绿色的草垫子一望无际，满目葱绿。归途与傍晚齐头并进，景色犹如一幅色彩斑斓的油画，夕阳和彩云在苍茫的林荫里穿行，牛羊漫不经心地在山坡上啃食青草,"哥特式"教堂拔地而起直插云霄,眼前的景物随着列车的飞驰渐行渐远,最终消失在翻滚的云海中……

幢幢别墅或联排、或独处静立在天边的草地上,于万绿丛中时隐时现。成排的灌木匆匆掠过,叶片在金色夕阳的照射下闪烁着迷幻般的光彩。

在这个国家里,文物古迹随处可见,自然风景秀丽可餐。伦敦被视为皇室权利的集中地,也是观光者云集的大都市。而真正的英国范儿则在英国的乡村:正统的英语,纯粹的啤酒,正宗的传统生活模式全部在乡村得以体现。通常英国村庄的规模很小,但趣味盎然。集贸市场一般设在教堂前的广场上,镇上有独具特色的小型博物馆。住家院落被绿篱或花丛密密环绕,雅静清幽。与大都市繁荣热闹的景象形成截然不同的景观。在那些令人瞩目的豪华府邸之外,英国普通人家的乡间小舍别有风味。

所以,英国作家 Jeremy Paxman(杰里米·帕克斯曼)一语道破,他说"英国人坚持认为他们不属于自己实际居住的城市,而属于自己并不居住的乡村。他们仍觉得真正的英国人是个乡下人。因此,人们无法容忍他们梦想的或显示的生活被破坏——在英国人的脑海里,英国的灵魂在乡村。"

也正是对自家种植与呵护的美丽田园如此自信,英国人才会把最尊贵的客人请到乡间叙话，以示尊重。

中国作家林语堂也对英国乡村的美好情有独钟，他说："世界大同的理想生活，就是住英国乡村的房子，用美国的水电煤气设备，有个中国厨子，娶个日本太太，再有个法国的情人。"

在某些国家里，富翁名流大多在都市定居，乡村才是农民的安居之所。而很多英国人并非情愿在繁华的都市谋得一处都市公寓，而是亲手营造并安身于绿树成荫、果木满园的乡间别墅。在他们的意识里，城市乡村之间没有明显的分界线。都市是人们工作或集中购物以及聚会的场所，或被称为上流社会人士集中的总部。只需在城里度过短暂的娱乐时光，片刻的纵情狂欢后，他们会重返乡村。英国人对乡村生活怀着深深的眷恋之情，那里有安逸平静的生活，绿色的植被，果树花园。它们造型别致，色彩缤纷。

乡村是英伦风情最完美的体现。乡村教堂、小酒馆、农场、茅草顶小房子、爬满植物的小村舍以及原汁原味的乡村公园，展示了英国人自Anglo-Saxon（盎格鲁－撒克逊时期）以来逐渐形成的生活方式。暖色调的乡村小屋构成了祥和宁静的氛围，通常在这样的田园乡村住上几天，就能使久居城市的人们爱上这种温暖的生活方式。

那些散落在英国各地中古时期的乡间小镇、老屋庭院，

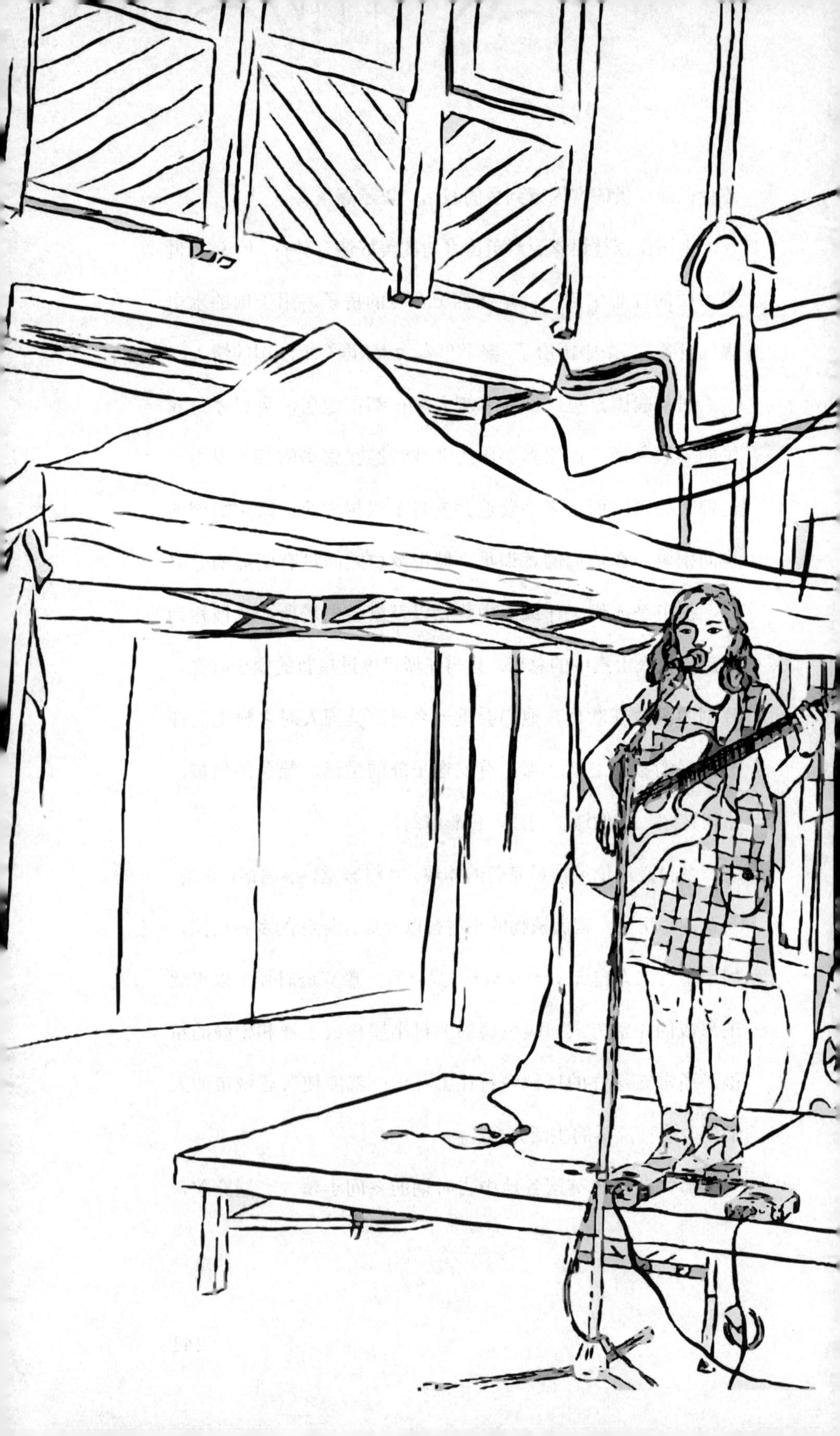

莱斯特城街头音乐会

Street Shows in Leicester

以古远的幽思和持重，征服了您的感官神经，带给人莫名其妙的感动——没有躁动和喧嚣，没有高楼大厦和拥挤的车辆人流，人们在安宁中享受着慢生活。家家户户房前屋后是色彩艳丽的花草，茵茵的草坪。无论是阴雨连天，还是风和日丽，天地之间的景色随天气的变换而显现出不同的色彩和神韵。人们友善的微笑，给一个个乡间小镇营造出了美好的氛围，悠闲、舒适、安详。

在来英国前，我曾在电子邮件里给Stella留言道：

我忘了在哪本书上看到，英国是玫瑰之乡，每年的五六月份，玫瑰开遍街道两旁。英国人认为玫瑰本是白色的，是维纳斯爱神用鲜血染红了她们。英国人的性格带有保守、怀旧、固守的色彩，或许因此，使得中世纪的乡村美景保持至今。

我拍了一些北京的园林景色照片，可惜傍晚时分光线黯然，却仍不失她大气明朗之特点。你看跟随在我们身边的恋恋（雪纳瑞爱犬）和我们一起观赏夕阳美景的神情，可谓如醉如痴。

Stella回复说：

英国冬天多雨，有时下雪。只要太阳出来，人们就倾巢出动。从每年的三月份开始，英国的气候逐渐变暖；七八月份是英国最好的季节，眼下正逢其时。遍地长满了奇花异草。林荫茂密，群鸽飞舞，气候宜人。在冬日里，通常每隔半个月的阴雨天，才能迎来一个艳阳天。太阳出来，竟明媚得让人睁不开双眼，面前的景物真切地令人难以置信——空气、蓝天、白云、错落有致的联排别墅，由缤纷的花草和绿植环绕的小巧门庭，别具一番情调。因为英国的天气阴多晴少，使得英国人酷爱阳光。只要遇到晴朗的天气，人们恨不能在户外待上一整天也不觉得疲倦。

英国拥有许多岛屿，城市和乡村的景致全然不同。在乡村，小巧精美的田园风光，古老的农舍、淳朴的茅屋、幽静的小路，如舞台布景一般妩媚动人；院子里苹果树下的草坪上通常会安置着长椅和茶桌。房门前和阳台上簇拥着色彩艳丽的花朵。

古老的教堂门楣低矮厚重，"哥特式"塔尖直插低垂的云端；彩绘的玻璃窗外是一片肃穆庄严的墓地，昔日的勇士、先贤，以及当地的君主、伟人或许就安葬在这里。墓碑上记录着一代代农耕的历史和先人们的业绩，英国的乡村就像一个充满友情的小帝国。沿着绿篱和青葱的小道儿漫步,可以悠闲地观赏道路两旁的城堡、农舍、别墅、集市、园林,浏览乡村的教堂。如果您能突破亚洲人羞涩的本能加入郊区举办的节庆舞蹈中,那将会受到当地人的热情欢迎。

首都伦敦则与世界上所有的大都市一样,竞争激烈,喧嚣热闹。商业区集中,就业机会多,物质生活丰富,娱乐活动花样百出,吸引着青年人的目光。

在我的记忆里,伦敦的色彩永远是雾色苍茫,即使艳阳高照也让人摆脱不了这一印象。泰晤士河在薄雾中像一幅水墨画生动地展开,她的厚重、淡定、质朴、阴郁和古老的气质,散发出神秘的色彩。

为了迎接新千年的到来,伦敦开通了 Millennium Bridge(千禧桥),它那流线型的钢架桥身,稳稳地横跨在 River Thames(泰晤士河)上,灰色的河水在桥下流淌,走在桥上的英国人总是显得心不在焉,他们或忙生意,或匆匆赶赴某个约会;身在此处,心已赶赴了另一个地方。这或许是生活在世界所有大都市人的通病,人与人之间的关系冷漠淡然,甚至有点儿薄情寡义。而英国人的家庭观念极强,每到周末,许多人会携同全家出游度假。英国家庭每周出游一次已成为惯例,全家老少一同投入绿色的大自然怀抱中。

在那都市的周围，有很多宏伟的建筑、公园和娱乐场所，建设者们对城市的健康与道德的维护立下了不朽的功劳，以致减少了医院、监狱、教养所等方面的社会开支。常有人调侃说，英国是穷人的天堂。国家福利向儿童、老年人和贫困人口倾斜。

大多数英国人具有优雅的情趣和气质，他们善于发现大自然的优美及可爱之处，能够与之和谐相处。宽阔的草坪、参天的大树，牛羊满坡，湖水荡漾。即使是贫瘠的屋舍或不毛之地，也能被他们的巧手装点得焕然一新。

树荫下，小河边，人们漫不经心地打发着时光。沿街道整齐地排列着酒吧和咖啡馆，香气里洋溢着温暖的气息。中世纪城市的迷人特色，和现代都市的繁茂景象成为英国的特质，这里既有别具一格的古玩店，历史悠久的小旅馆，独立的手工艺品商店和礼品店，也不乏商业大街和现代咖啡厅。购物广场不但是购物，也是吃东西的好去处，那里聚集着厂家的直销店，以低廉的折扣价格销售服装、鞋帽、家具和地毯。最隆重的要数免费艺术节，每逢节日期间街上顿然变得热闹非凡。各个城市遍布着大大小小的博物馆，馆内丰富的藏品常给参观者留下顾此失彼的遗憾。

英国上层人士眷恋乡村生活的热情，对其民族性产生了积极地影响。有人说，世界上最优秀的人种之一莫过于英国的绅士。虽然这传言让我疑惑，但与有些国家身份高贵者的柔弱娇气相比，英国贵族的确显得雅致坚毅，又强壮有力。分析认为，这种气质的形成，与他们常在户外消遣、狂热于乡村的娱乐活动有直接关系，使他们养成了吃苦耐劳，果敢而缜密的性格。此外，身居乡下不同社会阶层的人们自由地彼此接纳，相融一体，不像英国都市人与人之间那显而易见的贫富差距。在乡下，农民的财富分布至小庄园，小农场，从贵族到中上层人士，再到小土地拥有者、个体农民、农场劳工，生存的形态彼此环环相扣，井然有序，中等阶层相对独立。然而不论是城市还是乡村，绝大多数人崇尚简朴节约的生活准则。看似小气，却是被公认的良好习惯和生活态度。

2013 年 8 月 25 日 星期六

原载于《国际人才交流》杂志

2015 年第 2 期

London

伦敦街景

第三十二篇 Bich 与 Harris

在英国这样一个非移民国家里，街上很少见到亚洲人。去中国超市或者教堂，才能够遇到会讲汉语的中国大陆人、中国台湾人或者中国香港人。街上所看到的"黄皮肤""黑眼睛"多是来这里读书的国际留学生，或者是先前移民过来的香港人。各国人在这里司空见惯，当然，英国人数量首屈一指。

通过友人的介绍我们认识了非裔姑娘 Bich（比希）。她年纪三十，闺中待嫁。她有一双大眼睛，皮肤细腻光润，笑起来很甜美，和大多数非裔一样，有一口雪白整洁的牙齿。

Bich 是早先跟随父母移民到英国的非裔，她在中国台湾待过两年，汉语说得很地道，也喜欢吃中国菜。我们刚刚认识比希时感觉她不苟言笑，比较严肃，不太好接近。我们主动和她搭话，她才渐渐地活跃起来。Bich 的中文说得很好，她曾经在中国台湾边读书边传道。我问她喜欢中国台湾么？

她说喜欢,并告诉我们,她从北到南走遍了整个台湾省,省内各处的风景和食物都很美,又各具特色。她怕冷,喜欢热,所以很适应中国台湾的气候,而英国的冬天比较冷。

Bich陪我们去诺丁汉游玩,一路上她谈笑风生,和我们就像相识已久的朋友。她听Stella说我擅长中国水墨画,系统地学习过,非常兴奋,提出要跟我学习中国画。想起一星期前她还不善言谈,与眼前这个活泼、表情丰富的Bich判若两人。我猜想,是由于种族的自卑感和防御心理使那时的她故作清高吧。当她看到我们并不因为肤色的原因而冷落她时,便自然愿意亲近我们。Stella有相同的感受,她说,在大学里的法律学院非洲同学居多,他们选择将来从事法律工作,求得法律面前人人平等的权利,这完全能够理解。中国的学生对商科很感兴趣,加上中国经济的快速发展,需要金融、贸易领域的人才,中国同学多选择就读商科专业。

Stella所研究的内容很有意思,简单通俗地说,是通过数字媒体设计的方法对某个领域进行东西方人群心理需求的研究及品牌推广。她的课题需要做社会调查,否则,论文将难以进行。我来英国探望女儿,自然希望和她一起走出去,了解当地人的生活方式和人情世故。

我告诉 Bich，如果她到北京的话，可以事先和我联系，在北京游玩期间欢迎她来我家住，有客房，她可以自成体系，度过一个舒适的假期。她说，她还要存些钱才能实现去中国旅游的梦想，而且她愿意和 Harris（哈里斯）夫妇一起去，Harris 的中文没有她说得好，她愿意给 Harris 夫妇做翻译。

她所说的 Harris 夫妇是一对英国人。他们的家距 Stella 的学校只有五分钟的车程。

在一个阳光明媚的午后，Bich 驱车带领我们去了 Harris 的家品尝下午茶。这是一座典型的英式二层联排别墅。我们在 Bich 的带领下，走进了一个用花篱环绕的院落。

推开低矮的院门，走进小巧的前院，女主人热情地走出房门迎接我们。Harris 的丈夫站在房门口礼貌地迎接我们的到来。眼前的 Harris 有着漂亮的金发，碧色的眼睛和苗条的身材。她举止优雅，笑容得体，先拥抱了 Bich，接着向我和 Stella 伸出了双臂，将我们逐一拥在怀中。英国人的礼貌及严谨的处事方式，给人一种安全感。

走进 Harris 的家，我把一束粉红色的郁金香送给她，Harris 很高兴地向我表示谢意，将鲜花浸泡在花瓶里。

这个家很温馨，一楼设有阳光房、会客厅、厨房、餐厅、多功能室、卫生间，楼上才是卧室。我们步入前厅，接着进入客厅。一楼客厅之外是一间温暖明亮的阳光房,让人顿时感到异常舒适。由这里走出去,是一个约600平方米的庭院,眼下正是早春时节,院子里生长的绿色植物很茂密,由于英国地下土层的温暖和多雨的气候,它们四季葱绿,在冬天也不会凋零。我们欣喜地看到墙根儿的鲜花正含苞待放。

访问Harris的另一个初衷,是希望了解英国普通家庭的生活状况,和他们平日里的衣食住行。

我们眼前的女主人Harris是当地人,她六十二岁,和她老伴以及儿孙们同住在这幢房子里。白天小孩子们去育儿园,儿子儿媳外出上班,只有老两口守在家里。他们说有圣经和他们为伴,不觉得寂寞。

Harris以热茶和甜点招待了我们。席间她用汉语与我们交流,虽然不很流利,但能感受到她对中国文化抱有很高的热情,她还能够用汉语朗读一些短文。

跟她们聊天是件愉快的事。Harris好奇地询问我们的来由。英国人的性格特点是,看起来文文静静,不善言辞,聊起来会滔滔不绝。

我告诉她,女儿在英国读书,享受校长国际奖学金的资助,生活和学习没有后顾之忧。我来英国陪女儿一段时间。我的丈夫在中国,是位医学教授。我之所以要把这样的信息传递给这对英国夫妇，是不想让他们有错觉，认为我们在他们的国家享受资源。近年来英国的经济已经下滑到了难以想象的程度，大批中国留学生的到来为英国的经济复苏注入了不可小视的活力。

我和Stella的言谈举止打破了他们以往对中国人的偏见。在他们看来，我们有着良好的气质和文化修养、很漂亮。想起平时走在街上，也常有英国人主动过来搭讪，夸奖我们中国人很漂亮。

Bich向我们介绍说，2013年英国的冬天格外漫长，从2012年的10月份开始，到2013年的4月中旬，英国都处在寒冷的气候里，人们还穿着棉服。而往年的4月份已经满园春色，鲜花盛开了。

就在Bich话音刚落的三天后，这里的气候突然间暖和起来。天气晴朗，春风拂面，仿佛一夜之间，树上、地上、公园里、校园内、各家各户的院子里，到处开满了色彩艳丽，形态各异的鲜花，红、白、蓝、紫、黄、粉、绿，一簇簇、一片片，在阳光的照耀下美极了，那阴沉寒冷的境遇溜得无影无踪，天天阳光高照，时段性地夹杂短暂的阴雨，持续阴沉的天气骤然间停止，如同换了人间。白日也在渐渐转长，恢复了往年这个季节的夏时制，每晚八点钟夜幕才开始降临。不知不觉间到了四月底，樱花、桃花、迎春花满树招摇，但室内依然供应暖气，凭着仪器的感应装置自动供暖。英国不设供暖期，直到室内温度升至人体需要的气温，离开暖气感觉舒适时，暖气才会自行关闭。

几天之后，在Bich的陪同下，我们又一次来到Harris的家里做客。在一楼客厅落座后，主人招待我们分享她的下午茶。内容是英式果茶、奶茶、咖啡和点心。女主人还特意把中国茶铁观音拿出来，请我们各取所需。

英国人家里都有茶叶储备，他们认为，一杯热茶可以驱走寒冷的湿气，还可以令人愉悦。在英国，无论什么年龄，什么季节，茶对他们来说是生活的重心，是人际关系交往中必不可少的媒介。无论是烦闷、忧伤，还是兴奋、紧张，都少不了茶的陪伴。

Bich和Harris用英语和不太流利的汉语跟我们聊家常，这让我不由地感慨，世界越来越像一个地球村了。他们非常愿意了解中国，我接触到的很多英国人曾到过中国旅游。他们看到了中国物产丰富，国土大、风景美。他们认为国与国之间相互理解和了解，就会减少世界战争，并且减少同胞间的争斗，使个体家庭更加和睦。就这些特质来看，或许我们需要认识更多的领域。

通过这样的交流，不但能让英国人更好地认识中国，也为我们打开了了解异国风情和文化的眼界。交谈中，Bich 和 Harris 完全用中文朗读、聊天，遇到吃不准的句子就向我们求教。而我是个不合格的老师，只能为自己开脱说，中国的语言博大精深，太神奇，太复杂了。有时候对名著中的某个成语或句子我无法给她们以恰如其分的解释，她们虽然听得一知半解，但还是很愿意做进一步的理解。

2013 年 4 月 23 日 星期二

原载于《文艺报》

2013 年 6 月 21 日

利物浦阿尔伯特码头

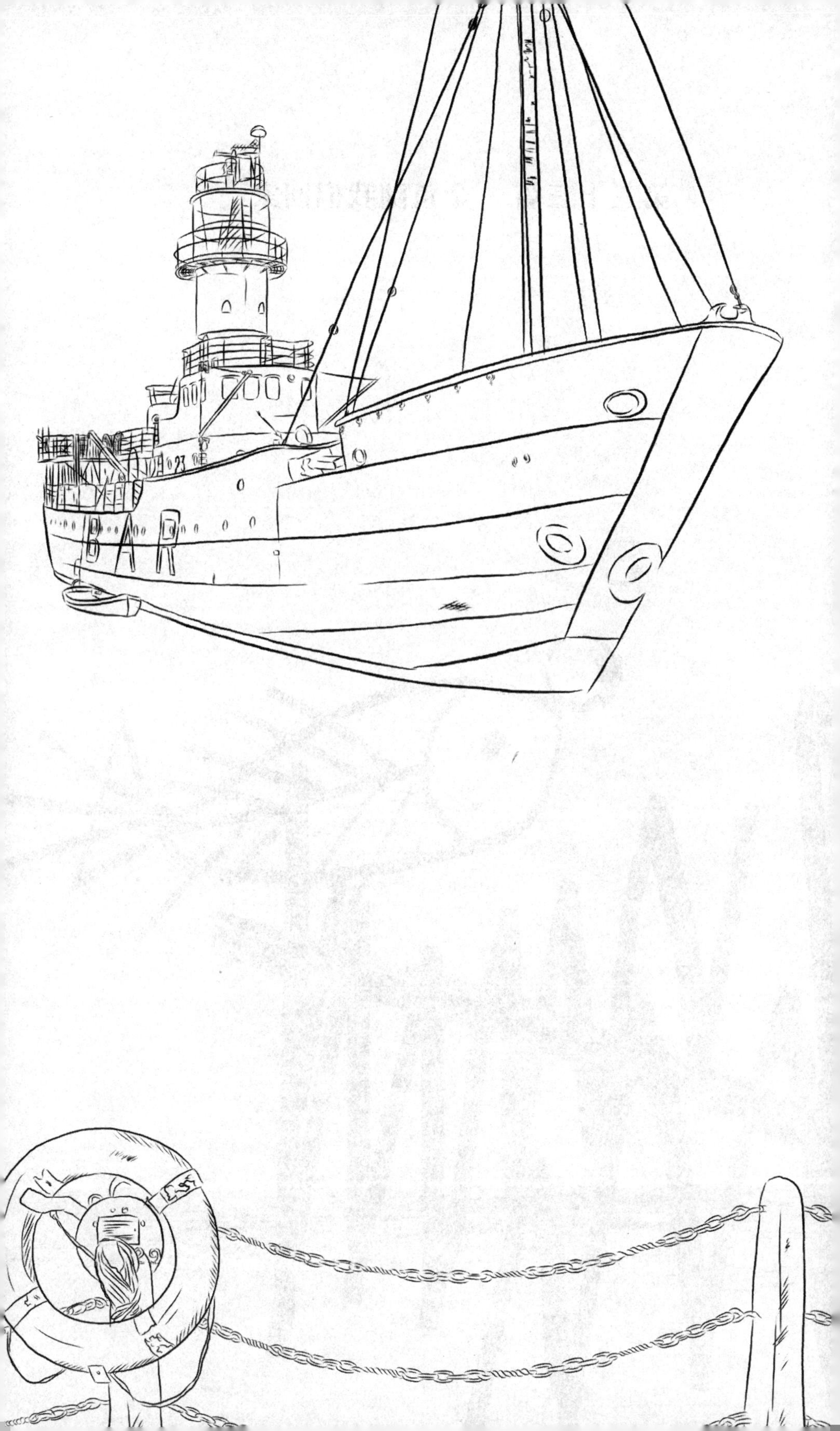

第三十三篇　金鱼随我们回家

夏季，我再次去英国探望在那里读书的女儿，后旅居东欧国家，发现如今在校的学生们除了读书之外，多了几分情趣。在公寓里饲养金鱼是较为雅致的闲情之一，他们以这样的方式调节书本之外的生活。

在一个大型宠物超市的金鱼区里，不同的金鱼按照种类、大小分别放游在不同的大型玻璃鱼缸里供人观赏或选购。女店员是位漂亮的英国姑娘，有着一头褐色的卷发，一双蓝色的眼睛，此时她站立在明亮的灯光和色彩斑斓的鱼群当中，加上她认真的神情，格外动人。

让我们感到诧异的是，如果购买金鱼，顾客首先要回答店员的提问，还要填写一张表格。此时，有两位约十三四岁的当地男孩儿已经在鱼缸前徘徊了好一阵，他们商量着是买金鱼还是买热带鱼。当店员走过来了解到他俩的年龄时，很直接地告诉他们，请他们度过十八岁生日以后再来买鱼。两个男孩儿只能无奈地离去。之后轮到我们，店员很认真地询问了Stella养鱼的经历。她如实回答，来到英国后从未饲养过金鱼。

我们本想有两条金鱼，但这要求被拒绝了。原因很简单，我们的鱼缸是两周前购置的，从没使用过。女店员摊开两手无奈地说："对不起，您的鱼缸是刚刚购置的，还从没使用过。

259

为了对我卖出的宠物负责，我只能卖给您一条金鱼。"随后她递过来表格请 Stella 填写，并询问购买者的姓名，年龄，住址，是否饲养过金鱼，养过多长时间，目前是否正在饲养，计划所购买的金鱼数目。表格中还包含鱼缸的容量和材质，鱼缸的类型以及新旧程度，从宠物店回到住地所需时间，购买日期，购买者签名。

像我们事先买好的约三十升水容量的鱼缸，规定最多只能饲养五条金鱼，但是由于我们的鱼缸是新购置的，不符合所规定的要求，也只能买一条金鱼回去。这是英国的规定，虽是小事，但谁也无法通融。如那女店员所说，他们要对卖出的宠物负责任。尽管只是一条鱼，但重要的是一条生命。因此要保证，您能在十五分钟内回到家中，才有资格把金鱼带回去，保证您的金鱼安全到家，那么意味着您从这里出去，就要直奔家门，不得延误。

填好的表格交到了女店员手里，她看过之后，拿来捕鱼的网子，把我们选好的金鱼捞上来，放在一个圆筒状、厚实的透明塑料袋里，灌上清水，注入氧气，封口，再套上一个棕色的纸袋子，最后装进一个手提袋里，连同填好的表格一起交给我们，告诉我们可以去收款台付款了。

我们小心地将金鱼提回寓所，将它倒进洗好的鱼缸里，

pets

Thank you for buying your fish from our store

Name: Stella Zhao
Postcode: LE1 6RP   Contact number: 07721 371236
Email: stella3@yeah.net

Tick here to receive information, news and advice for your pet by*: Email ☐ Post ☐ SMS ☐

Fish Details

Fish Description	BCP Code	Quantity	Individual Price
Goldfish	800179	1	1.49

Initial to confirm the following has been explained to you

Your Tank Details

Filter: (Y) / N
Fish Type: (Coldwater) / Tropical / Marine
Tank Size: approx 30 litres
Tank Age: 2 weeks
No. of Fish: —
Last Fish Added: —
Live Plants: No

Dietary Requirements ☑
Water Quality/Tests ☐
Visibly Disease Free ☑

Are you...
18 or over? (ID may be requested) (Y) / N
Going straight home? (Y) / N

Please follow the settling-in instructions on the fish bags. Please remember that all pets must be properly cared for throughout their lives. We pride ourselves in supplying healthy pets and never knowingly sell one that is sick or injured. At Pets at Home pets come first, so please contact the store if you need any help with your pet.

Customer's Signature: Zhiyu Zhao
Pet Advisor: Sinead
Date of purchase: 02/04/13   Store Name & No. 63

*By ticking this box you will receive communications from Pets at home Ltd, our group companies and our charity, Support Adoption For Pets. Personal information, which you give to us, may be used by us to process your orders and for statistical analysis. For further details please see out privacy policy at www.petsathome.com

购鱼表格

看着它在里面畅游,一路上毫发无损。

由此不难理解,生命是至高无上的。无论您是英国人还是外国人,在对待生命的问题上不存在种族的亲疏,一律平等。这同样折射出英国人相对严谨的处事态度,和单纯的生活理念。重要的是,"尊重生命"已在所有民众思想中形成了根深蒂固的行为准则,也成为最重要的法律原则之一,人们自觉自愿地遵守着这一准则。

我们看到,他们更愿意做生活中的普通人,其中包括富豪阶层。与中国的富豪相比,两者在价值观和生活观方面有着很大的不同。即使是荣登世界富豪排行榜的人也会骑着自行车,挎双肩背包旅游或逛街,觉得自然,甚至理所当然;在选择爱人方面,他们同样少有目的性,认为爱情、婚姻跟自己的公司是否上市是两回事。两人结合缘于爱情,而不是相貌和财产。通常他们找配偶看年龄合适,有爱情就可以了。所以在那里常会看到,"高富帅"的白人牵着我们认为其貌不扬的,与之不同族裔和肤色的爱人,很自然。这就是所谓的多元化审美标准,抑或是对感情的一份尊重吧。

走在街上,会新奇地发现,有不认识的人主动向我问好;如果由于我的不经意碰到了身边的人,而对方赶紧向我道"对不起";只要你的眼睛扫到了一张面孔,无论对方是男是女,是老是少,只要他/她的目光与你相遇,会马上报以微笑。对陌生人微笑,他们认为是种礼貌。眼前的一切让人心里充满了温暖,这是一种常态,却让刚刚跨入异乡的我有点儿措手不及。

　　清晨,我独自去附近的索尔河河边散步,观赏河水东去,天鹅起舞的景象。走累了便坐在河边的座椅上小憩,此时不断地有人经过这里,有手里握着"便携式"咖啡步履匆匆的"白领",有手推婴儿车的年轻父母,还有牵着爱犬散步的老年夫妇,当他们走近时,都会热情礼貌地向我道一声:Good morning!(早上好!)。

　　渐渐地我习惯了,很多时候我会首先问候对方,得到的是同样友好的回应。一天,一位夜不归宿的流浪汉经过我身边,按照以往的生活经验,我打算别过脸去视而不见,但已来不及了。此时他像所有我遇到过的人一样,礼貌地对我说:"早上好!"然后,继续前行。我顿时有点小惊讶,回应他"早晨好",目送他远去……我忽然意识到,从人格的层面上望过去,我们之间不存在种族与身份的问题。

2014 年 6 月 20 日 星期五

第三十四篇 被惦念的 Windermere 小镇

曾听 Stella 说，位于 Windermere（温德米尔小镇）的英国国家公园 Lake District（湖区），景色优美堪称无与伦比，它是美国《国家地理杂志》评选出的世界上最值得去的五十个地方之一，也是入选这个知名杂志唯一的一处英国景区。

既然如此，就要挑选一个阳光明媚的日子出发，才不至于辜负了她的美誉。

湖区的命名是根据美丽的湖波而来。这个处于英格兰西北海岸的湖区的确实至名归。她是英格兰和威尔士的十一个国家公园中最大的一个。也许是由于上帝造物时的眷顾，在这里布下了超乎于自然界的美丽风景，湖泊、河谷、山峰、瀑布，以最完美的方式组合在一起；风景优美、气候宜人，安静、艳丽、温润、精致，是享受平静生活的好地方。

湖区面积 2300 平方公里，居住着 4 万人口。而每年来这里观光度假的游客超过了140万人。坎伯里山脉横贯湖区，把湖区划分为南北西三个区，方圆约两千三百平方公里内，星罗棋布约一百二十个湖泊，较大的湖泊就有十四个，其中最为著名、最大的温德米尔湖全长十七公里，湖面狭长，最宽处两公里。著名景点有：Beatrix Potter（波特故居）、Wordsworth（华兹华斯小道）、Windermere（温德米尔湖）、Grasmere Water（格拉斯米尔湖）和 Keswick（凯斯维克）。

眼下正是游览湖区的最好季节。蓝天下是一片望不尽的翠绿，天鹅绒般柔美的草坪，像一幅还没干透的水彩画，让人不忍触摸。如果受到英国阴雨天气的影响，幽静的湖区会被罩上淡淡的忧郁色彩——静谧、温满，标示着英国气质，给人时间静止的错觉。我们乘坐游艇游览湖区景色，远看碧绿的草地，繁茂的森林，染就着湖水的灵气。岸边草坡上的羊群、牛群和高低错落的屋舍渐渐向后移去，微风下的湖面波光荡漾，湖水清澈见底，瀑布在青山间飞驰而下。

一艘艘游艇静静地停泊在码头上，白色的船体和桅杆映衬着湛蓝的天空。缓缓滑动的白云，成群飞舞的水鸟，覆盖着青色的山峰倒映在湖面上——湖区就像一个从未被世俗惊扰过的世外桃源。难怪有人说，温德米尔湖的美景从未让游客失望过。

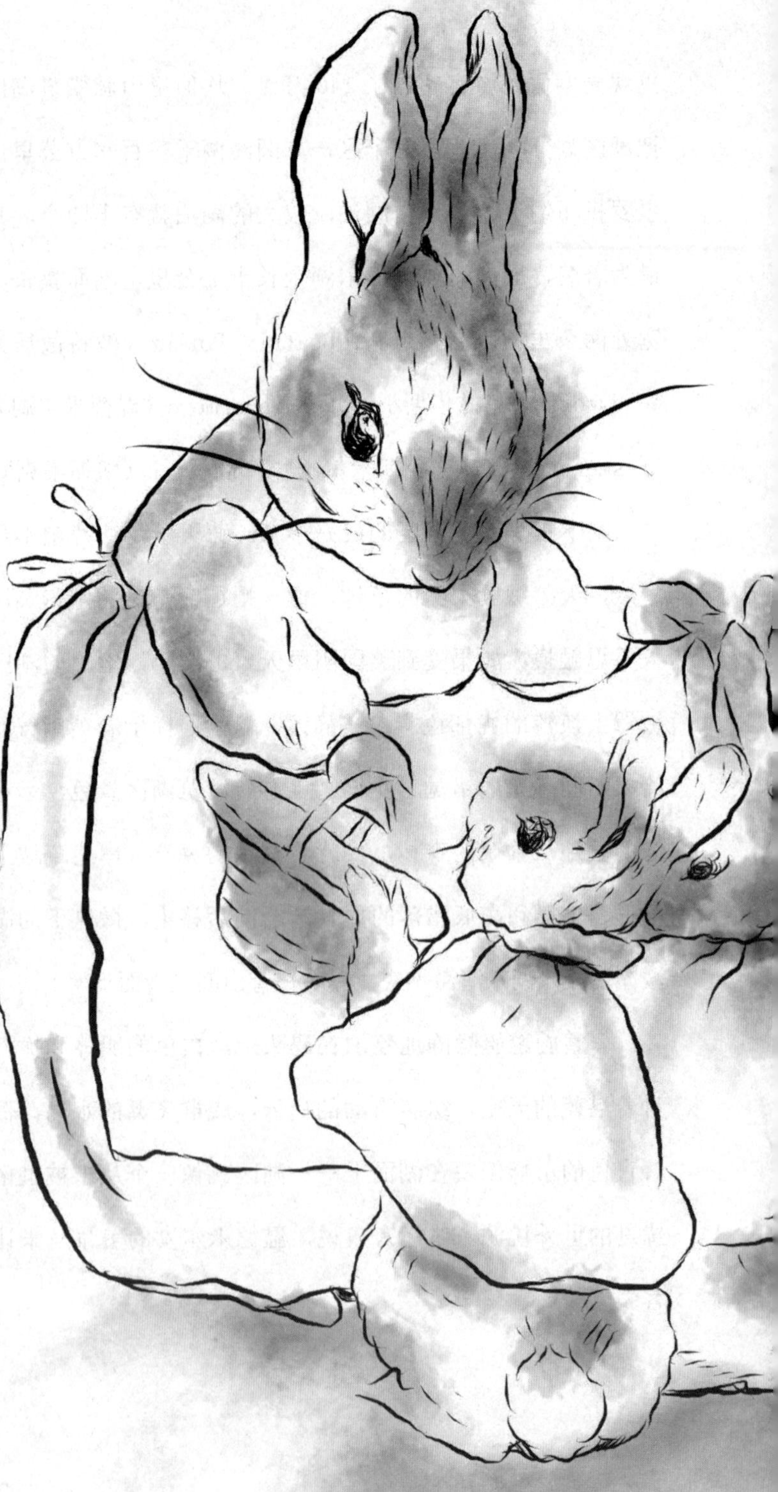

彼得兔

深厚的人文内涵同样成为湖区的魅力所在,除自然风景之外,这里还包括文化遗迹、特色产品,当地传统、精神价值以及独特的心灵感受。湖水、云朵、羊群,传说和诗歌,伴随着野草的芬芳,吸引了不少艺术家、作家、诗人在这里定居,最有名的当属威廉·华兹华斯,格拉斯米尔是华兹华斯的生根之地。

哥哥William Wordsworth(威廉·华兹华斯1770—1850)是英国著名的浪漫主义诗人,妹妹Dorothy Wordsworth(多萝茜·华兹华斯)是一位日记作家、书信作家和诗人。

她的一首著名诗名为《爱与喜欢》:

《爱与喜欢》

作者：多萝茜·华兹华斯

这番话远不止我所能教，
听着，孩子，我并非在布道，
就是给你些简单建议，
有助于你言谈与个人欢喜。
莫言你爱烧烤家禽，
你或许爱尖叫的猫头鹰，
若你肯，也爱笨拙的蟾蜍，
它乘傍晚刚刚挂起凝露，
从长满青苔的花园墙豁，
爬出它隐蔽的居所，
哦，它漂亮的大眼你瞧仔细，
那颗圆珠是多么的神奇！
清澈、明亮，父辈们如此说，
它的头顶戴着珍珠一颗！

还有，在某个阵雨天，

当走在大路或乡间，

一只青蛙自路边草丛一跳，

胆小的路人会被吓到，

你要观察它，对来者突访，

尽量从善意的角度想，

跟它学在枯燥的季节中，

找个理由让心情放松。

或许你爱它在池塘里蹦跳，

那儿是它快乐的学校，

按大自然所教在水中游泳，

那泳姿对人类也有用，

碧波潋滟中抬眼瞭望，

冲天发射出耀眼的明光。

莫害羞，倘若你的心萌生爱意，

对那些未曾留意的东西：

春日里看到的第一束玫瑰，

令你心中快乐生辉，

然而你或许爱草莓花，

爱草莓挂在藤架。

人们常赞美这水果的美丽,

当你将它送入口里,

莫言你爱这精制美食,

而是喜欢、享用、感激地吃。

希望你去爱你的老家鼠,

彼得兔

尽管把房间搞得一塌糊涂，

不要不喜欢小猫，它实在调皮，

是老鼠们的死对头天敌。

要记得它是遵从猫类的脾性，

既不狂野也不孤僻的本能，

想一下它漂亮敏捷的身姿，

轻盈的踏步伤不到虫子，

冬日火炉旁歌声缥缈，

柔软如七弦琴的余音缭绕。

我不想对你的爱限制过多，

爱，与雄鹰高飞，与白鸽静坐，

或把归家的刺猬一路跟踪，

或同耐心的鼹鼠一起打地洞。

爱与喜欢在生活中都不可少，

把欢乐摇篮晃动，争斗之苗除掉。

要爱你的父母，家中长辈，

爱你襁褓中的小弟，还有姐妹，

爱你的好朋友，好伙伴们，

给他们无数祝福，承上帝之恩。

能正确地掌握好这些情感,

你就拥有了生命的每个瞬间。

它们将给你充实的满足,

喜欢,它新鲜与无辜,

它占据大脑,充满记忆空间,

它是许多行为的动力源,

可喜欢是来如云,去如烟,

爱,却持久到生命的最后一天。

神圣的爱是通往天堂的指路,

是天上圣贤给我们的祝福。

威廉和他的妹妹多萝茜长期居住在这里,诗人给自己的居所取名为 Dove Cottage(鸽舍)。

这个原本名不见经传的地方,因诗人华兹华斯的所在而一举成名,被誉为"诗人的故乡",成为英格兰人引以为傲的风景胜地。反言之,是诗意般的景色孕育出了这位伟大的诗人。

蔚蓝的湖水,清澈的小溪,延绵的山峦,民宅错落其中……如此优美的湖景仿佛还停滞在华兹华斯生活的年代。在诗人眼中,这里是"痛苦世界里宁静的中心",因这宁静,使得华兹华斯在此居住下来，他从田园风光中获得诗句的灵感。无论阴天还是晴天他都会在湖区里散步，他和另外两位诗人 Samuel Taylor Coleridge（塞缪尔·泰勒·柯勒律治）以及 Robert Southey（罗伯特·骚赛），并列为 Lake Poets（湖畔诗派）。由此，英格兰这片美丽湖区便不由分说地与浪漫主义诗歌联系在了一起，从此，湖畔诗人开启了人们欣赏大自然的眼帘。当他沿着林中小径散步，呼吸着湖上的氤氲雾气时，诗句就诞生在刹那之间。

英国著名儿童文学作家 Beatrix Potter（波特女士）守着这片美景度过了半生时光，她的著名作品 *The Tale of Peter Rabbit*（1902）《彼得兔的故事》就构思于此。波特作品中所描绘的小路、树林、石头、木屋、成群结队吃草的绵羊，便来自这儿的丘顶村庄。

据说许多年前，英国的旅游作家 Alfred Wainwright（阿尔弗雷德·温莱特）第一次爬上温得米尔北部一座名为 Orrest Head（奥瑞斯特）的小山丘时，被湖区的美景所打动，他的人生观就此发生了改变，像当年的华兹华斯一样，再也没有离开过这地方。

湖区周围的小镇充满了浓浓的文化气息，整齐的村庄，袅袅的炊烟，或掩映在树林中，或被美丽的乡野和荒原所围绕。

湖区小镇保留着安静的古朴之风，即使在喧嚣的旅游旺季，这里仍保持着她恬静的内涵。大路两侧，山体之上，到处长满了花草树木，由于雨水充沛，植物们郁郁葱葱，彰显着勃勃的生机。

一座座用石头堆砌而成的房屋依山而建，石头的纹路依稀可现，那仓黑的基调被远处绿色的草场和暗红色的山峰所衬托，渗透出新鲜的美感。

走在湖区的乡间小路上，绿树成荫，白云相伴，爬满常春藤的石头小屋和蓝白相间的大环境融为一体，妙不可言。与这美景仅一面之缘，从此就会让人流连忘返。

小镇的居民享受着闲静、惬意的生活，他们把自家门前的空地营造成小小的花园，任各种爬藤植物附上墙体。欧洲人自己动手打理庭院，修剪植物已是生活常态，而在我看来却充满了乐趣。我们拐过一条狭长的街道，见一位居家女士正在侍弄门前的植物，那植物之茂盛与本不宽绰的街道颇不协调，但它们依然以主人自居，无拘无束地自由生长，以至于它们的女主人不得不定期修剪它们。我们小心翼翼地经过它们，女主人直起身来礼貌地和我们打招呼，她的友好和善意感染了我，于是我说："您家的植物真漂亮。"她幽默地答道："是，很漂亮。不过，它们跟我的孩子一样不听话，

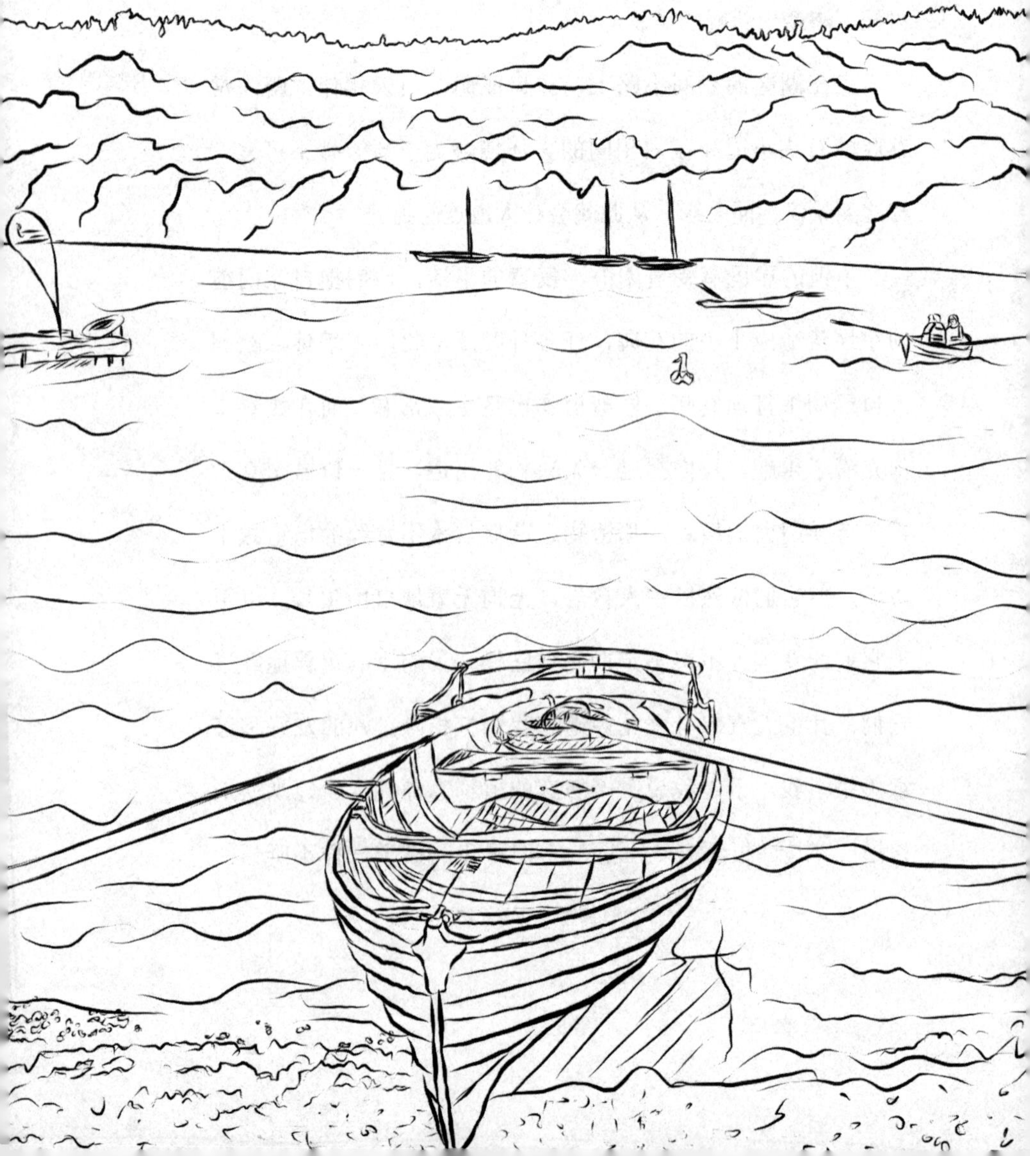

湖区风景

我要定期教训它们。"我们笑着向她竖起了大拇指。她摘下手套，把右手伸向我，我感觉到了她手掌的温暖和力量。

寥寥数语拉近了我们与主人之间的距离。

街道上有各种商铺，咖啡店和餐馆儿，您可以在沿街任何一家露天咖啡店品尝一杯香醇的咖啡。小门小户，几许炊烟，寥寥数人，都体现了典型的英国风貌和纯正的田园生活。

湖区却是幅员辽阔，美丽的田园风光是居民们不舍得离开这里的重要原因。而如今要想获得此地的居住权是件相当难的事。这里的羊毛和农场很出名，可以满足游客们了解剪羊毛技术和农场生活的愿望。得意的是，我们在这里的商店买到了苏格兰格子毛毯。

由于英国天气变化无常，用Stella的话形容就是"如同男人的心，女人的脸，说变就变"，刚才还是风和日丽，转瞬间就可能乌云密布，阴雨连连。一会儿雨雪点点，一会儿彩虹横跨于蓝天。我们一家人商量好，如果在旅行中赶上坏天气，索性就躲到茶坊去喝杯茶，反正英国的大街小巷到处都有酒吧、咖啡厅和茶坊。

从波特丘顶上波特女士的故居穿过一片牧草地，有一家茶坊，走进门来就闻到了姜汁饼干和奶油蛋糕的香味儿。这里的田园生活就像墙壁上那一幅幅照片，安详、自然。刚才窗外还雾气蒙蒙，眨眼之间明媚的阳光就洒满了茶桌，让人喜出望外。店主人的脸上总是洋溢着心满意足的微笑，这种情绪很快就会感染给茶客，一路的干渴和疲劳顿时烟消云散。

小店被布置的温馨得体，墙壁上、窗台上，就连不起眼的门把手上都挂着手工针织品，这也是英国小镇的一大特色。菜单上印制着精美的蛋糕和饼干图案，全部出自这家茶坊女主人的巧手。这让我联想到英国电影中的妇女们，在寒冷的冬夜里围坐在壁炉前制作手工针织品的情形。

这里的人们生活得快乐而满足，他们感谢上帝赐予的美好家园。每逢礼拜日上午，田野里一片寂静，居民们穿戴整洁，精神焕发，怀着感恩的心情，穿过青草铺就的小路走向教堂……

2014年6月21日 星期六

第三十五篇　玫瑰与玫瑰战争

　　历史记载，1485 年 Richard III（理查德三世）国王在英国 Battle of Bosworth Field（鲍斯渥斯战役）的一场战役中阵亡。尸体下葬在现在的莱斯特市内。因时日久矣，理查德三世陵墓的确切地址已被人遗忘。

　　直到 2012 年，有人在莱斯特市中心的一个停车场地下发现了一具骨骸，经过莱斯特大学考古专家对此遗骸进行的 DNA 比对证实，确是理查德三世的骨骸，从而揭开了五百多年来历史的谜团。莱斯特市决定重新隆重安葬理查德三世，使他得以安息。

　　理查德三世国王阵亡时只有三十二岁，他的阵亡，象征着英国结束了长达三十二年的 Wars of the Roses（玫瑰战争）。由此他也成为英国 House of Plantagenet（金雀花王朝）的最后一位国王。之后英国进入了由亨利七世国王所开朝的 House of Tudor（都铎王朝）。

整整一天阴雨连绵。

这样的天气适合在暖房里蜗居。通常在宽绰的厨房和Stella的同学相遇，我们自然会聊聊彼此的心情。我发现和年轻人相处是件愉快的事，从他们那里会接触到更多的新事物。

如遇到两岸发生政治分歧，中国大陆和中国台湾地区的留学生就难免产生争执，即使平时关系要好的同学，也会察觉彼此感情上的微妙变化。曾见喜欢谈论政治时事的大陆男生非要和台湾女生聊聊国际形势，吓得她连连摆手："对不起，不要聊，不要聊……"这一幕让我印象深刻，可见她的善良。她觉得同学一场，不要为民众解决不了的问题伤了彼此的和气。之后Stella告诉我，这位同学的父亲是位台商，常年在大陆南方做生意，他曾嘱咐她在学校只谈学习，不谈政治。

难怪啊，双方青年自幼接受着不同的政治教育，随着改革开放的进程，海峡两岸已经有了较强的沟通意识和彼此了解的愿望，但长期的隔膜，导致双方在敏感问题上难以统一认识。

英国的雨天依旧温暖。

清晨，Stella常到校园附近的城堡公园晨练或读书。此时只有园丁们在晨雾中劳作,而很少见到游人,偶有由公园穿行到 TESCO 超级市场购物的居民。随着太阳升起,游人渐密,多半是来索尔河畔喂天鹅、喂水鸟的路人。

每去河边,我们都不忘把家里冰箱的剩余面包和三明治带上,慰问鸽子和水鸟。水里的鸳鸯和白天鹅见到我们手里的食物,便迅速地靠岸,等待我们喂食。等不及的水鸟干脆跳到岸上,聚集在我们脚边。我在想,此时的鸽子们不知躲到哪儿去了。

我们沿着河水顺流的方向漫步,水鸟们争先恐后地跟随着我们。水里、岸边自发地组成了一支浩浩荡荡的队伍。民以食为天,原来鸟也不例外。我们把食物抛撒给它们,眼前的阵势让我终于明白,什么叫作"当仁不让"。

英国是鸟的天堂,英国到处都有鸟的足迹,住在英国的人随时能够享受与鸟共存的喜悦。在伦敦可以遇到横冲直撞、低空飞过的海鸥,政府明令保护鸟的生存权益,鸟们有家还有户口。鸽子、天鹅,所有的水鸟飞鸟都可以放心地在此自由生活,安居乐业。专职人员在每年七月的第三周为女王数天鹅,被称为 Swan Upping。在此期间,他们会对天鹅进行称重和身体测量,将它们的生长数据记录在案,同时检查它们的身体是否有被伤害迹象。每只天鹅都会获得属于自己的身份证号码。

索尔河里的白天鹅占据了半壁江山,黑脸,红嘴巴,身披白色的羽毛,谁会说它不漂亮?它们性情温和,成群活动,严守着一夫一妻制,终其一生只有一个伴侣。如果其中一个死去,另一个则不食不眠,一意殉情。

它们安静的有些做作,喜欢运用肢体语言,勾肩搭背,耳鬓厮磨,旁无它顾。它们依仗着与身体一样长的脖颈展示优美的体态,游水时故意将脖子挺直,与身体稍呈直角,再将双翅贴在身体的两侧,缓缓前行,如行云一般优雅。如果见它左顾右盼,引颈观望,那一定是在寻找它的伴侣,继之齐头并进,或前后相跟。

我们远远地观察它们,看它们求偶,看它们追逐嬉戏,看它们在水中翩翩起舞——旋转、跳跃、展翅,贴着水面低飞,直冲彼岸——每个招式都酷似优美的舞蹈家。无论是直颈昂首,还是曲颈低头,总会让人想起世界第一"白天鹅"舞蹈家 Uliana Lopatkina(乌里安娜·洛帕金娜)。

如果它们发出"克噜克哩克哩"的叫声,那是正向它的同类传达某种信息,或在讨论重要问题。此时它或许在琢磨,下午吃什么?夜晚在哪儿栖息?有时候真想知道,它们痴痴地望着前方在想什么,彼此间嘀咕嘀咕在说什么,把嘴巴伸进水里在吃什么。

每逢晴朗的日子,Castle Garden(城堡公园)的长椅上便坐满了晒太阳的情侣或老人。公园虽小,景色堪称精致,漫坡的花草植被郁郁葱葱,许多花卉百辨而不得其名,为我平生初见。

在这里常会见到对对情侣手挽手漫步丛中,继而登上小山坡,眺望四周的乡间美景。

这个季节玫瑰盛开,当下,簇簇玫瑰在细雨中摇曳,随风飘来阵阵芳香。玫瑰的花期较长,且容易培植,很适宜英国温湿多雨的气候。凡蔷薇科花卉,比如蔷薇、月季、玫瑰,在英国人口中被统称为玫瑰,家家户户庭院中最常见的就是玫瑰花。她可以不择地势离群索居,甚至孤傲地在角落里盛开;也时常簇簇相依,形成气势,成为一个独立的玫瑰园。因而英国生产出了世界上品质最好的玫瑰精油。英国人还喜欢把玫瑰当作食材做成玫瑰饼。

他们为什么如此热爱园艺?

又为什么如此偏爱玫瑰?

却原来,玫瑰是英国的国花,这与发生在1487年6月16日的英国红白玫瑰战争有关。

红白玫瑰战争也被称作蔷薇战争,是英王 Edward III(爱德华三世)的两支后裔 House of Lancaster(兰开斯特家族)

和 House of York（约克家族）之间的内战。这两个封建集团为了争夺王位继承权进行了断断续续三十年的自相残杀。兰开斯特和约克家族同归于尽，大批的封建旧贵族在互相残杀中阵亡，或被处决。战争结束，红玫瑰获胜，战争最终以兰开斯特家族的 Henry VII（亨利七世）与约克家族的 Elizabeth of York（伊丽莎白）联姻为告终，由此标志着英格兰中世纪的结束，使英国进入了新的文艺复兴时代。

这场战争从某种意义上说，对英国历史的发展起到了推动性作用。新兴贵族和资产阶级力量在战争中迅速增长，并成为都铎王朝新建立的君主专制政体的支柱。随着政治体制的统一，地区间的经济联系得到加强，封建农业向资本主义农业转变，致使农村新兴起资本主义农场，以及与资本主义密切相关的新贵族，他们把积累起来的资本投向工业，促进了英国工业和手工业的发展。

在英国人心里，玫瑰代表着一种信仰——不仅为自由而战，且是和平、和谐、平等与美好的象征。

那么白天鹅呢？

我猜，它应该是天使的化身。

2014 年 7 月 17 日 星期四
原载于《北京致公》杂志
2020 年第 4 期

第三十六篇　镜头里的英国

　　已是清晨八点钟，街上空无一人。尤其到了周末，从八层楼上放眼望去，眼前如同一座空城。公寓楼下鲜花怒放，河里水草招摇；头顶一群群鸽子在空中翱翔，四周人烟却显稀少。

　　最为奇妙的是，窗外的景物会随着时间走，一个时辰变换一副模样，如一幅幅美丽的画卷，每幅画的色调和光彩竟是极不相同。随着风云和阳光的变化，那景物呈现着不同的效果。怨不得人们常说，英国的每个视野都是一幅"彩图"：红色的联排别墅、如盖的绿荫、莫测的天空、海鸥般的云朵、翻滚的霞光、层峦叠嶂的屋舍……

　　有人说英国的夏天给人感觉"大约在冬季"。果真，住上一年我们才知道，一套衣服可以穿四个季节不用换，冬天不太冷，夏天不太热。英国仿佛只有冬夏两季：冬天是冬天，夏天也像冬天。几分钟前还艳阳高照，忽然间一片乌云飘来，天色即刻黯然失色；猝不及防的一场阵雨过后，太阳重新高悬在空中，漫天彩云。

景物经过雨水的冲洗，全城一片水汽，一片光明。

每当晚上或周末，河边停车场里空空如也，只有一辆红色轿车还在那里坚守，它要坚守到太阳落山，夜幕降临。我禁不住猜想它的主人是何许人也，是校长还是总监？为什么要把自己逼迫得如此辛苦？

红色，应该代表女性。我暂且称她为"敬业女神"。

姜饼小人杯子蛋糕

幡然回顾2012伦敦奥运会期间伦敦西区对国外游客的满意度调查分析，排在第一位的是让人屡屡发出惊叹的娱乐活动。英国的这个季节里很多地方都在举办美食节和艺术节，英国人狂放的一面和对生活一丝不苟的态度，打破了以往人们对英国人的印象。却原来，在他们的另一层面里包含着令人仰视的本真和幽默的内涵。

伦敦西区拥有知名的剧院、赌场、影院，以及获得米其林星级的餐厅，还有M&M全球旗舰店和Ripley's Believe It or Not（雷普利信不信由你奇趣博物馆）。

居于第二位的满意项目是购物。伦敦奥运会期间上市的国际名牌产品的数量空前。Ralph Lauren（拉尔夫·劳伦）、JM Weston（威斯顿）、Burberry（巴宝莉）……有211家零售商选择在伦敦西区开设了旗舰店。高端品牌服装大幅度折扣出售，即便是价格平平的普通商品也随之减价吸引着各国来宾。据英国官方的调查数据表明，人们观看奥运会的热情与购物的热情成正比，零售市场空前繁盛。

英国人的热情友好，以及奥运会期间的好天气，给了人们无以言说的好心情。而我们所在的莱斯特城属于英国晴天最多、降雨量最少的地区之一，使我们更多地享受了碧空白云的美景，和清爽温润的空气，也为我们提供了捕捉上万个美妙瞬间的时机。

到过英国的人都知道，英国人很在意自己的形象进入陌生人的镜头。如果您提出为他拍张照片，他／她一定会问为什么，之后他会追问您要用在哪里，如果违背了他的意愿，他是绝对不允许的。不是为了获取金钱，而确实是为了保护个人隐私和自己的肖像权。

伦敦与其他地域的生活理念不同，价值观、处世态度也不尽相同。英国为联合王国，四制治国（英格兰、北爱尔兰、苏格兰、威尔士），多元且包容；同时英国也面临着多种族问题。人们秉承着旧日的传统，也积累着现代精华。

从诸多角度观察，英国是个自由开放的国家，他们不愿意被管束，而他们骨子里的自律情结难以使他们随心所欲。英国社会有很多不成文的社会习俗和与人交往的规矩。源于二十世纪以来女性解放运动所发挥的作用，社会对女性的淑女要求已不像从前那样严苛，对男性的绅士要求却保留了下来，由此决定了英国男性所具有的独特气质和绅士风度。其细节体现在社会服务的许多方面：平价旅馆的早餐与高档酒店的早餐同样丰盛，侍者上茶会同时奉上茶滤，以便顾客喝到温度适中的纯净早餐茶；Harrods（哈罗德）百货公司卫生间的洗手台上始终排列着各大名牌香水供顾客使用——对英国人来说,品位与金钱无关,他们坚持的是品质和奉献。

英国男性往往不如女性开放外向,结婚成家后的大部分男人下班即时回家,他们在工作之余习惯于阅读、写作。保持着周末采购、打理庭院、定期携家人外出度假的生活模式。

此外,家庭出身、社会地位和所受教育的程度也强调了男士们的绅士特征,他们注重穿戴得体,含蓄内敛。他们必须遵守英国的礼仪及礼貌这无形的社会规则。无论心里有多少不满情绪,表面上必须表现得彬彬有礼。男性和女性相处,男性所承担的责任和义务首当其冲;挺身而出的勇士气概和坦然淡定的绅士风度被视为英国人的国民性。"英国式坚忍克己"被誉为英国的民族特质,它的专有名称为"British Stoicism"(英国斯多葛学派),来自Stoicism(斯多葛主义),其伦理学基础源于古希腊及罗马时期的哲学学派(约公元前336——前264年)所鼓励的入世哲学。斯多葛学派认为,人们要安于在社会中所处的位置,恬淡寡欲。把宇宙看作美好的,有序的,完善的整体,它由原始神圣的火种演变而来,并趋向一个目标。为了到达这个目标,人们必须理智地认识世界,履行职责、团结互助、公正待人,人类才可获得幸福。

维多利亚时代"绅士"的含义发生了改变。牛津运动的发起者红衣主教纽曼在《大学的理念》（1854）中将绅士的身份与博雅教育以及良好的教养相联系。他认为绅士应当温和、审慎、自律、明智，将"绅士"概念与家庭出身和社会地位割裂开来，使之脱离了血统和头衔的束缚，而与美德和智慧相关联。如果一个人缺少美德和教养，即便出身贵族，也不能称之为贵族。

英国人的自律和修养堪称一流，他们的坚毅表现在不列颠特色的体面观，山崩时泰然处之，习惯承受肉体与精神的苦痛，不抱怨、不示弱。坚持心怀理性、责任和义务面对社会，战胜诱惑、恐惧和威胁，将个人的安危置之度外，与宇宙的大方向相协调。

Keep cool, and rule Great Britain（保持冷静，并统治大不列颠），体现出了英国绅士的气概。在英国，随处可见这条装饰性语言，它被印在盘子上、钟表上，或被制作成装饰画。这两句话来自1939英国新闻部在第二次世界大战初期制作的海报，用以鼓舞英国民众的士气。当时印刷了二百五十余万份，却由于海报预计在纳粹占领英国后使用，发行量有限。2000年这海报被人发现并再度印刷发行，以作为产品的装饰主题应用。到2012年为止，英国商家已收集到了与之相似的十五个版本的海报。在鼓舞民众士气的同时，它也引导着人们的食欲，比如 Fish and Chips（炸鱼薯条）。

有一种说法，在第二次世界大战期间，丘吉尔首相曾讲："炸鱼和薯条是食品中最完美的搭配"。当地媒体认为，英国首创的炸鱼薯条比 John Winston Lennon（约翰·温斯顿·列侬）的披头士乐队在国际上的名声还大，也更具英国范儿。2015年10月习近平主席访问英国，应英方邀请赴宴，伊丽莎白二世女王夫妇在白金汉宫举行国宴招待了习近平主席；卡梅伦首相邀请习主席走访了他的乡间别墅，在当地的一家酒吧以炸鱼薯条就扎啤招待习主席。之后这家乡村酒吧便成了当地的旅游景点、游客们 a must-go place（必须去的地方）。两位国家领导人享用过的炸鱼薯条和扎啤在这家乡村酒吧已经供不应求，每日呈现出午后脱销的状况。

这道"名菜"的制作方法很简单，需要将面粉、盐、鸡蛋、牛奶、少许食油加水调成面糊，把剔除了刺的鱼裹上面糊放入烧至一百八十度的油锅里七八分钟，炸至两面金黄色后捞出入盘，再配上炸好的薯条和煮豌豆，撒上青柠檬汁、盐、胡椒粉。也可以根据自己的口味佐以番茄酱、蛋黄酱或者肉汁酱，刀、叉伺候入口。听起来这是一道美味佳肴，吃起来就是油炸鱼和炸薯条的拼盘而已。

英国人认为，年代越久的物品越有价值。我们看到伦敦街上跑着的"新古典主义"轿车以"雍容华贵"形容也不为过，车身从内到外体现着纯正的英国新古典主义风范。1907年Rolls-Royce（劳斯莱斯）推出了一款噪音极低，被称为"银色幽灵"的高级轿车。于是英国女王宣布，今后不再乘坐马车出行，而改坐此款轿车。从那时起，劳斯莱斯便一跃成为各国元首、皇室贵族们独享的"坐骑"。

21世纪英国民众出行所乘坐的计程车，是一款复古型黑色涂装、吉利英伦的知名品牌Black Hackney Cab（黑色哈克尼计程车），是英国锰铜公司生产的TX4，2006年被列为伦敦持牌计程车的最新车型。英国计程车行业在选择司机时条件严格，不仅要求应聘者出身清白，还须在驾驶学校学习三年取得文凭。出租车司机要熟知蓝皮书里的三百二十条示范路线，熟背以Charing Cross（查令十字）为中心、半径9.6公里内的两万五千条街道巷弄的路况资讯，通过重重考试才能入职。

由此可见，自由使人回到生活，而规则才是生活的保障。

2014年8月30日 星期六

重修于2018年3月

293

第三十七篇　伦敦 & 北京 12304 公里

伦敦到北京,相距 12304 公里。靠着 E-mail 的便利,原本遥远的距离变得微不足道了。世界仿佛在变小,一家人于彼此分离异地的日子里,通过视频、短语,或者长信、照片,叙述各自的经历和感受,或者用简短的文字报平安。恍惚中我们依然生活在同一片蓝天下,完全没有疏离感。

我从伦敦回到北京转眼三个多月了。Stella 依然每天抽出时间和我们视频。如果抽不出时间的话,她会给我俩写封邮件报报平安。由于时差的原因,今天北京时间太晚了,她怕打搅我们休息,留了一封邮件:

爸爸妈妈:

今天周末,因为准备不久将回趟北京,上午我去逛了商场,给家里人买了礼物。今天莱斯特大教堂举办复古展览,在那

里我给自己买了耳环。

然后我去伦敦参加了我硕士研究生导师邀请的宴会。宴会设在市中心的一处高级会所，是一场约定俗成的牛津大学和剑桥大学的老校友聚会。虽然我已经读博，他也调离了我们学校，回到牛津大学任教，但我们一直保持着联系。导师的意思是，尽可能多的为我提供建立人脉关系的机会，这或许对我的事业发展和课题进展有所帮助。

我很早就到了餐厅，老师见到我很高兴。刚来的人们都在一个小房间里等待，房间里有吧台和座椅。早到的一对英国老夫妇年纪和导师差不多，大概有六七十岁了吧。

我向他们问好，他们也主动跟我搭话，因为没有找到共同感兴趣的话题，出于礼节，老人家就夸我的手指甲颜色漂亮，耳环和连衣裙漂亮。问我喝什么，喝不喝酒。我回答说喝橘

→ 12304 km

子汁就好,老夫人便跟她丈夫说要两杯橙汁,其中有我一杯。我觉得不好意思,就说我可以帮他们弄,然后就去吧台后面取,到前台我才知道那是要付钱的啊。导师让我回来,说等服务生给我们送来。我们四个人都想为大家付款,结果还是那位老夫人把我们的饮品钱一起付了。

校友们陆续到齐了,大概因为看我是学生,又是中国人,老学究们都想跟我聊聊天。这次来的年轻人不多,有一位年轻女士是学数学的,看外表,祖上不像英国人,她很会聊天,一再请导师帮她介绍跟各位认识。我猜想,她大概很想加入这个校友委员会吧。

不一会儿我们被让到大厅进餐,这里只有四个预留座位,我的座位是其中之一,位置很不错,在距屏幕不远的第二张餐桌。服务生上菜,餐前要祷告。先吃的鱼派,主菜是鸡腿、胡萝卜、土豆、西兰花,加奶油;主食是米饭;餐后甜点是蓝莓柠檬蛋糕,之后上桌的是咖啡和茶。特别逗的是,要喝自来水还得另付钱。

我在读硕士研究生期间,和同学们一起就餐的机会比较多,幸亏那时我们学习了一些英国的用餐礼仪,不然今天真怕在老人家们面前丢丑了。

英国人自视甚高,觉得自己是绅士,所以用一套严谨的礼仪约束自己,以显示他们的教养和高贵的出身。在餐桌上的表现也需得体。

我重温着曾经做过的功课:这种场合,英国人对穿戴很在意,通常男人穿三件套的深色西服,女人穿套裙或者颜色素雅的连衣裙。所以临来之前,导师电话里提醒我,要穿正装衣裙。

落座时需把餐巾铺在腿上,用完餐离座时要把餐巾放在餐具的左侧,不要折叠。就餐时餐巾只能擦嘴巴,千万不要擦鼻涕哦。

吃饭的速度要和同餐桌的人尽量保持一致,不快也不慢。想开口讲话时请先把口里的食物咽下去,如果正巧遇到有人问话需要回答时,就要用餐巾挡一下嘴巴再开口讲话。背部永远不要接触椅背,身体要坐直,再把食物送到嘴边。即使是吃那种容易掉渣儿的点心时,也不要俯身去够。喝汤是唯一的例外,可以微微地颔首,用汤勺舀汤时需由近端舀向远端方向,喝完汤把汤勺留在碗里,不可以放在餐盘上。吃饭不能发出声音。还有一点很重要,如果遇到难吃的饭菜,也要优雅从容地吃完,不能剩饭。

我观察了一下周围的人,当真啊,一丝不苟。

喝茶或者咖啡也是有规矩的:先倒茶,再倒牛奶;搅拌牛奶时要来回反复地搅拌（在12点和6点方向之间）。茶勺要放在茶碟上离您最远的位置。不要攥着茶杯环，而是用食指和拇指捏住杯环，再用中指托住杯环底部。如果餐桌过低，可以在齐腰位置端着茶碟。

香蕉是不能举着吃的，英国人说，那种吃相不雅观，有失风雅，像猩猩。正确礼貌的方法是，把香蕉横放在餐盘里，用刀叉先把两头切去，横向刨开香蕉皮，再把香蕉切成小块儿，然后优雅地送进嘴里。

入乡随俗可不是件容易的事。

老人家们都很和蔼，彬彬有礼，席间一直问我喝不喝酒啊，我回答说，喝水就好。他们很能喝酒，要各种酒喝。我想，我来这里不要辜负了导师的一片心意，别只是吃吃喝喝，重点是建立起跟自己专业对口的人脉关系。除了谈论一些轻松的话题外，他们便是问我的课题研究方向和进展情况，也送给我他们的名片。哦，这些人都是毕业于牛津或剑桥大学的硕士、博士，当中很多人都有显赫的头衔。

我的导师跟我谈论的话题主要还是中国。他曾经研究的课题内容是中国的丝绸之路，他到过北京和天安门合影，他说他很喜欢中国，想学习中国的诗歌。我跟他谈起徐志摩，一边谈一边想：哎，徐志摩是个剑桥诗人，估计牛津人不会有兴趣吧。当然他会说他喜欢徐志摩的诗。我说，我会把有关"新月派"诗人们的英文介绍发给他，他听了很开心。

导师祖上是贵族，他非常看重自己的身份，欲戴其冠、必承其重，所以他的言谈举止很注意分寸。我从他的Facebook上得知，他的衣服从来都不是去商场里买，而是在伦敦私人订制。出行乘坐火车一定要头等车厢，那不仅是有派送的餐饮服务，甜品、咖啡、红酒，环境豪华，服务周到，更是身份的象征。这不是因为他有钱，而是骨子里压根儿就有的气质，当然这只是一种表面现象。

我记得他在给我们上课时，曾宣讲英国的贵族精神。他说，贵族并不代表富有，而贵族必须拥有高贵的绅士风度，和良好的文化教养。他们敢于担当，甚至为他人牺牲自己；崇尚英勇威武，将荣誉置于生命的高度。同时必须具有谦虚宽厚，善良隐忍，严谨诚信，正直无私的美德。

我也在一份资料里读到，欧洲的贵族精神是全世界有名的。其反映在人的行为气质，和个人修养上，被称为绅士风度。在战火纷飞的年代，英国人仍然会彬彬有礼地排队，礼让妇女和儿童先入防空洞；首相Winston Churchill（温斯顿·丘吉尔）在危急时刻，还能泰然自若地在广播里发表讲演，保持着和平时期的优雅语言和达意文辞。因此让我知道，为什么全世界对英国文化充满了兴趣、好奇和敬意。

我曾经在英国的London Waterloo Station（滑铁卢火车站）售票大厅看到，一位中国留学生没有排队买票，走到队伍前面对一位英国老人说，他着急赶火车回Windsor（温莎）参加同学的毕业典礼，而时间来不及了，希望能插队在她前面买票。当然，他很客气。老人痛快地答应了，让他先买票，然后自己默默地走到队尾，重新排队。整个过程，她的神情那么平和、自然，甚至理所当然。难道她也出身于贵族家庭么？后来我才知道，不尽然，类似行为在英国司空见惯。

我跟导师聊了北京那么多的好，我也要照顾一下谈话的氛围，夸夸伦敦才是，于是我说："我妈妈特别喜欢这里的甜点，非常好吃。"他问："她不喜欢主菜啊？"我回答说："不喜欢，因为英国菜不好吃。"

说来说去，还是说到了英国的短板。我转移了话题，告诉他我准备回一趟中国，因为我的博士研究课题需要回国做一次调研。也说到，我爸爸妈妈来过英国看我陪我。导师说他在我硕士毕业典礼仪式上见过我母亲。

坐在我旁边的那位老教授很可爱，他高兴地跟我聊他的两个女儿。由于年纪大了，言语有些不清楚，听起来有点吃力。他听力不好，戴助听器。最后他准备发表祝酒词。

莱斯特圣玛丽·德·卡斯特罗教堂

在座的各位事先没有弄清谁来演说祝酒词，当人们看到有位教授到前台取了一瓶白酒，就认定他将要斟酒举杯，演说祝酒词了。实际上人家是自己买了瓶酒准备带回家的。在人们观望、举棋不定的时候，坐在"预留"座位的一位老教授发表了祝酒词。一切都按照英国的就餐程序有条不紊地进行，很像一个仪式：餐前祷告，前餐，主菜，餐后甜点，茶或咖啡，然后祝酒，最后大家一齐举杯说：The queen（女王）。

这时我才知道，校友会的牛津社团饭后有一场学术讲座。一位双手不停抖动、橘红色面孔的老教授用了一小时时间，做了他的专题讲座《关于牛津植物园》。

会议结束，导师帮我叫了一辆去火车站的出租车，之后他准备离开。我赶紧问道，我今天的餐费如何去支付呢？他说："不，你今天的餐费我已经支付了。因为你在读研究生阶段，帮我做了一些你课题之外的工作，我借此机会感谢你。"

哦，我想，还有曾经帮忙翻译过他的《圣玛丽·德·卡斯特罗》教堂的小册子吧。不欠人情也是一种贵族精神，对我来说，他认为这是最好的还礼方式，也可以理解为是一种情谊。他说，希望我成为他们当中的一员。

于是我采取了中国式的态度：恭敬不如从命。

上车前我与他握手，表达了我的谢意。

祝晚安。

女儿

Stella 从一个侧面道出了英国社会的人文面貌。据我所知，没有哪个国家的民众像英国民众这样热衷于谈论自己在社会中所处的阶层。自古以来，大家对"上流社会"的生活情调充满了好奇和追捧。所以教育，在英国社会的阶层分化和固化过程中起到了决定性的作用。

　　于是像牛津、剑桥一类的名校，成为英国精英的大本营。人们明显地看出在英国，一个人的口音、衣着、走路的姿态、他所就读过的学校，都标志着他的家庭地位和所处的社会阶层。各阶层之间区别明显，鸿沟难平。想要跨越阶层的界限，保住所处的显贵地位并不是件容易的事。

　　再于是，"上流社会"的生活方式就成了广大英国民众效仿的楷模。反映老式贵族生活方式的英国电视连续剧 Downton Abbey（《唐顿庄园》），一度激发了英国观众的复古热情，这热情飞越了 12304 公里，一路燃烧，蔓延到中国。

2015 年 8 月 9 日　星期日

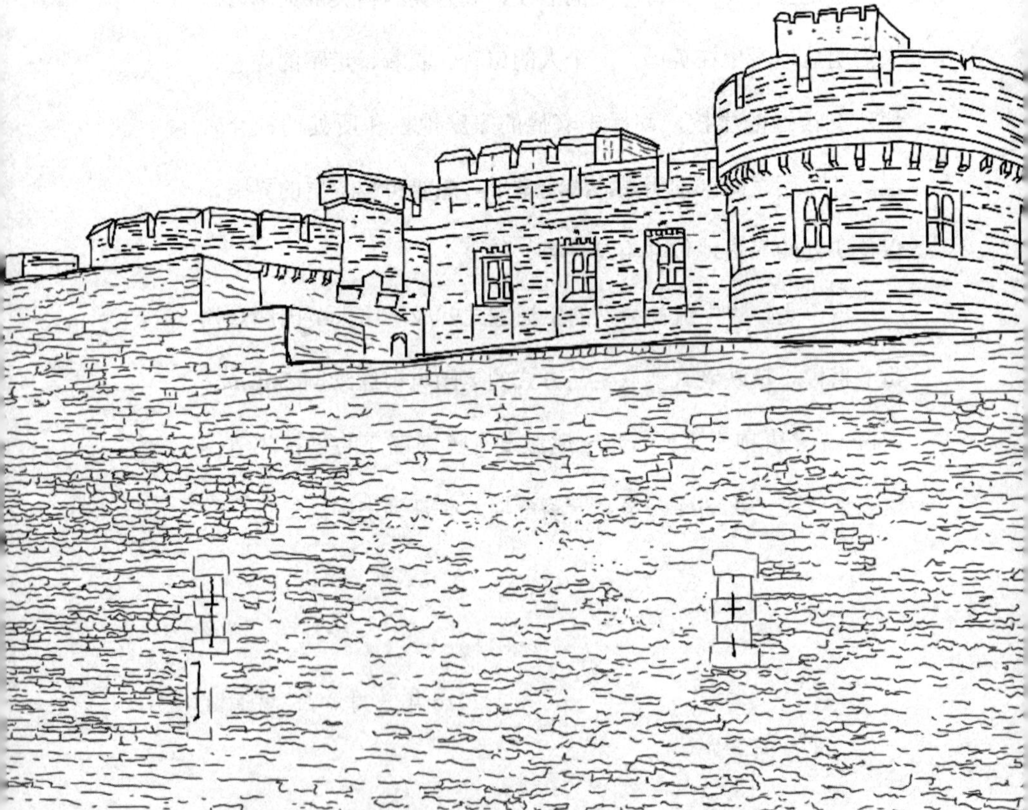

伦敦塔

第三十八篇 尽心而非刻意的收获

Stella 的第一博士生导师是位学识渊博、为人厚道的先生。他在学术方面对 Stella 严格而细致地指导，使 Stella 的学术研究水平得到了明显的提高，他的研究领域是数字设计，旗下有一支得力的研究团队，掌握着多个英国国家研究课题；Stella 在就读博士期间，她的第二导师依然是系主任，是一位学术作风严谨，组织能力强，从事品牌营销研究领域的专家。

由于 Stella 学习努力，为人善良，乐于助人，她和导师、同门以及学弟学妹相处的关系融洽，深得人心。这一切也为她能够顺利完成学业铺平了道路。Stella 在就读博士期间，让我们做父母的一步步体会到她的成熟和担当，聪慧和善良。她的每一步都走得那么扎实，令人欣慰。

在英国读书的日子里，Stella 自己修剪头发，没有进过理发馆；除了课题需要或到别的城市开会乘坐出租车外，私事她从来都是步行，没有乘坐过市内公交车。让我们不曾想到，课余时间Stella竟把生活安排得井井有序。自己买菜做饭，烤制蛋糕和饼干，请她的学生们来聚餐。按照网上的教程学会了制作马卡龙。每周五下午她必去菜市场买一束"周五打折"鲜花回家。

如果我在英国，她会拉我一起去看电影，每周日步行四十分钟去维多利亚公园读书或野餐，每年春天必去那里赏樱花。如果我不在英国，她就独往独来，看电影、赏樱花、逛公园、买"周五打折"鲜花、制作甜点……一样儿都不落，尽可能使自己生活的愉快、充实。她说，有两次在维多利亚公园，看天气转阴，就赶紧往回返，途中下起了大雨，有一次是没带伞，有一次是雨伞被大风刮跑了，浇成了"落汤鸡"。我问她，心里觉得苦吗？她说她每天都很高兴，只是有时课题当中思路不畅，遇到"瓶颈"，会被难哭，哭完再继续。

读博士研究生的第一学年，Stella凭借着扎实的学习态度和优异的成绩获得了"校长国际奖学金"的荣誉，同时当选为学校"国际学生会主席"。Stella性情比较稳重、踏实，兴趣广泛而不事张扬，并不很善于交际，通常在熟悉的朋友面前才放开她幽默及活跃的一面。被推选为学生会主席，这让我们稍感意外，她组织能力的潜力随之展现。第二学年，

莱斯特冰激凌店

博士论文进入了调研阶段，对于研究者来说，这是关键的一环，Stella断然辞去了国际学生会主席的职务，全身心投入到了课题研究中。

在她就读博士的第二学年，被学校聘任为硕士研究生兼职讲师，担任研究生的教学及论文辅导工作。我们对她说："既然机会来了就欣然接受"。博三博四学年她继续受聘于教师岗位，担任所在专业多名研究生的导师。

她系里的一位教授说："Stella无论是留在英国，还是回到中国，她都会前途无量。"

在此期间，Stella除了完成博士论文，担任教学工作之外，还参与了三项她导师领导的英国国家课题的研究工作，完成其学术论文，参加国际学术会议。

每逢小组讨论或与导师见面汇报课题进展，抑或是教研室会议，系里总会拿出一点经费为大家购买咖啡和甜点，大家边讨论边进餐。如正巧遇到Stella拿工资的日子，她就会拿出钱来请大家喝咖啡。

怀着轻松愉快的心情讨论工作和学习上的问题，这势必事半功倍，所以这样的"午餐会"在国外也已成常规。

在饮食方面，英国人很注重营养搭配。英国卫生部资助的一项新研究发现，如今的鸡蛋比三十年前的鸡蛋可能更健康，维生素D增加了百分之七十，硒增加了两倍，而脂肪含量和饱和脂肪含量都降低了百分之二十，总热量降低了百分之十三，胆固醇降低了百分之十。如今，一个中等大小的鸡蛋含热量六十六千卡，过去为七十八千卡。

即使这样的午餐会也不会忽视了餐饮的营养成分。会议室里除了书香之气，就是经久不散的咖啡芳香。英国人几乎都是料理生活的"能手"和"厨师"，据说Stella的导师们也无一例外，他们把周末和节假日看得非常重要，自己护理爱犬，亲自下厨为家人烧饭做菜，打理庭院。

无论是哪个国家的人，只要从未到过中国，对中国都会一无所知，他们对中国的认识只能依靠想象和传言。Stella放假回家返回英国，她的导师和同门师兄、师姐，还有她的学生们都会问："北京雾霾好些了吗。你回去习惯吗？"还有人说："听说中国有人收集雾霾做成砖盖房子？"Stella告诉他们："中国雾霾天气减少了很多，已经开始治理，我回去看到风和日丽的天气很多，欢迎你们去北京旅游啊，我来做导游。你们会看到，在中国没有人用雾霾盖房子。"

这些年每次Stella开学返回英国前，都会去中国书店购买二三十套配有英文介绍的北京风景明信片，回去送给她的导师、师兄、师姐、公寓的维修工和图书馆管理员每人一套，希望他们多方面了解中国,别让他们以为我们在用雾霾盖房子。

Stella 同门的罗马尼亚师妹在接受了 Stella 送给她的明信片后的第二天,又还了回来。Stella 问她:"为什么还给我?这是我送给你的呀。"她问:"一套十张都是送给我的吗?"Stella 说:"那当然"。她给了 Stella 一个热烈的拥抱:"我还以为我只能收一张呢。"

我几次去英国,也会用我的稿费购买二十几套京剧 VCD 光盘,陆续送给教会的外国朋友,使他们接收一点中国文化。他们很高兴,接过光盘不住地道谢,这在他们看来非常珍贵。

2015 年 11 月 21 日 星期六

第三十九篇　Chatsworth House

Chatsworth House（查茨沃斯庄园/达西庄园）为巴洛克式的宫殿，是世袭 Dukes of Devonshire（德文郡公爵）的豪宅，位于英格兰的北部 Peak District（峰区）国家公园内，地处英国 Derbyshire（德比郡），是峰区公园里最有名的景点之一，也是英国最美的庄园。于是这里的部分场地，便理所当然地被作为了多部歌剧如 *Cinderella*（《灰姑娘》）、*Sleep Beauty*（《睡美人》），以及 2005 年版电影 *Pride and Prejudice*（《傲慢与偏见》）的取景地。庄园的主人是英国历史上赫赫有名的 Cavendish Family（凯文迪许家族）。十六世纪，凯文迪许家族创建了达西庄园，在历经五百年的传承后，目前由德文郡公爵及公爵夫人所拥有。

我之所以把她列为我本书中的独立篇章，自然因为她是英国最负盛名的古遗产之一；是英国最美的游览胜地之一，也是Stella的博士导师旗下的课题研究项目之一。此设计意旨运用多种创新材料、技能和方法，设计并制作达西庄园的新型指示标识。Stella是本课题组的成员之一。

由于这几个"之一"，几年里数不清有多少次，Stella和课题组成员春夏秋冬，披星戴月，乘坐火车再转换出租车往返于学校和庄园之间，做调研和实地考察，获取专家和庄园主人的意见，然后根据各方意图多次修改方案，最终获得一个圆满的结果。Stella在其中负责艺术设计的关键环节。

遇到组里人手不够时，导师便遣她代表课题组前去，就课题研究相关事宜与庄园主人进行讨论、沟通或共谋实施方案，回来将具体方案连夜绘制成草图。

这理由驱使我每年必然游览一次达西庄园。

当我回北京后，Stella在给我们的微信里有这么一段叙述：

昨天又一次去了达西庄园。出门时天气还特别暖和，没想到庄园不但下雨并且非常寒冷。庄园里的工作人员把我设计的图标于冷风中安装在他们事先去"百安居"购置来的木桩上，之后就开始了对初样儿的实地访问。您们知道，参与这一课题的，除了我的导师和我之外，还有来自另外一所大学的教授，以及庄园的工作人员。天这么冷，零下温度，况且还下着雨，刮着风，很少有人愿意在这样的寒气中驻足，更别说拿出心思来表达自己的感受和意见。我便尽量以饱满的热情留住游人进行访问。可想而知，游客们不可能愿意在雨中接受访问，一半人都觉得冷，出于礼貌和责任，他们说出自己的感受或体验后便匆匆逃离。访问进行了六个小时，这寒冷让我难以担当啊。身上的羽绒服被冷风和雨水打透了，我几次想，跑进庄园里的大厅去喝杯咖啡，暖暖冻僵的手脚，可我看看一旁已经年逾花甲的导师同样要经受这样的凄风苦雨，所以我难以启齿。

如今这一课题终于圆满结束了，那幅立体图景当之无愧地矗立在了庄园的大门前，当 Stella 的名字排在课题组成员前列时，那愉快的心情和成就感便可想而知。

达西庄园建于公元 1552 年，占地面积 1000 多英亩，十八世纪由著名的园林大师 Lancelot Brown（兰洛斯布朗）设计，十九世纪中期著名的园林艺师 Joseph Paxton（约瑟夫·帕克斯顿）又一次完善了花园的景观。经过凯文迪许家族十六代后裔的整建日臻完美，成为英国最美的庄园之一，是英国文化遗产的重要部分。

德比河谷充盈的水雾将这里渲染得宛若童话世界。百年的参天古树郁郁葱葱，草坪连天一望无际。山谷里可见这片金碧辉煌的私人官邸，这里的每一棵草木、每座山坡、每条溪水都是精心设计的。

人们评价说：庄园楼内像一座小型博物馆，而楼外就是一座大花园。园内交响乐队演奏出的悠扬旋律，能使游客忘却往返奔波的疲劳。

前面说过，由 Keira Knightley（凯拉·奈特莉）主演的新版电影《傲慢与偏见》中的男主角 Darcy（达西）的家宅取景于此，既忠实了小说作者简·奥斯汀的原意，也向世人展示了一个美妙的场景。作品描述达西先生年薪一万英镑（当时一万英镑相当于眼下的一百万英镑），是当时英国社会的富豪阶层。小说和电影问世后，人们将计就计，索性将这里称为了"达西庄园"。

英国法律规定，后人继承庄园遗产须征收近40%的遗产税。这就意味着庄园主人中每去世一位，其遗产就要缩水近一半。第十一世公爵夫妇花了二十四年的时间才付清了遗产继承税。之后庄园主成立了维护基金会，不得不开放了庄园里的大部分区域，以园养园。如今，公爵及公爵夫人仍在这里居住，所以仍有一小部分房间未对游人开放。

于是规定，庄园内部和花园要向游人收费，如果同时参观建筑内外的话，成年人票价二十英镑，学生票价十八英镑，出示了当下公交车的票据者再减两镑。

庄园门外是一片开阔的草原，成群的安格斯牛，满坡的黑脸羊。河对面是一片草坪。蓝天、河流、绿草、和风、日光、美食——游客们在这里铺上野餐毯，打开野餐篮，充分享受造物主的恩赐。

进入庄园逐一观赏，脚步自然放慢：正门里是一个水池，名为"运河池塘"，修建于1702年；池内喷泉为"皇帝喷泉"，1843年时为迎接俄罗斯尼古拉沙皇一世而建造。当时喷泉喷水的高度达九十米，为全世界喷射最高的泉水。去花园看看，达西庄园有105英亩的后花园，在过去的五百年里不断地被修整和翻新。

一条二十四台阶的人工阶梯瀑布引领着游人的视线，这个建造于1701年的杰作由法国工程师完成，由于每个台阶采用了不同的石料，以致水流经过它们时会发出不同的声音。花园里巨大的植物迷宫，娟秀的花坛，造型优雅的植物园，种植着各类蔬果的菜园……广袤的草坪沿着自然地形起伏伸展，直到山顶。

达西庄园的建筑体现了古罗马时期的装修风格，精心绘制的基督故事油画作品从天花板到墙壁连为一体。设计者也

达西庄园壁纸临摹

曾独出心裁地将现代艺术品与古典场景相结合，展示了一批现代艺术美术作品，让古典和现代融合得恰到好处。

五百年来，达西庄园的历代主人热衷于收藏，主人们的收藏爱好各具特色，正好取长补短。藏品有绘画、瓷器、家具、矿石、武器、珠宝，近三十万件。陈设在墙壁、过道、长廊、大厅、贵宾厅、图书馆、餐厅、卧房，以至于存放在角落的展品每一件都价值不菲。

庄园建筑中有三百多个房间，极尽奢华之能事。二楼的宴会厅可以接纳四十人同时用餐，屋顶悬挂着威尼斯水晶吊灯，餐桌上摆放的是纯银餐具、名贵瓷器和水晶杯。墙壁上精美的壁画为历任女主人们的肖像，她们忠实地陪伴于宾客左右，栩栩如生。有人调侃说：少吃啊，吃相要优雅，千万别在"女主人"面前失态而丢了身份。

餐厅接待的第一位客人是当年只有十三岁的维多利亚女王一世，这也是她第一次用"成人餐"。通常餐桌上使用的是以贵金属材料、艺术造型成器的精美餐具，餐具的摆放亦为考究。每位餐盘的左侧由左至右，分别摆放从大到小的鱼餐叉、肉餐叉和沙拉叉；右侧则从内至外依次摆放沙拉刀、肉餐刀和鱼餐刀，旁边摆放汤匙；玻璃器皿置于餐位的右上角：从左至右依次为冷水瓶、白葡萄酒杯、水杯、红葡萄酒杯和香槟酒杯，另配专用香槟冰桶。

老贵族们的日常生活单调而枯燥，如何度过漫长的岁月需要刻意安排。早晨起床后到餐厅用早餐，这一路要经过聊天室、娱乐室、图书室、会客厅、贵宾厅、女宾厅，至少要步行半个时辰。他们从各自的房间走出来，迷路也在所难免，等找到餐厅，餐毕的时间或许就到了。

达西庄园属于英国最豪华壮美的所在，其中又不失生活化的亲切感。郁郁葱葱的园林，美味可口的糕点，花园里饲养的小矮马，内外呼应的装修风格。

庄园内收藏有各流派名家画作，包括十七世纪意大利和法国画家所绘制的巨幅油画、雕刻艺术品。也包括希腊、罗马时期的雕像，以及大量的中国瓷器。礼拜堂、国王卧室、室内音乐厅、舞会大厅、餐厅、图书馆、大理石雕塑大厅，还有各类标本、首饰、艺术品……每个角落都值得细细玩味。

庄园里有些工作人员已不再年轻，我们常常被他们热情友好的笑容所感染。每逢节假日来临，庄园里会组织"露天园林游乐会"，游人们仿佛走进了《傲慢与偏见》的故事里，或许"穿越"到了《唐顿庄园》的时代，疑惑自己随时会撞见其中的哪位庄园主人。

——那场景一如当年。

2016年2月5日 星期三

第四十篇　由英国管家想到的中国保姆

小时候，我的小伙伴们告诉我，家里请保姆是资产阶级生活方式，从当下开始，所有的家庭都要自食其力，不能再雇佣保姆照顾家人了。

我当时只是一个八岁的小学生，她的话让我很不安。由于父母工作繁忙，自记事起，父母就把我交给了整托幼儿园和寄宿学校，接受集体生活和启蒙教育。我的妹妹们当时还不到读小学的年龄，父母便请了保姆奶奶在家看顾她们。我想，如果从此不再请保姆照顾我的妹妹，我的母亲还怎么工作？这是一个小孩最简单的想法和担心。

事情并没有如小伙伴所说的那么糟糕，虽然家里请保姆已经不是什么光彩的事，但也没有被绝对禁止。不久学校停课，我的父母也被下放到"五·七"干校劳动，我和我妹妹就被送到北京我姥姥家，由姥姥照看。我家的保姆奶奶依依不舍地回到了她杨各庄的家。

"文革"初期,父母受到造反派冲击,被隔离审查,是保姆杨奶奶照顾我们并陪伴我们姐妹度过了那段艰难的日子。我们全家视她为家中的一个成员,不分彼此,关系非常融洽。无论人前人后,父母都不允许我们称杨奶奶为保姆。在后来的岁月里,我家和杨奶奶一家人始终保持着亲密的关系。

二十多年前,我曾在我的一部散文集里,记述过我的这位奶奶与我们共同生活时的情形。那一切都已成为往事,成为令人怀念又不堪回首的往事。不堪回首就意味着不愿意回忆,不愿意回忆不代表已经忘记。

当我再度想起我的杨奶奶,是在去英国的航班上。电视里我翻到了英国刚刚在本土热播的电视连续剧《唐顿庄园》的片段。故事发生在1910年乔治五世在位时约克郡一个虚构的庄园里,格兰瑟姆伯爵一家由家产继承问题而引发的种种纠葛和摩擦,呈现了英国上层贵族与其仆人们在森严的等级制度下的人间百态。之所以吸引人,在于它跌宕起伏的剧情。

电视电影的内容通常来源于生活,英式管家在他们的领域被视为全球的典范。同样,英国管家的身价非同一般。2013年5月,英国女王伊丽莎白二世发布消息,开价月薪1.5万英镑招募见习管家。这样的待遇,可见其尊贵的身份不亚于

321

英国贵族。

据我所知，英国的管家、长工、临时工三者肩负着不同的职责：

临时工的职责属于招之即来、挥之则去，只需完成主人交代的临时工作即可，属于临时契约范畴。

长工的工作特点又与主人的要求进了一步，与主人家相处和工作的时间相对长久，比较熟悉主人家的情况和他们的生活方式，便于料理主人的家务琐事。

管家的工作是一般人不可替代的。他不仅要严格执行主人的指示，还要以主人的身份思考和解决问题，管理主人的家事。

有一则故事对这三种职业做了较好的诠释——

主人准备邀请三位朋友来家中做客。他的临时工会问：请问您的客人什么时间来？用哪些食品做招待？需要花多少钱购买食材？

长工会问：请问您，招待这几位客人还是按上次的规格办理么？

而管家会征求主人的意见说：这三位客人都喜欢素食，现在又是夏季，天气炎热。依我看，我们以蔬果为主，稍加荤食待客如何？

所以有人总结说，地位决定境界。管家的最高境界是摸透主人的心思。英国管家不仅要精通主人家的日常家务，并且要具有高度的人文素养，能够准确地理解主人的意图，融入主人家的生活。比如得知主人的孩子要回家了，管家便着手安排下属整理孩子的卧房、备好车辆前往学校接他回家。

可想而知，能够随时懂得女王心思的人可能只有她的管家。

一个合格的英国管家，在准确执行主人指令的同时，还能快速想到主人没有提到的细节，是他们特有的素质。他们必须了解主人的生活习惯和日常需求，随时提供周到的服务，并且需要把主人的寓所管理得井井有条。

所以管家应该是一位具有决断力和行动力的绅士，他们负责规划管理主人家的行政事务和日常生活，还必须精通品酒、马术技能，掌握急救知识和基本的防御措施。代替主人管理枪支，维护车辆，收藏雪茄、茶品，保养首饰和水晶、银器，按照规矩摆放餐具，招待客人，优雅地上茶……

拥有百万年薪的"顶级管家服务"，是英国的一项热门职业。在某些情况下，管家可能比主人更了解他自己的需求。因而，只需主人下达愿望清单，便万事大吉。

在《唐顿庄园》里，我们看到仆人的戏份伴随全剧的始终，

323

那就必然少不了管家的戏份。由剧情中我初步认识了英国管家群体的生活方式和他们的精神世界。我们看到英国管家的着装模式：白衬衫、黑或白色的马甲，配黑色的领结。或者穿黑色的燕尾服，配以挺括的黑色长裤，擦拭过的黑色皮鞋。他们必须把头发整理的一丝不苟，站姿笔挺，举止优雅，这是英国管家的标准形象。

英式管家有他们严格的工作日程：早晨为主人熨烫报纸。这样做的目的是为了将报纸上新印的油墨去掉，也起到了杀菌作用，使得清晨主人读报时不会把手弄脏。进入主人房间前需轻敲三下房门，管家得到回应才将熨好的报纸连同早餐一同端进主人的卧室。主人早餐结束后，管家会把已经熨烫并搭配好的服饰和配饰请主人选择，这前提是管家需对主人的服装款式、颜色偏好及审美取向了如指掌。

如果主人在这天打算出游，管家要事先做好详尽地安排，列出可能的选择和备用物品清单。包括预订机票和酒店以及行程安排。或者备好车辆。重要的是保证主人出行安全。如果主人带着孩子出行，会带着管家同行，请管家负责照顾孩子。

晚饭前主人回家。管家应在寓所门前恭候。之前已经准备好了应季的晚餐。晚上活动的顺序是：晚餐、娱乐、盥洗和入眠。照顾到每一位家庭成员的餐饮、娱乐，是管家的职责。

全家团聚的晚餐会很丰盛，上菜顺序很讲究。首先上桌的是主菜，通常是肉类食品和蔬菜，之后是容易消化的甜食。管家在安排菜品时要顾及每位家庭成员的喜好和禁忌。晚餐后是家庭文化活动。比如阅读书刊、写文章、听音乐，还可以根据主人的体力情况安排室内运动。不同的家庭成员有不同的娱乐项目，需要管家动用读心术，准确揣摩主人的心思。对于老人和孩子要根据不同的情况分别给予特殊安排。

这一切都需要精心应对，灵活调配。对于已经运动劳累了一天的家庭成员，他的管家会周到地按照常规，在浴缸里添加薰衣草精油，在卧室中摆放薰衣草枕头，为主人助眠。

因为有了英式管家，不需要太多的嘱咐，就一定会得到最好的服务。

由于国情不同，英国管家和中国保姆群体几乎是两个世界的人，是什么缘由让我将这两个"世界"的不同群体扯到一起论述，连我自己也不得而知。

我不知道英国的管家经过英国百年的变迁至今发生了多少改变，我却知道中国昔日保姆的概念与今日保姆的概念已很难同日而语。

两种职业同样都是谋生的手段，可在我眼里，英国管家多为例行公事，是制度和规矩的产物，当然也不乏友情和亲情伴随其中。而我家与杨奶奶的关系除了金钱之外，多半是以良心、道义、责任和亲情维系。

2016 年 2 月 9 日　星期二

英国皇家卫队士兵

第四十一篇　　国际裸体骑行日

今天在伦敦赶上了一年一度的国际裸骑游行活动。参与活动的人们在伦敦市中心 Hyde Park（海德公园）裸体待发。之后将有上千人光着身子骑着自行车在街上游行，其意义是呼吁保护环境。

有的参加者身体上以彩绘书写"多骑自行车，少些环境污染""城市属于你我，请谦让自行车和行人"的字样儿，也有人在身体背部书写着提倡保护环境内容的标语。人体彩绘和喷涂标语是主办方所鼓励的。

"裸骑"活动是由 World Naked Bike Ride（简称 WNBR）世界裸体自行车游行组织举办的。其宗旨是，倡导人们骑自行车出行，减少国民对石油的依赖、抗议汽车文化，同时也表达了崇尚身体的理念。号召大家节省能源，关爱和重视环境保护。

首次国际裸体骑行日于2004年举办。据说第一届"裸骑"游行源于一批星期天自行车骑行爱好者,当时只有十几个人的小规模。他们对人们过多地使用汽车,造成骑车者的诸多不便而发起了裸体骑车游行示威的活动,收到了很好的效果。接着有很多人响应,于是他们决定每年举办一届,从第三届之后,参与的民众人数越来越多。至今已是第十二届,参加者有上千人。他们边骑车边挥舞着英国国旗,场面可谓壮观。

伦敦骑行的路线要经过著名的地标性建筑:Hyde Park(海德公园)、Houses of Parliament(英国国会大厦)、London Eye(伦敦眼)、Big Ben(大本钟)、林荫大道、被称为"伦敦之心"的Piccadilly Circus(皮卡迪利圆环)、Covent Garden(考文特花园)街区、Oxford Street(牛津街)和Embassy of the United States(美国驻英国大使馆)。目的是让更多的人认识这项活动,以达到预期的效果。也有示威者溜着直排轮加入这长达十公里的游行队伍里。据报道,参加者来自英国各地,也有来自欧洲国家、美国和澳大利亚的民众。他们分布于社会不同的阶层:金融师、工程师、公交汽车司机、搬运工人……自2004年起,WNBR在十个国家的二十四个城市举办了裸骑活动,直到2010年,裸骑活动已经扩展到了十七个国家。欧洲很多国家的民众都参与到了这个活动中。起初参与者可以选择穿衣服或不穿衣服，活动主旨标语是 As Bare As You Dare（你有多敢，就露多少）。

2016年全球有超过五十个城市参加。全英国有伦敦、曼彻斯特、布莱顿、约克等二十个城市参加，全球参加人数超过了3000人。主办方声明，全裸是不被强制的，但是如果活动全程穿着衣服，是不被鼓励的。因为这样不符合活动形式的要求。

英国的法律禁止在公开场合裸体，而这项环保活动是个例外，只要抗议者不违反交通规则，警察不会干涉。

每年六月的第二个星期六为"世界裸骑日"，所有参加这次活动的民众几乎是全裸，偶有保守者会以车身油漆彩绘遮掩隐私部位或只穿内衣内裤。

"裸骑"自行车活动在欧洲许多国家已成为一年中的盛事。可是为什么非要裸骑呢？有人解释说，这是为了凸显骑行者容易受伤的特点，加强对骑自行车者的保护，及绿色环保意识。

今年您若想参加这项活动就必须全裸，但我们还是看到有些人稍加内衣参加。

来英国您就会发现，在古老的文化背景下，人们崇尚自由、安逸、平等，他们有自己国家特有的开放形式。

2016 UK Rides:

Canterbury 28 May

Southampton 3 Jun

Bristol 4 Jun

Cardiff 5 Jun

Manchester 10 Jun

London 11 Jun

Brighton 12 Jun

Cambridge 18 Jun

Edinburgh 18 Jun

Chelmsford 25 Jun

York 25 Jun

Scarborough 26 Jun

Folkestone 2 Jul

Newcastle-Gateshead 2 Jul

Worthing 2 Jul

Portsmouth 3 Jul

Exeter 9 Jul

Colchester 16 Jul

Clacton 23 Jul

2016 英国裸骑时间安排：

坎特伯雷 5 月 28 日

南安普顿 6 月 3 日

布里斯托尔 6 月 4 日

加的夫 6 月 5 日

曼彻斯特 6 月 10 日

伦敦 6 月 11 日

布莱顿 6 月 12 日

剑桥 6 月 18 日

爱丁堡 6 月 18 日

切姆斯福德 6 月 25 日

约克 6 月 25 日

斯卡伯勒 6 月 26 日

福克斯通 7 月 2 日

纽卡斯尔盖茨黑德 7 月 2 日

沃思 7 月 2 日

朴茨茅斯 7 月 3 日

埃克塞特 7 月 9 日

科尔切斯特 7 月 16 日

克拉克顿 7 月 23 日

主办方官网 http://www.worldnakedbikeride.org/uk/

2016 年 6 月 12 日 星期日

第四十二篇　再说 Leicestershire

莱斯特是始于罗马时期的英格兰中部城市，为英国的第十大城市，面积约 73 平方公里，人口近 33 万，学生人数占全城人口的十分之一。对于这座城市，英国旅游局给予了如下评价：An inspiring mix of cultures and traditions（一个鼓舞人心的文化和传统）——都市风光与文化气息兼具。历史感与未来性并存，喧嚣而休闲，浓厚的多元文化促成了莱斯特近年来的风格转型。

令人惊叹的是，在 2001 年人口统计中，白人占全城人口的 63.8%；2011 年再次人口统计中，这座城市有 50.6% 为白人，仅印度和巴基斯坦人数的总和就超过了 30%。这意味着，莱斯特将成为英国第一座不以白人占优势的城市，是一座多种族文化融合的都市。每年八月的第一个周末举行的 Caribbean Carnival（加勒比嘉年华）活动吸引着越来越多不同肤色，不

理查德三世漫画像

同语言的市民参与。莱斯特也被冠以"繁荣的国际化商业都市"的美誉。市区内遍布着各色商铺、餐馆、酒吧和文化娱乐场所，每个小店都各具风格，值得走进去看一看。

政府斥资3.5亿英镑在这里建造了大型的购物中心Highcross，中心内有120家精美的购物场所，除了John Lewis、House of Fraser和Debenhams三大传统百货商店之外，还有苹果店，以及众多的高街品牌。

最受留学生和市民们欢迎的，当属具有七百年历史的Leicester Market（莱斯特市场），她是欧洲最大的室外带棚顶的蔬菜瓜果、日用品市场，里面容纳了270个摊位。主要经营蔬菜、水果和鲜花，还有的摊位卖些旧货，有复古的小玩意儿、个性鲜明的饰品、书籍、CD光盘。菜市场很干净，旁边有家"Office Shop"咖啡厅，走累了可以进去坐坐。随着亚洲留学生的不断增多，马来西亚人在市场旁边开了一家亚洲超市。如果赶在傍晚前去菜市场，就会看到一副热闹的景象，货商们吆喝着："1 pound a bowl（一磅一大盆）"。此时各种蔬菜、水果被放在一个钢种盆里，一磅就可以买走一盆。虽然不是很新鲜，但留学生们为了缩减日常开支，下课之后就一窝蜂似地拥向那里买便宜菜。在外面吃一顿饭要花几十英镑，留学生们在公寓里自己动手做饭，一顿饭只需几英镑。秋冬季节，下午三点钟整个城市将被黑夜所笼罩，所有店铺六点钟打烊，只有酒吧、餐馆和电影院照常营业。学生们如果准备课后逛街的话，就要抓紧时间了。

值得莱斯特炫耀的无外乎历史、文化、教育、休闲之主题。

坐落在这座美丽城市的 National Space Centre（国家航天中心）是致力于探索太空科学和天文学的组织。她较全面地展示了人类航天技术的过去和现在，以及可能的未来。同时，互动挑战项目和世界上最先进的太空剧院，将人们带入了一个全新的视听世界。

成立于 1921 年的英国著名的"红砖大学" University of Leicester（莱斯特大学），1957 年获得皇家许可，从此拥有了正式颁发学位证书的资格。如今注册学生超过两万人。她是英国唯一一所连续七年获 The Times Higher（《泰晤士高等教育增刊》）评选为"年度大学奖"的学校，近年来在英国各类大学排名中稳居前二十五名，以及世界前 2% 的位置。女王 Queen Elizabeth II（伊丽莎白二世）和其丈夫 Prince Philip（菲利普亲王）曾出席揭幕 David Wilson 新图书馆的启用仪式。

与莱斯特大学比邻的是座大墓园，安葬着各个时代的先贤。墓园气氛庄严，由守墓人管理墓地。每到开春的时候墓碑旁芳草发芽，接着树上开满鲜花。

  De Montfort University（德蒙特福特大学）的前身是成立于1870年的莱斯特艺术学校，设有英国高校中唯一的表演艺术中心。这个学校的艺术专业始终位于英国艺术院校排名之前列。校园传统的英伦风范和现代的建筑设施完美融合，为莱斯特彰显了独到的艺术气息和学术氛围。

  2012年8月，莱斯特大学考古学院的专家们在莱斯特市政厅旁的停车场地下，发现了英国最后一位国王理查德三世的遗骸，这一发现在英国引起的轰动效应不亚于伦敦奥运会的举办。于是King Richard III Visitor Centre（理查德三世博物馆）便随后建成，于2014年7月26日对外开放。观光中心以讲述历史故事的形式，结合精美的图释，先进的技术手段，向访客展示了理查德王朝、生平、遗骸的重要发现等一系列内容，并在旅行指南 *Lonely Planet*（《孤独星球》）里逐一体现。这个耗资400万英镑博物馆的出现，为这座古城吸引了大量的观光客。

  莱斯特城有多处教堂，最为著名的是Leicester Cathedral（莱斯特大教堂），也被称为The Cathedral Church of St Martin（圣马丁大教堂），属市英国国教圣公会教堂之列，为莱斯特主教座堂的所在地。教堂最早部分修

莱斯特狐狸足球队队徽

建于 1086 年，历经近千年后的今天，人们所看到的大部分建筑是由建筑师 Raphael Brandon（拉斐尔·布兰登）重新修复而成。教堂外部朴实无华，没有太多的装饰。而哥特式高耸云端的塔身却赫然醒目。经过了风霜雨雪近千年的侵蚀，哥特式塔身已难保坚实，或许更多的因素是考虑到安全，建筑师将塔身拆除，在此基础上重修了一个类似城堡的长方形塔体。

莱斯特城有多个规模不同的公园，我们常去的 Abbey Park（修道院公园）位于市中心北约一英里处，索尔河把这座漂亮的公园一分为二，东边是维多利亚式景观，包括灌木林、湖泊、花展；西边是一望无际的草坪。园内保留了多处十二至十七世纪著名建筑的遗址。遇晴天时，会有很多年轻人在公园的草坪上晒太阳，童话故事中的雪糕车也会适时地出现在公园里。

不得不说的是坐落在市中心著名的标志性建筑 Haymarket Memorial Clocktowe（钟塔），它始建于 1868 年，是五条繁华街道的交会点。钟塔四面的雕塑被称为 Sons of Leicester（莱斯特之子）的历史人物。他们分别是 Simon de Montfort（莱斯特六世伯爵），William Wigston（羊毛富商），Thomas White（布料商人），和 1732 年的莱斯特市长 Gabriel

Newton。钟塔下的市中心广场上会季节性地开设巡游集市，每逢集市的日子，商家便沿路边搭设起一排排颜色和规格一致的凉棚，出售各类商品和食品：酒、酱、糕点、糖果、鲜花、娱乐产品。周末或节假日期间，会有街头艺人的现场表演。英国的街头艺人是经过政府合法登记的职业，每位从业者都严格遵守政府部门为其安排的卖艺领地和时间。

一个壮观的景象是，聚集在莱斯特广场的鸽子成群结队，有时竟比行人还多，它们养尊处优，心无旁骛，所以心宽体胖，悠闲自得，因着受到法律的保护，致使它们自视甚高，趾高气扬。

市政厅举办的一年一度的圣诞节亮灯仪式在市政厅的广场举行，每年的圣诞节前后都让人心怀躁动，对来年充满希冀。人们倾巢出动，购物、赏灯，条条街道霓虹闪烁，彻夜通明。

在莱斯特市中心西部有一座浅色建筑，每到周末，家长带着孩子们都会聚集在这座 New Walk Museum and Art Gallery（新沃克博物馆和美术馆）里，从1849年起此馆免费向观众开放。在这座不太大的建筑里，人们能够欣赏到大量德国"表现主义"的艺术作品、自然界以及人文领域的藏品，其中包括西伯利亚古生物骨架、古埃及文物、当代美术作品，以及由外太空带回的实物。最醒目的，当属置于一楼展厅的两具庞大的真恐龙骨架。

　　博物馆门前是一条名为 New Walk 的街道，这条路通往市中心。沿途有历久弥新的老房子、博物馆、教堂，以及教堂前散落的墓地。平时这里行人很少，如童话般的意境。无论是细雨纷飞还是阳光明媚，道路两旁的参天大树可为行人遮风避雨。进入秋季，走在铺满金黄落叶的柏油路上，即刻又将人们带入宁静伤感的情怀中。她的存在成为"莱斯特城最美丽的街道"。无论哪个季节，这条街都会以最美的姿态，迎接着来往行人和每天必经此路的上班族。只有礼拜天一改常态，不见了上班族的踪影，教徒们纷纷聚集在教堂里行主日礼拜。

　　由莱斯特市政府投入数百万英镑建造的 Curve Theatre（曲线剧院）位于这座城市的东侧，开业于 2008 年 11 月，这座现代化剧院被誉为"欧洲最令人激动的文化项目"，全年营业，好戏不断，是众多留学生观摩和娱乐的所在地。

　　距离不远处是 William Parsons（威廉·帕森斯）城堡，建于 1825 年，后被改作莱斯特监狱，只关押男犯人。与监狱一墙之隔的 Nelson Mandela Park（曼德拉公园），矗立着一个与监狱气氛格格不入的木牌 "The match to freedom is irreversible"（通往自由的脚步是无法阻挡的）。英国人善于嘲讽的品性及幽默的特质在这里得到了充分地体现，不禁让人在感慨之余发出会心一笑。

莱斯特和莱斯特郡在体育竞技方面不可小视，此地吸引着各方的关注。包括著名的莱斯特橄榄球老虎队，莱斯特郡板球俱乐部和莱斯特城足球俱乐部狐狸队，其主场地是著名的 Walkers Stadium（沃尔克斯体育场）。

最后不得不提的是英国的足球。据说在英国，每个人都能在其住所方圆五百米之内找到一个足球场。

莱斯特城的足球俱乐部成立于1884年，非常有名。起初俱乐部成员由一些虔诚的宗教信徒组成，教练名叫 Rob Kelly（罗布·凯利），主球场名为"步行者球场"。1890年该队加入了英格兰足球协会，于1894年在英国中部地区联赛中夺得了亚军，从而获得了参加全国乙级联赛的资格。

足球队历届的著名球星有：Don Revie（唐·里维，在狐狸队时间 1944—1949）、Frank McLintock（弗兰克·麦克林托克，在狐狸队时间 1956—1964）、Gordon Banks（戈登·班克斯，在狐狸队时间 1959—1967）、Peter Shilton（彼德·希尔顿，在狐狸队时间 1966—1974）、Frank Worthington（弗兰克·沃辛顿，在狐狸队时间 1972—1977）、Gary Lineker（加里·莱因克尔，在狐狸队时间 1978—1985）、Emile Heskey

（赫斯基，在狐狸队时间1994—2000）、Gary McAllister（加里·麦卡利斯特，在狐狸队时间1996—2000、2002—2003）、Matty Fryatt（马特·弗亚特，在狐狸队时间2006—2011）。

由于以上的存在，加之大量年轻人的涌入，使莱斯特这座著名的"大学城"充满了文化和青春的活力。

英国《卫报》消息：Lonely Planet: New in Travel ——26 of the World Hottest New Experiences for 2015（莱斯特入选 Lonely Planet ——2015全球最热新体验26个旅游经历第9名）。

2016年6月19日 星期日

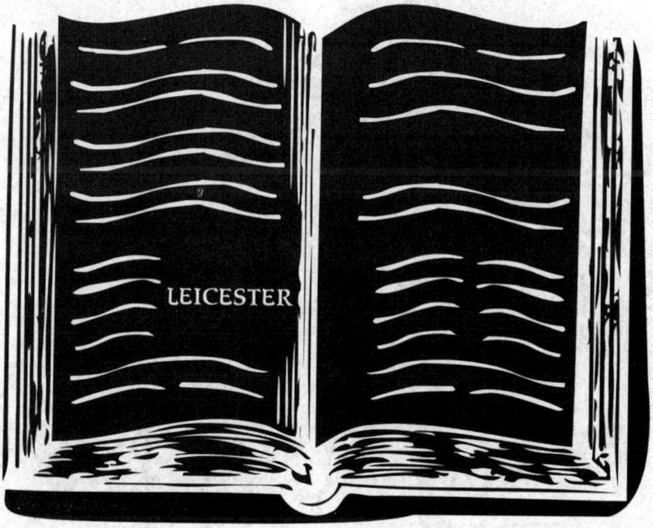
LEICESTER

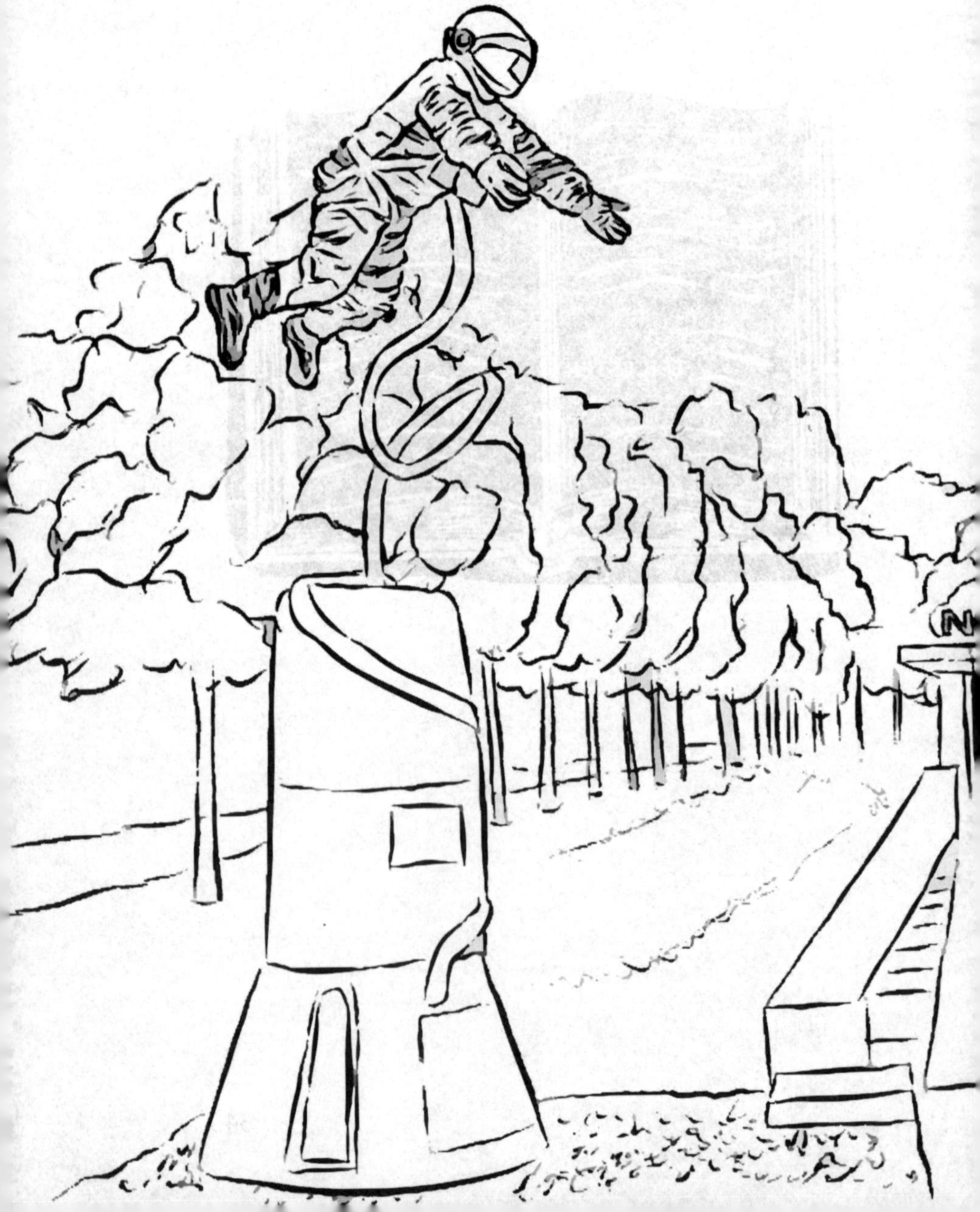

CE CENTRE

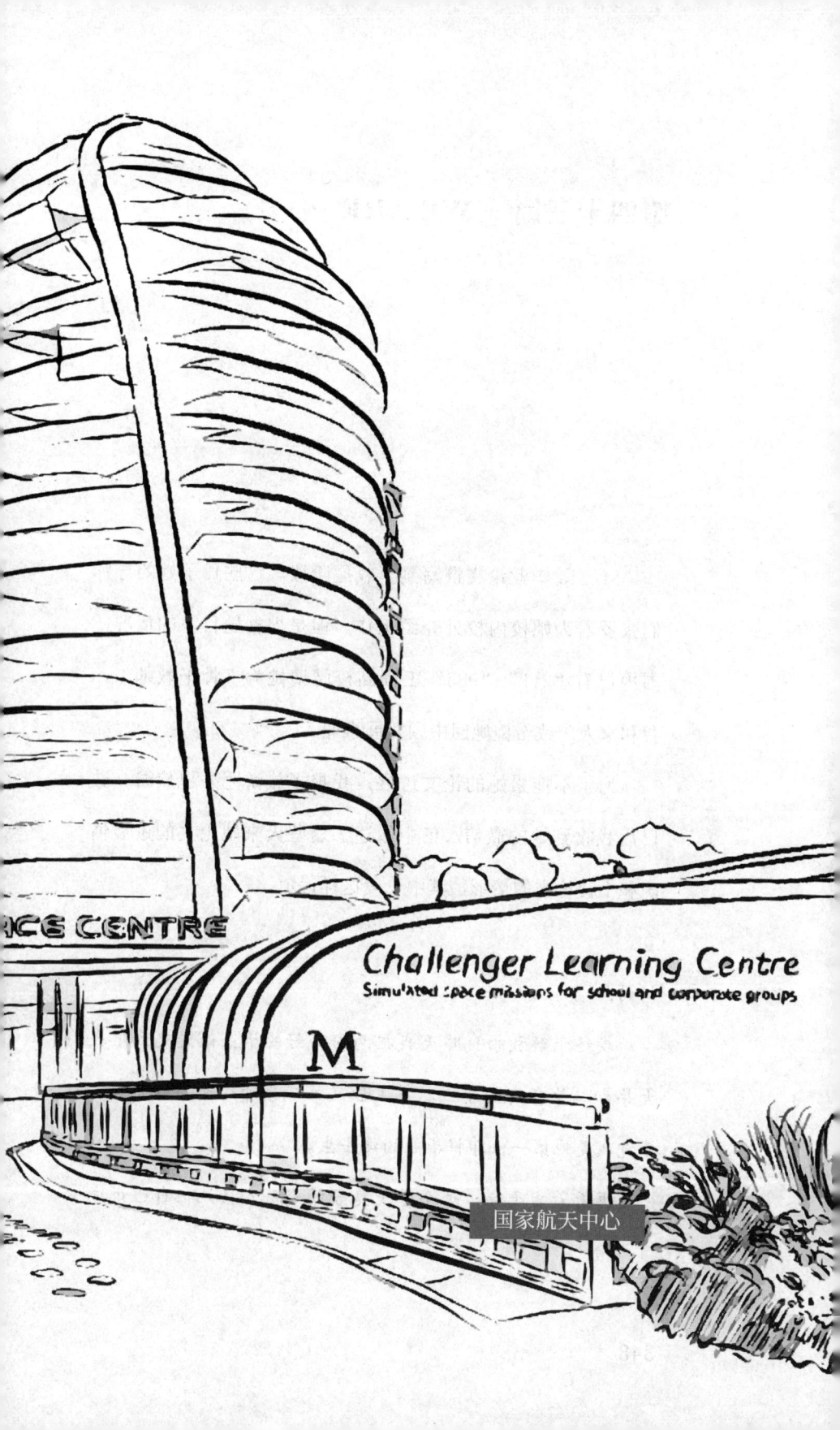

Challenger Learning Centre
Simulated space missions for school and corporate groups

M

国家航天中心

第四十三篇　　WE ARE……

Stella 毕业论文撰写到了收尾阶段。这些日子她的导师们张罗着为她校内校外介绍工作。但是根据她目前的情况，国内已有"211""985"工程高校聘请她为"骨干教师"，我和家人一致希望她回中国发展事业。

为了不拖累她的论文进展，我报了旅游团外出旅游。数日后我收到她的微信，信中叙述了这些天来她论文的进展情况和上交论文的情形，其中一段这样说道：

妈妈：

我终于解放啦！昨天我把两份写好的毕业论文交到了我大导和二导各自的手上。系主任（第二导师）使劲地夸啊，毕竟我是他第一位即将毕业的博士生。

再看看我大导，那个带大兔子的老头儿（她把自己说成是大兔子，背地里戏称她的导师是带大兔子的老头儿）拿到我的论文说："Stella看着（指着他的垃圾袋），这是我的垃圾桶。"吧唧一下把我的论文放进去了……当然又拿出来了，做了个鬼脸儿说："放错地方了，抱歉抱歉，应该存放的地方是英国国家图书馆！不过，你也太快了，别忘了，你师哥的论文还没交来呢。"

我对他说："拜托您了，我急呀，我着急回我的大北京呀！"

系主任接茬说："北京？我怎么记得你是台北人啊？"

我急忙纠正他："拜托您啦，我从读硕士研究生的时候就跟您说，已经和您说过不下三遍，我是中国北京人。"

他挠挠头："哦，我以为你交了论文就计划回台北休假了。"

导师说如果我着急的话，下周让我催一下博士生院，请他们尽快把我给内审和外审的论文寄出去，这样才能确定答辩时间。

系主任帮腔说："嗯，一定得催他们，博士生院是全世界干活最慢的部门……"

大导说："Stella你答辩结束后，记得做中国饭带来啊！评委们一定很爱吃。虽然吃了他们也不一定会让你通过……"

（画外音：是您想吃我的中国饭吧……）

然后他又说："还有，Stella我们下周找一天出去吃饭庆祝一下吧!"说着他看了看系主任。

当时我想,您不是才说了,我不一定能通过么?

系主任接茬说:"当然了,Stella是我们一手培养起来的博士,也是我的得意门生。关键是,博士毕业值得庆贺。"

我跟他们说:"可是,下周我要去巴黎,机票买好了。"说罢我和大导一脸无奈地笑,摇头晃脑,异口同声道:"wu～"

系主任说:"那就等你回来我们庆祝。"

然后我大导提醒我去法国要小心,毕竟那里正举办欧洲杯足球比赛,让我当心足球流氓。他指的是刚刚发生的事:当英国的足球流氓们庆祝俄罗斯足球队输球时,俄罗斯这个战斗民族再也忍不住了……

这时候我真想提醒我大导:喂喂……导师您别再讲了,您忘了系主任是俄国人吗…… 您忘了普京大帝说"不知道两百个俄国人怎么殴打一千个英格兰人"的吗?

今天在走廊上,我又像个值班室大爷一样,左手拿着台湾学姐刚给的牛角面包,右手拿着水杯想去休息室接开水,碰到了刚刚开完设计会的保加利亚同事和我的大导。大导停下来对我保加利亚的同事说:"你知道吗?这家伙交论文了。但是!格罗瑟普那个国家项目不结束,我是不会放她走的!她是这个课题组的成员之一,就算她跑到出关口,我也要把她抓回来！"

我当时就想，您最好是权力大到能控制海关。

还有就是这两天市中心特别热闹，他们说，为了狐狸队，今天要让整个城市蓝起来（因为狐狸队的球衣是蓝色的）。以前这座城市最引以为傲的只有战无不胜的橄榄球老虎队，后来发掘出了金雀花时期的国王遗体，又出名了一下下。去年默默无闻的足球队狐狸队突然踩了狗屎运，夺了冠。以前学校送票，现在几千镑一张的主场票都出现了……真是"三十年河东，三十年河西"呀。今年为了给他们鼓气，这里的人民全疯了。满街都是 We Are 的海报，每次我瞟过去，心中只有一个想法——we are 伐木累？

不由得联想到邓超的"伐木累"——我的联想——联想奔逸。

收到 Stella 提交论文的汇报才知道，原来我们以往的担心多余了。

2016年6月21日 星期二

第四十四篇　知识分子的无奈
——英国脱离欧盟公投结果

2016年6月24日星期五，英媒体公布了脱欧公投结果：英国赞成脱欧的票数，占投票总人数的51.9%。

Stella就读大学的校长着急了，一大早他就召集教师和博士生们开会，大讲本校的学术影响力。英国的高层领域，尤其是大学和研究机构基本上都是投留欧票的，所以结果一经公布，校园里看到的是一张张无可奈何的脸。

英国脱欧公投共设有四万多个投票点和382个计票点。在公投结束后开始计票。英国是"留欧"还是"脱欧"均须获得超过半数以上投票者的支持。

据报道，本次投票为非强制性投票。但据英国选举委员会的初步统计数据显示，英国超过4600万人有参与公投的资

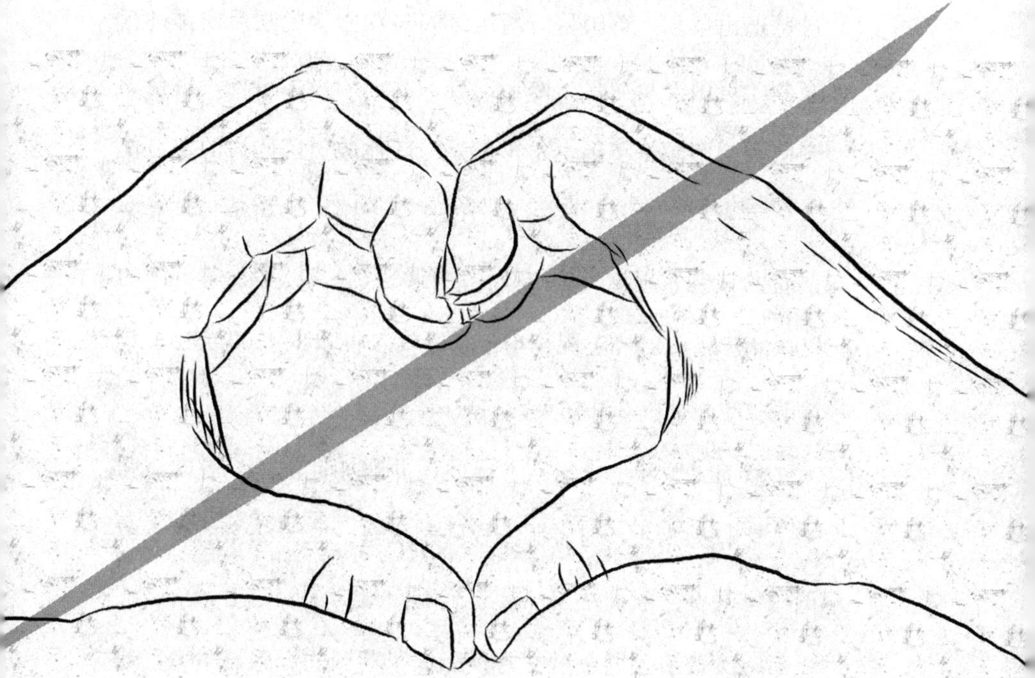

格,本次公投可能是英国有史以来参与人数最多的一次投票活动。

当时预测,如果公投结果支持英国脱离欧盟,对英国的影响之大是难以想象的。金融市场动荡、英镑贬值,均是能够预见的短期影响。根据 The Treaty of Lisbon(《里斯本条约》)自愿退出条款,英国将有两年时间与欧盟就脱欧后安排进行谈判。英国一旦脱离了欧盟,进入欧洲统一大市场,将会受到巨大的限制,英国也不再享受与其他成员国同样的贸易优惠。更为不幸的是,需要与全球几十个国家开启漫长、复杂的贸易谈判。根据英国财政部的预测,脱离欧盟后,英国的GDP 将缩减 6.2%,英国平均年家庭收入将减少 4300 英镑,年度税收也将面临 360 亿英镑的缺口。

然而"脱欧""留欧"问题还并非如此简单。脱欧派强调欧盟权力太大,对各国主权限制太多。欧盟法令已高于英国国家法令;欧洲法院已凌驾于英国最高法院之上。金融危机后,欧盟引入的金融交易税降低了英国的金融竞争力。他们抱怨欧盟成员国太多,众口难调,在与域外国家签订自贸协定时难以取得进展。而认为如果退出欧盟,英国有望独立推行其贸易战略,顺利贯彻其贸易主张。并认为只有脱欧,英国才能管控好欧盟的外来人口问题。

很多人认为，英国人势利眼，只能同甘，不能共苦。与英国人打交道，发现他们提到欧洲大陆时，通常不说 Continental Europe 或欧洲大陆，而称 Europe，好像英国不属于欧盟。由此有媒体评论说，这种用词看似无心，却暴露了其集体无意识。

而英国独立智库人士分析得更为透彻，他们认为英国脱欧将引发严重的经济后果，像企业投资下滑、内需萎缩、金融流动性下降、银行借贷成本上升一些问题，将导致英镑对欧元汇率走低，进一步引起进口成本上升和通胀问题。一旦脱欧，英国国内将可能存在国家分裂的风险。苏格兰历来亲欧，他们希望留在欧盟，"脱欧"将会给活跃当中的独立运动火上浇油。

在全球化的时代，脱欧绝非一个孤立事件，它将产生全球性冲击。新晋伦敦市市长 Sadiq Khan（萨迪克·汗）指出："一旦'脱欧'，对美国、日本、中国等国家企业的在英商务，以及德国、法国、西班牙、意大利这些已同英国开展的经贸合作项目将会受到影响。"

脱欧后英国相对于欧盟的关系令人头疼，脱欧无疑面临着双输局面。不仅英国损失严重，欧盟也将出现动荡局面。如若欧盟其他成员国仿效英国脱欧的话，那后果将难以设想。

The Treaty of Lisbon

人们不断地在设想不同的结果。公投的前一天伦敦下雨，有很多——据说是有非常多的留欧派公民觉得留欧胜券在握，懒得冒雨出门投票，心想不缺自己这一票。大家都这么想，就有了一个意想不到的结果，追悔莫及，为时已晚。

受影响最大的是欧盟国家在英国工作的人们，以及欧盟国家的留学生。毕竟欧盟国家学生的学费一直跟英国学生一样，是欧盟以外国家留学生学费的三分之一。并且欧洲人再也无法像从前那样自由地在英国工作了。

投留欧票的基本上是受过高等教育的人或者青年人。投脱欧票的多是英国底层人民和老年人。Stella曾随英国媒体BBC采访英格兰中部的市民，结果他们中间投脱欧票的理由跟研究报道的内容基本一致：外来人口抢了他们的工作，延长了他们看病的时间。不管以后怎么样——脱欧对英国发展有什么不利，他们也不管了，不再听留欧人士的宣传，就是要投脱欧票。虽然英国政府的研究报告表明，在英国看病就医、低保、分房子等福利政策一直是优先紧着英国本国人民的，但他们就是不信。

Stella从学校回来跟我说："今天感觉学校一片忙叨的景象，我们建筑系的学长又开启了他的段子手人设，他说，明年的今天，英国将会回到石器时代，大家住在洞穴里吃着

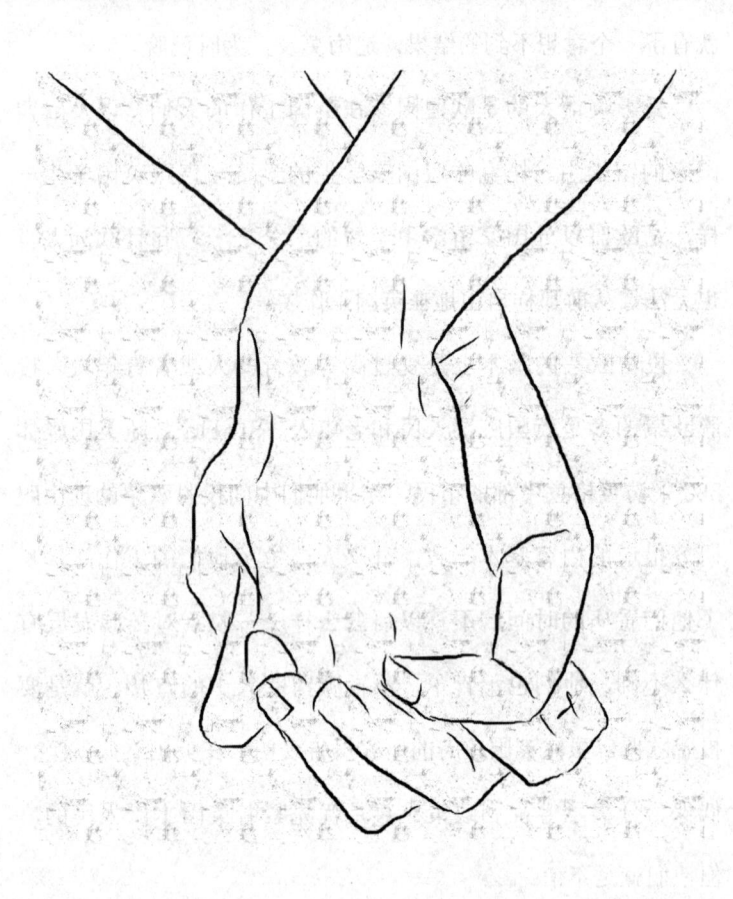

维多利亚公园的松鼠,盯着索尔河里的鱼……然后就不说了,他要去学怎样抓鱼了……

回来了之后,他又跟大家讨论校长召开紧急会议的内容。

校长明确表示了:学校重视和珍惜来自世界各地的教师和留学生对学校的贡献,学校将成为大家的避风港湾。

此时我想,如果苏格兰、荷兰再搞独立公投的话,中国的历史考试卷又要有重点了……于是我跟同门学姐说,赶紧去苏格兰和北爱尔兰玩吧,万一以后他们独立了,再去旅游就得签证啦。"

Stella的博士生导师愤愤然地在他的FaceBook上公开留言道:

Referendum

Independence Day more like fecking(强调用语)Armageddon if you ask me. Can I emmigrate to the EU - oh no I can't can I as no more freedom of movement.

I am ashamed to be British today what a sh*t country this is. Full of racist, small minded idiots (51.9% of the vote). What about the rest of us (48.1

%）。

Pardon my language.

公民投票

独立日更像世界末日，如果你问我，我可以移出欧盟——哦不，我不可以像自由运动一样，我没有这种行动自由。

今天作为英国人我感到羞愧，这是一个多么糟糕的国家，充满种族主义，心胸狭隘的白痴（51.9%的选票）。我们剩下的人呢（48.1%选票）。

请原谅我的不敬语言。

今年英国脱欧的谈判进展顺利，已经谈妥了近90%的协议。脱欧给英国大学带来最严峻的问题是教职工和研究人员的大量流失。英国高校里有17%的学者来自英国以外的欧盟地区，在英国最顶尖的二十四所世界一流研究型大学组成的罗素大学集团中，这个数字达到了四分之一。2017年，牛津大学的三十五位学院院长联合发出警告，称如果不能保证欧盟国籍教职工的工作和生活权利，大学将会失去众多学者。毕竟除了英国，还有很多待遇优厚的国家在争夺教师资源。伦敦大学学院的总裁兼教务长 Michael Arthur（迈克尔·阿瑟）表示，招募新的研究人员比留住现有的研究人员更困难。

据专家介绍，欧盟每年给英国的钱，占英国高校研究经费的 12%，部分机构甚至占到 60%，以 University College London（伦敦大学学院 UCL）为例，欧盟提供每年 5000 万英镑的经费（约 4.5 亿人民币）。可一旦脱欧成功，经费会严重缩水，也可能会被完全取消。这意味着英国大学的研究环境很难吸引到其他国家的研究学者，科研水平的进展也随之受到影响。

连锁反应不难推测，很多研究人员将会跳槽到更有钱的欧洲大学任教，这样一来，正在进行的研究项目就要面临"流产"的危险。另有学者和研究人员在大学不仅要做研究，还需要任教，如果他们离开英国的大学，最明显的问题便是今后英国的教学质量难以保证。那些潜心做学术研究的留学生不能继续享受欧盟为英国提供的研究经费，必然会被其他有充足经费的国家所吸引。

研究东欧问题的学者 Konrad Gradalski 说，他的很多位波兰同乡不想再来英国求学，他们担心种族主义的滋生以及学费的上涨。

然而让所有人感到意外的是，2018 年申请来英国读大学的海外留学生的数量不但没有减少，而且增加了，达到了英国历史的最高水平。

英国大学统一申请机构（UCAS）的外事部主任Helen Thorne（海伦·索尔）认为，今年海外留学人员人数增长的因素在于英镑贬值，使英国的生活成本比以往更低廉，以及2018年秋季入学的欧盟学生将获得财务支持。她说："英国的大学很受欧盟居民的欢迎，由于英国大学能够提供高质量的教学和就读体验，国际留学生很喜欢来英国深造。"

可一旦正式脱欧，英镑可能会反弹至脱欧前的水平，这一优势是否存在，还需要时间的证明。

2016年6月26日 星期日

重修于2018年6月

原载于《北京致公》杂志

2018年第2期

温莎城堡

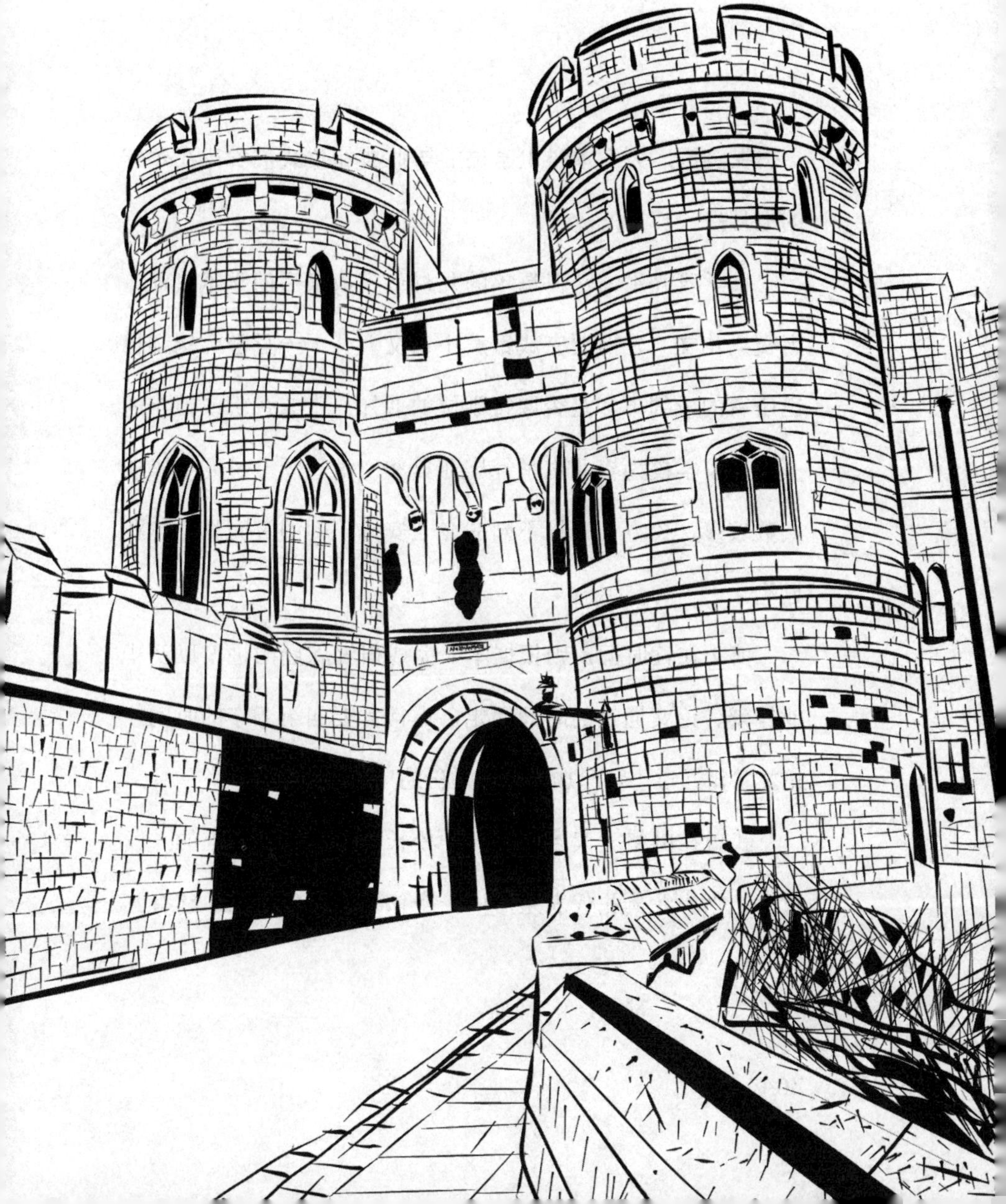

第四十五篇　写在 Stella Zhao 的 Ph.D 毕业典礼时

在英国，大学本科生学位的毕业典礼仪式被安排在每年的七月份。

大学研究生通常在每年的九月份完成最后的学术讲演，上交大论文（之前要完成数篇小论文）。十一月份会接到自己所有的成绩单和是否取得学位的通知。十二月份或转年的一月份，学校为毕业生举行毕业典礼，由于硕士研究生毕业人数较多，校方会根据不同的专业安排不同的时间举行毕业典礼。

博士在读时间，则根据本人完成研究课题的进度以及毕业答辩、论文通过的时间而定，通常需要四至五年的时间。论文答辩通过，可参加转年一月份的毕业典礼。

我曾在网络上读到过某大学校长在毕业生典礼上的一段致辞："毕业典礼代表生命中一个伟大仪式的开始，它有其本身的附加价值和高度的象征意义；例如象征让我们在这个下午找到自己定位的美妙仪式。通常我会像躲避瘟疫似的避免陈词滥调，闪得远远的，但现在我们处于平等的竞技场上。这点很重要，它代表某种意义。"

每年的十二月份对英国硕、博士毕业生来说都是一个特别的日子，这里所指的不是圣诞节和新年，而是隆重的毕业典礼仪式。在那一时刻，毕业生们心里充满了兴奋、幸福、无以言表的豪迈与伤感之情。

这让我想起参加 Stella Zhao 硕士和博士两次毕业典礼仪式的情形，那华美和庄重的场面令人激动：台上坐满了身穿红色，配有金色装饰华美的博士袍、头戴博士帽的导师和教育官员，那一天他们把头发梳理得油光，把皮鞋擦拭得锃亮，神采焕发地等待着那神圣时刻的到来——身穿硕士或博士学袍，本年度的各国毕业生们逐一上前接受校长颁发的学位证书。

华灯高照，乐曲飞扬。毕业生们在学校管弦乐团庄重的乐曲声中列队入场，根据他们姓氏的首位字母顺序，被安排到各自的座位上。每个座位上都放有一本印制考究的册子，上面排列着毕业生的姓名、学位、专业，和在毕业典礼上即将出现的本校大学究、领导们的姓名。待毕业生各就各位，校领导和导师们庄重入场，在聚光灯下围坐成圈，校长站在圈内致辞。之后是最令人激动的时刻：管理者依照毕业生的姓氏顺序被宣布其专业和姓名，为他们整理好身上的学袍和帽子，并依次被引导上前接过校长手中颁发的毕业证书，校长与毕业生深情握手并亲切地对每个毕业生说几句祝福的话。

礼堂里座无虚席，坐满了被邀请来的各界代表、嘉宾、记者、毕业生的家人以及在校学生，他们把最热烈的掌声送给每位毕业生。人们犹如置身于庄严美丽的维也纳金色大厅，展示他们最值得骄傲的风采。此刻他们才是这聚光灯下的主角，备受关注。当毕业生从校长手里接过毕业证书的瞬间，学校的专职摄影师迅速按下相机快门，为每位毕业生留下终身难忘的时刻——那是他们最辉煌最幸福的一天，必须炫耀。台下许多人擦拭着激动的泪水，我同样为我的女儿感到骄傲。之后管弦乐队演奏英国国歌，全体起立，为毕业生鼓掌喝彩，同时也为自己。毕业生们向台下挥动着印有校徽的毕业证书，再次绕场一周，顺势退场。

会后的场面更加激动人心，毕业生和导师、同学们合影留念，拥抱、畅谈，经久不散。

在Stella就读博士研究生期间，共有两位导师负责指导她的课程，Stella向她的导师们逐一致谢，合影留念。我对站在身边的系主任表示了我们全家人的谢意:"感谢导师对Stella的培养和教导,使她有了今天的成绩。"系主任答道:"不用客气,Stella是个好学生。"

　　读博士研究生四年的时间对我们来说匆匆而过,对Stella而言却是漫长、辛苦的。我们一家三口和许多毕业生家庭一样,共同亮相在毕业典礼的聚光灯下,虽然主角不是父母,但从始至终都表现得心甘情愿。博士生毕业典礼结束时,Stella被学院里的同事、师兄、师姐、师妹们团团围住接受大家的祝贺,我拿着相机正想穿过人群为女儿抢拍照片,眼前的情形瞬间让我怔住:Stella的第二博导、系主任双手分开人群,一把将Stella拉到身边,用力拥抱了一下,他用西方人的礼仪向她表示祝贺。接着Stella的第一博导和老师们分别与她拥抱、合影,表示他们的欣悦之意及对Stella的祝福。

　　四年的博士生研究经历和教学实践,让Stella真正步入了高级研究者的行列。我们相信入职后,通过她不断地努力,也将成为教授,在中国的高等学府,带她自己名下的研究生。

2017年1月26日 星期四

第四十六篇　遍布英国的慈善商店

我喜欢去英国的 Charity Shop（慈善商店）买东西。

断断续续在英国陪女儿读书，从本科到博士毕业，在此期间，我们曾无数次前往英国慈善商店购物。无论去哪个城市旅游，都要去当地的慈善商店看看，希望能在其中买到心仪的商品。虽说商店里经营的是二手货，但每一样儿商品都被打理得干净得体，很多物品还从未使用过，即使使用过的物品也没有残缺或污垢。所有商品都经过了专门的清理消毒，不但用着放心还有种亲切感：它们被前一任主人善待过，使用过，它们所承载的不仅是功能，还有故事，只是那故事不被我们所知罢了。因此，它们就比其他商店购买的商品更具神秘色彩，您会在不知不觉中对它们产生好感，让那故事陪伴您开始它们新的旅程。

英国所有慈善店面的规模不大，但是干净整洁，里面低价出售人们捐赠的物品，所售商品全部明码标价。

当时兑换汇率为人民币 10 元 ≈ 1 英镑。

另一个吸引我的重要原因是，慈善商店收入所得全部用于救助特定人群生活、环境与动物保护等慈善项目。

英国慈善商店的任何收入都是免缴增值税的，只需缴纳很低的当地税费。通常在慈善商店做工的店员和收款员均是六七十岁的老年人。我们附近那家慈善商店的收银员是位个子高高的大爷，他以志愿者的身份服务于此，不拿一分钱报酬。当他颤巍巍地、仔细帮我们逐一包装所选购的商品时，我不禁回头望去，发现后边已经排了七八位顾客，他们耐心等待着，没有丝毫不耐烦的表现，我却有些不安，数次回身对等待的顾客道 I'm sorry。

英国的慈善商店是通过企业经营的方式，以连锁经营的模式，获得善款的慈善组织。英国最著名的三个慈善组织是 The British Heart Foundation, Age UK, Oxfam International。其机构由儿童基金会、癌症基金会、乐施会、帮助长者会，各类慈善机构所组成。在英国的各大中城市和小镇上，人们的视线很快就被店头背板上写有"心脏病基金"或"英国老人"的小屋所吸引，这些被精心布置的小屋橱窗似乎有意勾起人们的购买欲望，货架被布置得温馨得体，服务周到，店员们耐心地向顾客介绍商品的材质和出品的年代。

这里面主要经营服装、鞋帽、家居陈列品以及小型家具。英国已有 7000 多家这样的慈善商店。"Age UK"在英国各地设有 470 余家商店，仅伦敦就有上百家。据统计，这些小小的慈善商店每年可募集到 1.1 亿英镑，在慈善界扮演着不可小觑的角色。

而英国的第一家慈善商店出现于十九世纪，二战时期其数量达到高峰。那时慈善商店的募集资金主要用于战时的支援和救助；和平时期的慈善商店所募资金则主要用于救助特定人群生活、医学研究和医疗救助、环境与动物的保护。

英国所有的慈善商店均由英国慈善协会统一管理，归属于不同名下的慈善团体，每个慈善商店都有一个与所属慈善团体共享的慈善注册号和零售店注册登记号。所售商品均来自社会捐赠，可以来自机构团体，也可以来自个人。

在我旅居英国期间，去过的慈善商店有资助心脏病患者，资助老人、妇女和儿童，救援非洲饥饿民众，以及社区维护项目。经营的个人捐赠物品中以家庭旧物居多，例如不应时的衣服、鞋帽、首饰、餐饮具、小家具、书籍、唱片……慈善商店经过对物品的质量认定并经过严格的消毒后，将这些物品重新上架，以低廉的价格出售，其所得资金全部上交所属慈善组织，用于指定项目。

慈善商店通常采取"前店后厂"的模式，临街设店铺，后院是物品维修车间。员工们将市民捐赠的物品逐一编号、消毒、维修、鉴定、估价，然后上架。

成立最早的募捐项目是 The British Heart Foundation，于1961年由一些关爱心脏病患者的医生倡导成立，医生们的筹款所得不仅用于心脏病患者的治疗，并应用于心血管疾病的研究和预防以及医生的培训工作。

2009年英国慈善机构合并了两所关爱老人的慈善组织后，成立了英国最大的关爱老年人的慈善机构"Age UK"，其服务宗旨是提高老年人的生活条件和健康质量，关爱癌症患者。"Age UK"由470多家慈善商店所组成，下设170个社区组织，志愿者分布在总部、慈善商店和社区，服务项目非常具体。其中有上千名志愿者负责为老人们钩织毛线帽，使他们安然度过寒冬。

我和Stella每年冬天都热衷于在商场购买一批戴着手织毛线帽的瓶装饮品Innocent（纯真饮料），每个瓶盖上套有一顶花色和款式各不相同的小帽子，那是志愿者们的创造和劳动成果，此项所得资金同样用于老年人的冬季采暖补贴。

我看到许多留学生也参与到这一慈善活动中，小小的编织帽看起来微不足道，可它真的可以缓解老人在寒冷中的苦难。尤其是离开当地前，留学生们会把自己正在使用而不便带走的物品捐赠到附近的慈善商店，让这些完好的物品等待新主人以低廉的价钱把它们带回家。

另一个知名的慈善组织名为Oxfam International（乐施会），由一些独立的非政府组织的志愿者联合创建于1995年。此组织致力于扶持世界贫困地区的民众，与不公平的社会现实做斗争。"Oxfam"来源于英国1942年成立于牛津"Oxford Committee for Famine Relief"组织的名称，组成目的是二战期间，负责运送粮食到被同盟国封锁的德国纳粹党占领的希腊，救助人民，解除饥荒。解救阿富汗战争中的难民；赞助塞拉利昂五岁以下儿童，使其获得免费医疗，并且提供泰国的一项渔民贷款，帮助渔民购买渔船，以捕鱼维持其家庭生活……

为方便居民们投入到慈善活动中，英国的慈善商店大多分布在人口稠密的商业街区或靠近居民区地段。无论是捐赠家庭物品，还是到这里低价淘到自己所需的商品，爱心已在这微不足道的交换中起到了不可忽视的作用，使得每位出入慈善商店的人内心都洋溢着小小的成就感。微薄的善款积少成多，成为国际援助和扶植弱势群体的一份心意，因而无论是捐助者还是被捐助者，这都是一件幸福的事。

记得 2014 年 9 月 1 日，我陪 Stella 在伦敦参加国际学术研讨会期间，在伦敦塔的护城河岸目睹了一个壮观的场景：河岸上布满了手工陶制的虞美人，一共 888,246 朵，每一朵花代表着一位在百年前于第一次世界大战中牺牲的英国军人。在这片虞美人前矗立的石碑上，以英文、中文、韩文、日文、印度文、德文等十种文字刻写着说明：

您可以购买有象征意义的虞美人，每朵花售价二十五英镑（需另加运费和包装费）。如果所有的虞美人销售一空，预计收入加上售价额的 10%，净收入可达数百万英镑。我们会将净收入加上售价额的 10% 全数捐出，均分给六家慈善机构。

对于英国人的爱国热情，为祖国而战的荣誉感和献身精神，我们报以崇敬的赞许之情。

西方人的传统认为，来年，虞美人会在被鲜血浸透的土地上成片地盛开。

英国慈善事业的普及和发展渗透于各个角落，助人为乐不是口号，而似乎一种信仰，深入人心。

2017 年 1 月 29 日 星期日
原载于《国际人才交流》杂志
2020 年第 8 期

莱斯特文化节

第四十七篇　冬日雨

放下这书稿已经一年有余,今日重新整理她,正好对在英国旅居的日子做一个梳理和回望。有时候我心中庆幸,女儿读的是英国,让我有那么多浪漫美好、令人感动的素材可用。如果读美国将会怎么样?那我的心态可能会躁动不安,追名逐利,还有——还有——还有……当然,目前不可否认的是,美国的现代化依旧无与伦比,每每想起都会有点小震动。

东方留学生比白人学生在学习上要刻苦耐劳许多。

每个人都是自己的上帝。如果你自己都放弃自己了,还有谁会救你?每个人都在忙,有的忙着生,有的忙着死。忙着追名逐利的你,忙着柴米油盐的你,停下来想一秒:你的上帝在哪里?懦怯囚禁人的灵魂,希望可以令你感受自由。

强者自救,圣者渡人。

知更鸟

——The Shawshank Redemption（《肖申克的救赎》）

  我所选择的"自救"便是文学创作。然而这自救并不轻松，需要放弃很多东西，包括美好的生活，与家人共享的欢乐。所矛盾的是，创作又离不开现实生活。

  我几次想，写完这部散文集，我就返转思路，继续去写小说了。前几年还有医学教授问我："你为什么不写剧本呢，名利双收。"这是一个难以回答的问题，不是因为我缺少生活素材，恰恰是因为生活经历太丰富，让我不忍触动它们。或许有一天我会隐居山里或海外潜心创作我的剧本？亦未可知。

  我一直认为，除了莎士比亚、萧伯纳、加缪、萨特、曹禺之外，当今的中国剧本几乎都有亵渎生活的成分。而好的散文却是心灵的写照。小说多少带有一点功利色彩。如果按照这个标准下结论的话，当代剧作家便可归为地道的功利主义者了。由于这个原因，彻底摧毁了我对剧本的创作热情，十几年来我几乎没有看过国产影片，因为我不愿意被愚弄，不愿意充当编剧们眼里的傻瓜。我愿意把最宝贵的东西保留在心底。我这么下论断，小说家们会不高兴，剧作家们则会目瞪口呆了。

总结一部作品，如同总结一个人。字里行间必然带有一种风格，一种品质，一种特性。韧性是生活给我磨砺的结果；宁折不弯的个性我与生俱来；清高且不同流合污则是社会环境塑造的结果，抑或我的天性使然。

还是说说我在英国的感受吧。

英国女作家 Adeline Virginia Woolf（艾德琳·弗吉尼亚·伍尔芙）曾在她的书里说，"一个女人一定要有一间属于自己的房间。写作的女人必须有房，且有稳定的收入。"当时她在苏塞克斯乡下一个优美的村庄里有一间带有草坪和花园，且站在当院儿就能眺望欣赏南丘景色的农舍。她丈夫伦纳德果真为她建造了一间属于她自己的"笔屋"，在那里她不分昼夜完成了她的大作 *A Room of One's Own*（《一个人的房间》）。

另外英国的咖啡馆也是一个让人产生灵感的地方，不少名人著作都是在咖啡馆里诞生的，比如英国人追捧的《哈利·波特》系列。

英国留给我的烙印显而易见。也许有一天，我仍会走进英国国家图书馆，参加具有仪式感的我的图书收藏活动，感受故地重游带给我的感动，就如同我记述天津五大道历史与风貌的散文,在成书之后,我依然会翻开某个页张,重新走遍五条街道,重温那里的一砖一石,一草一木,感受她的厚重和非凡。

北京——天津,高铁半小时车程,双城之间距之毫厘,却谬以千里。而距北京12304公里之遥的伦敦,似乎两个世界,亦当之必然。

英国旅居出自我脚下的每一寸土地。望过去,每一寸目光都是风景。维多利亚式的红砖瓦舍、贵族宅邸四周雨迹斑斑的围墙、一簇簇探出墙外的蔷薇、路边肥硕的鸽子——我最喜欢这英国的早晨。

天不亮,屋檐下的鸽子就咕咕咕地叫了。由隐藏在花园中的宅邸飘来烤制姜饼的幽香,环绕在窗前久久不散。在面对索尔河的窗边静静地煮一壶咖啡,静静地喝上一杯——静是此刻的主旋律,静得几乎能听到河里水草生长的声音,偶尔传来众人划桨的水声打破这宁静。信手打开桌上的电脑听一曲 Yiannis Chrysomallis(雅尼)的 *With an Orchid*(《和兰花在一起》),作为对新一天的祝福。

极目远望,校园图书馆的屋顶和联排别墅的烟囱在天光云影里反射着缕缕霞光。乘坐电梯下楼去往附近的城堡公园走走,体验绿色和花香笼罩的清晨,感受草叶上明丽的露珠和清新的空气，然后在索尔河边的木质座椅上享受我的早餐。

此时天鹅已经起身下水觅食了。

那年来英国前，我的一位朋友从天津带来一盒桂顺斋的点心送给我，我带到了英国。由天津到北京到伦敦再到莱斯特，行程一万多公里，我们把剩下的最后两块糕点留给了女王的天鹅（英国所有的鸽子和天鹅都是女王的爱宠）。我们做了个实验：中国的点心它们吃的精光，英国的三明治却无鹅问津，说明遇到中国传统糕点的英国天鹅连英国料理都不屑一顾了。

英国毕竟是个与众不同的国家，国假很多，仅 Bank Holiday（银行假日）就接二连三，一个假期里可以任意游走好几个城市，在两小时之内从莱斯特郡繁茂的街市，穿梭至剑桥校园的康河，然后跳跃到布莱顿的海边。沿途中，最迷人的一半是人物，另一半是风景。

一路走来，随着不同地区不同景观不同文化的渐变之外，听到的则是不同地域的口音，自然形成的层次基础构成了这个国家丰富的内涵。一次去法国，我们在英国伦敦 St Pancras railway station（圣潘克拉斯火车站）候车，拍摄下一组候车旅客自娱自乐的视频。这车站我来过很多次，候车大厅里有两架钢琴，一天二十四小时几乎从未闲置过，过往的旅客似乎都是音乐家，一个比一个技艺棒。音乐在欧洲很普及，我想可能和他们从小进教堂，弹奏颂歌有关吧，几乎每个人都能上手弹奏，那旋律优美得令人惊叹。

英国的贵族阶层自律而优雅，正如储安平先生在他的《英国风采录》中说：

> 凡是一个真正的贵族绅士，他们都看不起金钱……英国人以为一个真正的贵族绅士是一个真正高贵的人，正直、不偏私、不畏难，甚至能为了他人牺牲自己。他不仅仅是一个有荣誉的人，而且是一个有良知的人。

无数个飘雨的深夜，望着窗外冰冷的雨水，让我想到人性的坚韧和刚毅、正直和高贵；想到年轻时在急诊科抢救患者的无数个不眠之夜；想到风刀霜剑严相逼的肃杀境遇；想到 Marcel Proust（马赛尔·普鲁斯特）写 *In Search of Lost Time*（《追忆似水年华》）时的迷恋情绪，还想到英国电影 *Wuthering Heights*（《呼啸山庄》）节奏紧致的片头曲。有些特殊的经历想忘你都忘不掉，一辈子都不会从记忆中抹去，比如在英国的日子里，窗外，电闪雷鸣、狂风呼啸；窗内，温暖静谧、茶香缭绕的那些夜晚。无论这里有多么与众不同，我依然想着我北京的家：院子里馥郁芬芳的柠檬树、挺拔正直的枣树、报李投桃的无花果，还有生性顽强的红蔷薇……

2017 年 3 月 16 日 星期四

第四十八篇　跋

凝望

几年中我数次盘桓英国，其心路历程复杂而艰辛。在此期间我与我母亲生死离别后内心的挣扎和痛苦的煎熬难以言表，即使今天，我依然无法以平和的心情梳理2012年以后的日子。那已不止是离别的切肤之痛，也有无助的惆怅。

"*Grief is the price we pay for love.*（悲伤是我们为爱所付出的代价。）"——此言来自英国女王伊丽莎白二世（Her Majesty Queen Elizabeth II）。2013年冬天，我深切地体会到了这话的含义，内心的悲伤之痛像英国的气候一样寒冷彻骨，阴郁漫长。我盼望，能有一缕阳光照进我的心房。而现实残酷地告诉我：只有在梦中才能让时光倒流，实现我的愿望，那就是我的母亲还在这世上。

虽然那一天的到来无可置疑，但我终不能接受这一事实。母亲于2012年圣诞节去世了。料理完她的后事，2013年初，我打理行装，和我女儿一起再一次回到英国。

英国阴湿的天气给我寒冷的内心雪上加霜，这是我第二次踏上英国的国土。我必须勇敢地生活，迎接刚刚到来的2013年。

我和女儿拖着三个笨重的箱子（英国机场规定，允许英国留学生携带两件大行李）和数个小的手提袋走出机场，顿时预感到这一年的冬天对我来说必定阴冷漫长，全然不像我第一次来这里时沐浴在夏日温暖的夜风中，那样的舒适、踏实。

乘坐机场巴士从伦敦希思罗机场到莱斯特郡需要在路上耗费两个半小时的车程。莱斯特长途巴士站需再步行半小时才能到达校园公寓。之后收拾、吃饭、洗漱，睡下已是次日清晨。

这次来英国，我们没有像以往那样乘坐机场的巴士，女儿事先在网上预约了出租车，以减少我们旅途劳顿的消耗。重要的是，女儿在网上预定的这处学校公寓她还从没去过，出租车会直接送我们至要去的地方，也免去了我们拖着大行李在深夜里摸索问路的不便。司机师傅是位中国大陆人，在英国靠开出租车为生，他介绍说，他的乘客多为中国的留学生。

出租车穿越在黑夜中，高速公路两旁的田野、教堂、屋舍在稀疏的树影后时隐时现，路灯为眼前的道路洒下了一片橘黄……

来到英国的第一件事就是参加女儿硕士研究生的毕业典

礼，典礼日期正与中国的春节相遇。接着陪她办理入读博士研究生的各项手续，看着她开始新一轮的学习生活。

母亲离去后的日子我感到了举步维艰。我突然意识到我还没有做好她离开的准备，无论是生活中还是精神上。我只知道她去了一个没有痛苦的世界。在此之前她没有问过我，是不是同意她离开？我能否承受她离开这一事实？失去了她的日子我将怎么度过？后来我想，如果她曾问我，我能够准确地回答么？很显然，我从来没细想过这些问题，就像一个无知的孩子坚定地认为，内心抗拒的事是不会发生的。

如果她能告诉我她将离开，永远不再回来。我一定认为那是戏言将遥遥无期。而离开我们，离开她生活了八十一年五味杂陈的世界，显然不是她所情愿的。虽然她过得很辛苦，但在这个世界上，有她的女儿们和与她同甘共苦了五十八年的丈夫，还有她所眷恋的如寄人生。

临终前，她希望见到她的每一个孩子，把嘱托和心意留下，做最后的诀别。死神却不由分说地把她从我们身边夺走了！我突然觉得天塌了！半个世纪以来我已经习惯了与她共度每一天，即使由于工作的需要，我们身处不同的城市，不常在同一个屋檐下生活，但彼此牵挂，我能经常听到她的声音，触及到她的存在，感受到她的呼吸。

多少次，我漫无目的地穿行在莱斯特郡僻静的街道上，空中雨雪霏霏，脸上泪雨交流，心痛如绞。

我去哪里？我这是往哪里走？在空空如也的街道上我游走于圣玛丽教堂和圣马丁教堂之间。

坐在圣马丁教堂那排空荡的木制座椅上，泪水长流……有生以来我从没像那些日子一样，痛彻地感受到做人的艰难，毫无选择的艰难——无法自由选择出生和死亡，无法抉择肩负或放弃自己的责任。无论你愿意不愿意，当母亲舍你而去的时候，你必须松开你攥了半个世纪、给你温暖和力量，教育抚养你成人的那双手，送她远行。

这突如其来的、没有手足分担的悲痛压垮了我所有的信念。我不知道用怎样的语言能够准确地描述我当时的处境和心情。

我想到 Virginia Woolf（弗吉尼亚·伍尔夫），无论是写小说还是写散文只涉足灵魂而避谈肉体的伍尔夫，她在痛失母亲之后，所有压抑的情绪和藏匿的委屈使其彻底崩溃。她曾经数次试图结束一切，以获得精神解脱。然而，即使在这样的境况下她的文字依旧"优美、克制、典雅，写尽人性的完美。"却将沉重的石子装满大衣口袋,在黄昏时分走向河边,沉入冰冷的激流。

我想,如果真的能和母亲重逢。

然而,无论你有成千上万条理由:不舍、依恋、责难、无助、痛不欲生……你都不能跟她走,为与你相濡以沫的丈夫和你亲爱的女儿,必须回头。

一月的英国下午三点半钟天就全黑了,在夜幕中我透过泪眼辨认着回家的路。英国冬日里萧瑟的寒风给我原本无助的心情又添加了一缕凄凉。

女儿学业繁忙,早出晚归。而功课稍松时,她会早早回来陪我,伴我度过最悲痛、最难熬的那段日子。

数日后我悲痛地写下了母亲去世后的第一篇文字,悼念母亲的祭文《写给我至亲挚爱的母亲》,这祭文写写停停,一连数日。

恰逢此时国内来函向我征集书稿。我的又一散文集《昨日海 今日浪》就此出版,其中收录了我的这篇祭文。《中国作家》杂志将此文刊登于2013年第四期中。

英国毕竟是文学家的土地,有数不清的著名作家,像 William Shakespeare（威廉·莎士比亚，1564年—1616年），Jane Austen（简·奥斯丁，1775年—1817年），William Makepeace Thackeray（威廉·梅克皮斯·萨克雷，1811年—1863年），Charles Dickens（查尔斯·狄更斯，1812年—1870年），Charlotte Bronte（夏洛蒂·勃朗特，1816年-1855年），Emily Bronte（艾米莉·勃朗特，1818年—1848年），Anne Bronte（安妮·勃朗特，1820年—1849年），Thomas hardy（托马斯·哈代，1840年—1928年），William Somerset Maugham（威廉·萨默塞特·毛姆，1874年—1965年），David Herbert Lawrence（戴维·赫伯特·劳伦斯，1885年—1930年）。

还有许许多多的英国当代作家。

我在青少年时期读过的那些英国名著几乎全部被拍成了电影和电视剧，在这块文学的土地上孕育出了说不完的文学话题。

这里需要提出的是我喜欢的英国女作家 Adeline Virginia Woolf（艾德琳·弗吉尼亚·伍尔夫，1882年—1941年；英国文学批评家、作家、文学理论家）。她将意识流文学推向了世界，极大地影响了文学领域传统的写作模式。她认为文学作品要摒弃纷繁的物质表象，在对自然与生命本质的探索中锁定人类存在的、有意味的瞬间，通过人物的感悟揭开生活的面纱，探究生命的哲理。由此她被誉为二十世纪最伟大的作家之一。她的长篇论述集《一个人的房间》虽然不是小说，但作品包含了她强烈的个人意志，所以这部书比她其它的代表作更具知名度。

在这部文集里她说："女人要想成为作家，就需要有一个专属于自己的房间和每年五百英镑的固定收入。对于女性来说，经济独立远比参政更重要。"

我同意她这一观点以及她的许多观点，尤其以上两句话曾震惊了世界上的无数女性。她认为独立女性应该有闲暇的时间，有一笔由自己支配的钱，和一个属于她自己的房间。以我粗浅的理解，她所强调的是女性自主意识的觉醒和寄托。

英格兰人对于球类运动和文学的热爱是常人难以想象的。在此让我深切地感受到了文学与旅居的联系之密切。我清楚地知道，在这里我必然会与文学相遇。如果说我的初衷是来"陪读"，真不如说"为我手里这部书稿的创作"来的确切，但自2013年起，我便成了女儿名副其实的陪读。

在英国那个多雪的冬天，我挣扎着捱过一个个不眠之夜，努力去习惯没有了母亲的日子，希望能够重振精神，恢复日

391

常。但凡失去了母亲的人都会知道，以往来自母亲的温存关爱、辛勤教导、不断鼓励，一切的一切，永远的不复存在了……我仿佛成了迷途的羔羊，却仍要担当起长女的责任，负重前行……

在以后的两年里，我几乎没有再写一个字，之后凭借回顾记述数篇，填补了那两年的空白，同时将以前写好的文章发表，并婉谢一切社会活动，为母亲尽长女守孝三年的义务。我的心，我对生活的热忱和希望，全部随母亲去了。人前强作笑颜，人后暗自悲伤，是我连续三年的生活状态———一种非常痛苦的状态。因此上，本书大部分篇章是2012夏天我在英国小住的七十六天中创作完成的。

直到2016年我的生活才逐渐恢复常态，开始整理2012年夏天写在英国的稿件，搜索在那之后每个时段里值得留下的记忆和经历，继续写作并陆续发表。有出版社希望出版这部英国手记，而我当时似乎还没有彻底摆脱心灰意冷的心境，一拖再拖。

想来这样也好。由于岁月在英国的陪伴，使我原有的稿件可以一修再修，日趋完善，并留出时间让我续写新篇。书的页章在不断增加，直到女儿博士生毕业，我的这部书稿才算告一段落。

屈指堪惊，母亲离去已经十年。这十年于我而言，承载了无数的怀念和悲伤。母亲不仅给了我生命，还给了我良好的教养，纯洁的心灵，坚强的意志，和独立的人格。她的正直、善良，以及在特殊时期里虽饱受磨难仍笃信光明的坚毅美德，给我以深刻的影响。不知有多少个清晨、黄昏和夜晚，我感觉她仍在我身边……她的笑容、眼波、声音，还有她的美丽、仁爱，恍若眼前。于是，当此书加印时我首先想到的是，将这些文字献给所有的母亲们。

游览英国牛津时，我想起当年钱钟书先生初到牛津的一个情形，下车时他不慎摔了一跤，不但"吻了牛津的地，还付出了半颗门牙的代价"。我相信所有来英国生活或读书的人都会有些终生难忘的记忆。

我曾问，英国带给我的感受是什么？仔细想来，她当是优美的、温和的、喧闹的、循规蹈矩的、彬彬有礼的，并伴随着几许忧郁。尤其当离开那里之后，其经历和感受便如同血液融入心底。

我曾想，这部书理应由女儿来写，她对英国这块土地比我更有发言权。重要的是，她少有头巾气，更多书卷气，还有才气，以及更浓的生活气，不像我们这代人背负着沉重的民族气。然而她却把那书卷气、才气以及发言权全部交给了她的毕业论文。

女儿的博士毕业典礼仍在一月份。她在英国度过了青春岁月里最美好的时光。我们原以为她最多读到硕士研究生毕业就结束留学生活，没想到一读再读。

季羡林先生在《留德十年》里描述他曾经的留学心情："回忆十年前我初来时，如果有人告诉我，你必须在这里住上五年，我一定会跳起来的。五年还了得呀！五年是一千八百多天呀！然而现在，不但过了五年，而且是五年的两倍。我一点儿也没有感觉到有什么了不得。"

是啊，想想，一点儿也没有感觉到有什么了不得。在英国的所见所闻和我女儿片段的求学经历成为本书的主线。在成书过程中，我不断地提醒自己不要把那糟糕的心情，痛失母亲的悲痛、无助和恐惧的情绪流露给读者，尽管这对我来说无比艰难。我想，我还是做到了。今日之《跋》宽容地让我畅所欲言，这对我自己，对我母亲的在天之灵，对读者和关心我的朋友们都是一份完好的交待吧。

梁宾宾

2019 年 5 月

重修于 2022 年 7 月

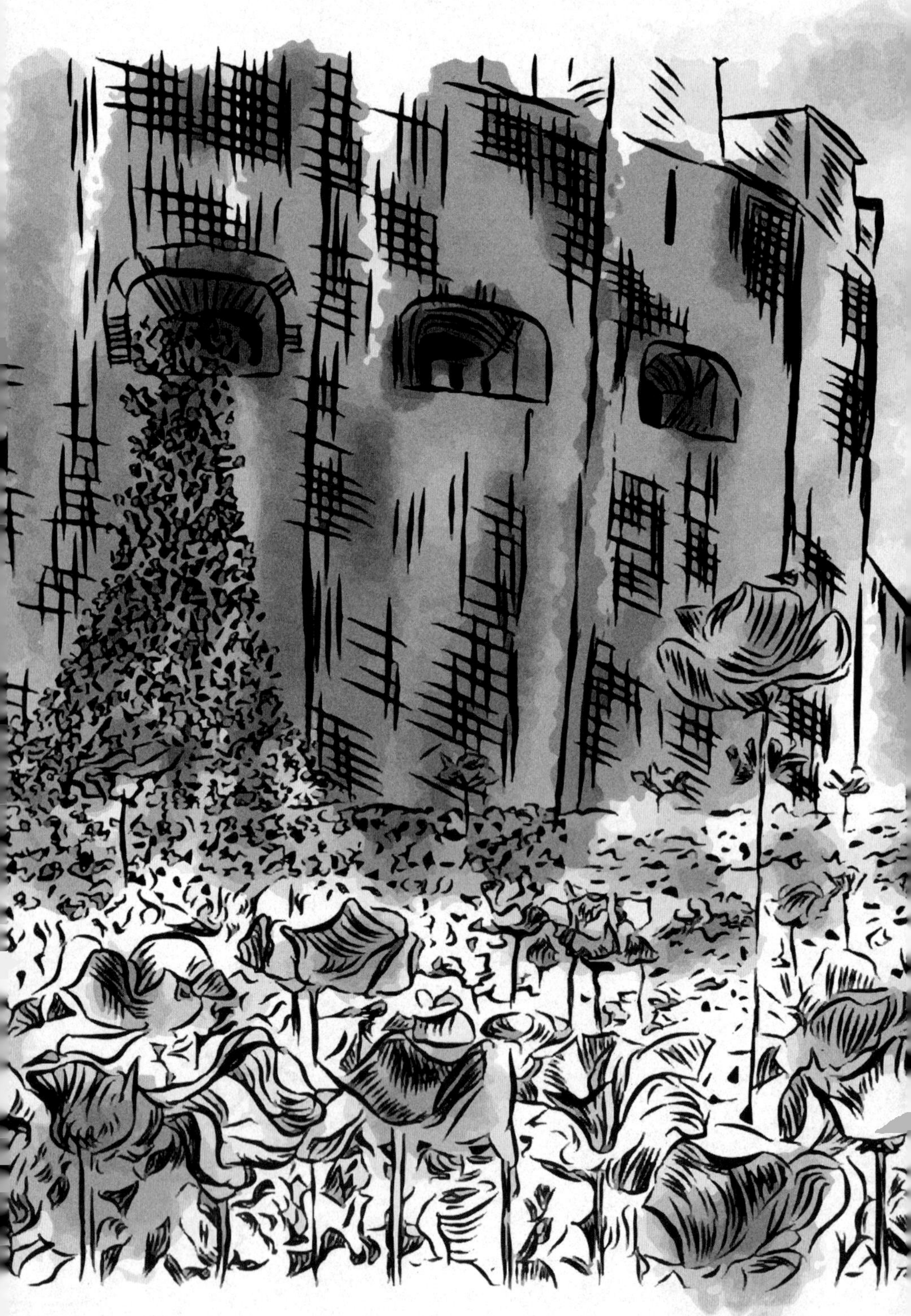

伦敦塔下的陶瓷虞美人展

第四十九篇 附录

2012年至2017年期间,作者在英国旅居期间所经历的英国国家大事记(所有标示均为伦敦时间)。

2012年

英国具有轰动效应并影响到校园的大事件:

3月8日,值英国伊丽莎白二世女王登基六十周年之际,女王在凯特王妃的陪同下访问了德蒙特福特大学,学校专程为凯特王妃举办了高跟鞋设计大赛。德蒙特福特大学设计专业的六名学生分别为凯特王妃设计了一款高跟鞋,凯特最终选中了一双由一位二十岁的女生设计的蓝色山羊皮高跟鞋,上面贴有白色蕾丝制成的图案。据设计者介绍,这双鞋子的设计灵感来自凯特王妃和威廉王子的订婚戒指。

4月21日,英国伊丽莎白二世迎来了她八十六岁的生日。

6月2日至5日,开启了庆祝伊丽莎白女王登基六十周年的钻禧庆典活动。

7月27日,第十三届夏季奥林匹克运动会在伦敦斯特拉特福德奥林匹克体育场开幕。

8月12日,伦敦奥林匹克运动会闭幕。

9月12日,英国莱斯特大学的考古学家声称,他们在莱斯特市中心的一处停车场地下发掘出一具尸骨,很可能是理查德三世。经过DNA比对验明证实为理查国王的骨骸,从而揭开了500多年的历史谜团。而莱斯特市决定,将重新隆重安葬理查德三世。

10月11日,英国科学家约翰·格登与日本科学家山中伸弥获得2012年诺贝尔医学(生理学)奖。

2013年

4月8日,英国前首相八十七岁的玛格丽特·撒切尔因中风逝世。她是第一位英国女首相,也是十九世纪以来任职时间最长的英国首相。

7月22日下午4时，英国凯特王妃在英国伦敦顺产诞下小王子一名，重3.8公斤。根据英国的王位继承法，这个宝宝将成为继查尔斯和威廉之后的王位第三顺位继承人。

2014年

6月15日，诺曼底登陆七十周年纪念仪式在英国和法国共同举行，数百名当年参战的老兵参加了该仪式。

7月26日，耗资400万英镑建成的理查德三世博物馆对外开放。

8月15日，英国各地举行活动，纪念英国参加第一次世界大战一百周年。

2015年

3月22日，将英国历史上最后一位阵亡沙场的国王理查德三世的遗骸，隆重下葬在英国莱斯特大教堂。历史记载，理查德三世于1485年在英国鲍斯渥斯一场战役中阵亡，尸体下葬在现在莱斯特市内。理查德三世阵亡时只有三十二岁。他的阵亡，也象征英国结束了长达三十二年的玫瑰战争。同时，理查德三世也是英国金雀花王朝的最后一位国王；之后，英国进入了由亨利七世开朝的都铎王朝。

5月2日早上8时34分，凯特王妃在圣玛丽医院产下一名体重3.71公斤的女婴。两天后，肯辛顿宫声明表示，公主命名为夏洛特·伊丽莎白·戴安娜。她是威廉王子与夫人凯特王妃的第二个孩子，英女王伊丽莎白二世的曾孙女。仅次于祖父查尔斯王子与父亲威廉王子及哥哥乔治王子，为英国王位第四顺位继承人。

5月7日，英国国会下议院第五十五次大选举行。选举结果，保守党成功连任，大卫·卡梅伦组建保守党二十三年来首个多数党政府，大卫·卡梅伦连任英国首相。

10月19日，中国国家主席习近平对英国进行国事访问。访英期间习近平前往白金汉宫会见英国女王伊丽莎白二世，在唐宁街10号会见了英国首相卡梅伦，并参观曼彻斯特城足球俱乐部。

12月15日，英国宇航员蒂姆·皮克同俄罗斯太空老兵尤里·马连琴科以及美国宇航局（NASA）的提姆·柯帕拉乘坐"联盟号TMA-19M"宇宙飞船从拜科努尔航天发射场飞往太空。这是英国宇航员首次访问国际空间站。皮克将在国际空间站逗留七个月。

2016 年

英镑大跌

4月25日，身处国际太空站的英国宇航员蒂姆·皮克报名参加了日前举行的伦敦马拉松，他在空间站内以独特的方式起跑，并以三小时三十五分二十一秒时间跑完了全程，刷新了吉尼斯世界纪录，成为在太空上跑马拉松最快的人。

5月3日，莱斯特城足球队夺得了2015到2016赛季英超联赛的冠军：赛季勉强保级的莱斯特城创造了英国足坛的奇迹。随着热刺客场战平切尔西，Leicester城足球队提前两轮加冕英超冠军。

6月23日，英国举行脱欧全民公投。

6月24日，公投计票结果显示，英国脱欧全民公投中51.9%的选民选择退出欧洲联盟。英国首相大卫·卡梅伦辞职。

7月13日，英国执政党保守党新任党魁，内政大臣特蕾莎·梅出任首相，并宣布了新一届内阁名单。

2017 年

1月17日，特蕾莎·梅演讲，英国脱欧正式启动，英国进入脱欧时代。

1月30日，180万人签名请愿，要求政府拒绝特朗普访问英国。

2月23日，桃瑞丝风暴登陆英国。

图书在版编目（CIP）数据

回望如初见 / 赵之昱绘，梁宾宾著.
-- 北京：中国致公出版社，2019（2023.1 重印）
ISBN 978-7-5145-1556-5

Ⅰ．①回… Ⅱ．①赵…②梁… Ⅲ．①散文集－中国－当代 Ⅳ．① I267

中国版本图书馆 CIP 数据核字（2019）第 269153 号

回望如初见 / 赵之昱 绘　梁宾宾 著

出　　版	中国致公出版社
	（北京市朝阳区八里庄西里 100 号住邦大厦 1 号楼西区 21 层）
发　　行	中国致公出版社　（010-66121708）
责任编辑	杨　鸿
装帧设计	赵之昱
印　　刷	三河市嵩川印刷有限公司
版　　次	2019 年 12 月第 1 版
印　　次	2023 年 1 月第 3 次印刷
开　　本	787mm×1092mm　1/16
印　　张	25.25
字　　数	230 千字
书　　号	ISBN 978-7-5145-1556-5
定　　价	68.00 元

（版权所有，盗版必究，举报电话：010-82259658）
（如发现印装质量问题，请寄本公司调换，电话：010-82259658）